八月のイコン

螢 ヒカル

郁朋社

八月のイコン／目次

八月のイコン

第一章　ソ連軍侵攻

昭和二十年八月九日。

当時樺太に住んでいた日本人は、この日付を生涯忘れることはないだろう。ソ連が日ソ不可侵条約を破棄し、対日宣戦を布告したのがこの日だった。翌十日には樺太庁長官が、日本人の引き揚げを議題にして、緊急会議を招集した。当時樺太には四十万人もの日本人がいた。婦女子全員に加え、男は十六才未満の子供と六十才以上の高齢者を優先し、第一陣として男女合計十六万人を、大泊《おおどまり》港から内地に送り出す計画が立てられた。

樺太の国境から八十キロほど下った東海岸に、敷香と書いて「しすか」と読ませる町があった。この町は幌内《ほろない》川の河口に臨み、内陸部にはツンドラという永久凍土地帯が広がっていた。町全体が海抜五メートル以下という低地だが、樺太北部の要地にあったので、三万人もの日本人が暮らしていた。敷香町長に引き揚げ命令が伝達されたのは、十三日のことだった。役場から町の全戸に、緊急疎開命令が知らされた。憲兵が一軒一軒家を訪ね「ソ連兵は男を銃殺し、女を強姦する。全住民を樺太から引き揚げさせるのは、天皇がお決めになったことだ。それでも町に残るやつは、俺が制裁する。家畜は殺し、家や財産は全部燃やせ。お前たちがやらなければ、我々が火を放つ」と威嚇した。

翌日から本格的な引き揚げが始まった。一日に、三、四本の列車が避難民を乗せて南に向かったが、客車が足りないので、貨車まで使われた。軍用トラックに乗せられた住民もいたが、多くの人間は徒歩で町を出た。十七日になると、敷香の住民は早朝から血眼になって引き揚げ準備に追われていた。今日が引き揚げ最終日だった。明日になると列車は出ないし、ソ連軍が侵攻する恐れがある。

二十一才になったばかりの江藤忍《えとうしのぶ》も、町を出ていこうとしていた。敷香には、生まれ故郷の北海道より長い間住んでいたから、この町が真の意味での故郷だった。父は五年前に、勤務先で事故死した。父の死を契機にして、忍は母親の律子と二人で、オタスにある売店で働き始めた。オタスというのは、砂地を意味するアイヌ語のオタッシュが語源で、敷香町の対岸に広がる砂州のことだ。おたす丸という蒸気船が、町とオタスの間を往復していたが、船体は小さく、馬力も弱いので、強い引き潮に遭うと長時間桟橋に接岸できず、乗客たちをいらいらさせた。

オタスには広い森があり、日本政府が北方少数民族の居留地として建設した「オタスの杜」があった。ここでは、ニブフ、ウィルタ、ヤクート、エベンキなどの少数民族が暮らしていた。ニブフとは、海岸や河口付近に住み、鮭や鱒を獲る漁業の他に、アザラシやラッコなどの海獣捕獲を生活の基礎にする漁労民族だ。ウィルタとは、「トナカイと共に暮らす人」の意味で、トナカイの放牧を主にして、漁労や狩猟も行い暮らしていた。ヤクートとエベンキも、トナカイを飼う生活を送っていた。もともとそんな暮らしをしていた民族を、森の中に移住させ、強制的に定住させると、彼らの生活が大きな打撃を受けることを、当時の日本人は考えもしなかった。そればかりか樺太庁は、オタスの杜を「オタスの杜―土人の都」と宣伝し、樺太観光のメッカにしていた。オタスに定住すれば、住人の子供たちは、土人教習所という学校で、日本語の読み書きを教えてもらえる。しかし日本政府がこの学校を建てた真の意図は、樺太土人を皇民教育することだった。

忍の母は先月末に、米軍潜水艦の艦砲射撃の巻き添えを食って、帰らぬ人となった。忍は一人っ子だから、両親の死で、身うちの人間が誰もいなくなった。一人では心細いので、同郷の中沢陽子と一緒に引き揚げることになっていた。陽子の夫は、敷香にある中沢写真館の経営者で、死んだ父の友人だった。

忍と陽子が敷香駅に着いた時、駅の建物はすっかり避難民に囲まれていた。子どもや年寄を連れている女が多く、みんなもんぺ姿で、頭に防空頭巾を被り、リュックサックを背負っている。構内に入れない人々が駅の外に溢れ出し、人の列は駅前通りを横切って、向かいにある旅館の前まで続いていた。見送りに来た陽子の夫は、涙ぐみながら「気をつけてな。遅くなると思うけど、俺は必ず帰るから待っていてくれ」と妻に別れを告げると、その足で役場に向かった。これまで撮り貯めた少数民族の写真を、なんとか保存してもらえるように、知り合いの職員にかけ合いに行くという。彼は昨夜「樺太がソ連領になっても、写真は歴史的に貴重な記録であることに変わりはないから、絶対に灰にしてはいけない」と力説していた。

忍は陽子と一緒に列の最後尾に並び、前の人が動くのに合わせて、足元のリュックを引きずりながら前進した。駅前通りを横断して駅の構内に入った時は昼を過ぎていた。ホームを見ると、到着した長い列車が、つぎつぎと避難民を乗せている。客車が一杯になると、今度は貨車に乗せ始めた。並んでいた人々が台車に掛けられた鉄の梯子に足を掛け、貨車の中に乗り込むと、芋虫の死骸に蟻が群がるみたいに、荷台が人間で覆われてゆく。陽子が「見ていたら、鳥肌が立ってきた」と肩をすくませた。忍は陽子の言葉を聞いても、声を出して返事をすることができなかった。息を詰めたまま頷いたきりで、呆然とした顔で辺りの様子を眺めている。目にしている駅が異国の駅に見えてきた。

サーベルを吊った警察官が、客車の窓に向かって「二人とも頑張るんだぞ。お前は男だから、お母さんをしっかり守るんだ」と泣きながら声を掛けている。ようやく貨車に乗り込んだ母娘らしい二人が、手を振りながら甲高い声を掛け合って、互いの場所を教えている。男に抱かれた女の子が、長い髪の毛を出初め式の纏《まとい》のように揺らせ「行きたくない。ホームにいる男が、先に乗った女に向かって、荷物を親の首に両手を巻きつけ、泣きわめいている。お父さんと一緒にいるー」と叫びながら、父放り込む手つきで子供を投げ入れた。別れの流儀は人それぞれだが、そこにいる全員は悲しみと無念さを共有している。辺りには怒号が飛び交い、悲鳴とも泣き声ともつかない声が溢れていた。

〈どうして、日本人は樺太に残ってはいけないのだろうか〉

忍はホームの光景を見ながら思っていた。日本人とロシア人という人種の違いがあっても、オタスの杜の住人を見習って、仲良く暮らしていけるはずだ。ロシア人でも、日本人と上手くやっていた人間は何人もいた。酒に酔って母を突き飛ばしたポリシコだって、後になってオタスの売店のよい客になった。敷香の町で牛乳配達をしているアレクセイも、温厚な人物だ。樺太全部がソ連のものになってもいいから、これからもずっとオタスの杜で暮らしたかった。

忍たちが乗るように言われたのは、パルプ用の木材チップや原木を積む無蓋車だった。側板はあるが屋根はついていない。今は晴れているからいいが、大泊に着く前に雨が降ったら、濡れることを覚悟しなければならない。乗り込んで中を見ると、床には筵《むしろ》が敷かれ、先に乗った三十人くらいが向こう端に座っていた。忍たちが乗っても、誰も顔を上げなかった。陽子は疲れているのか、腰を下ろすと何も言わずに目を瞑った。他のみんなも押し黙ったままで、ほとんど口を開かない。ときどき赤ん坊の泣き声が貨車の中に響き渡った。

列車は二時過ぎになって、ようやく動き始めた。機関士は、別れを惜しんでいるのか、いつもより長く汽笛を鳴らした。敷香の駅を出ると、列車はタライカ湾を左手に臨み、海岸線をひた走る。この樺太東線の線路は、大泊の手前で少し内陸に入る以外、海岸沿いを通っている。終着駅の大泊港までは三百三十キロの距離で、途中各駅に停車しても、ふつうは十二時間で着くが、こんな非常時では何時間かかるか予測はできない。

忍は快晴の空を見上げると、十一年前のちょうど今頃、両親に連れられて樺太に来た時のことを思い出した。あの頃は、父も母も若くて元気一杯だった。何度か樺太に来たことのある父が、汽車の中で敷香のことを話してくれた。

「敷香は海と森に囲まれた大きな町だ。町の市場には、忍の大好きなイクラやタラバガニも一杯並んでいる。北海道よりずっと安いから、好きなだけ食べられるよ」

父の言葉を聞いて、これからの暮らしを頭に思い描きながら、車窓からオホーツク海を見ていたことを、今でもはっきり覚えている。

忍は急に翳りのある表情になると、目を伏せた。口の中で「樺太に来る時は三人で、北海道に帰る時は一人ぽっちか」と呟いた。けれども、ユーリの顔が眼前に浮かび上がると、暗かった心の中に一点の灯りがともった。隣にいる陽子に聞こえないように、小さな声で「いや。一人じゃない。もうすぐ留萌《るもい》でユーリに会えるから二人になる」と自分に言い聞かせた。

腿に手を押し当てると、もんぺの裏にある隠しポケットの中にイコンがあるのを確かめた。ユーリは忍より五才年上で、オタスの杜にいたヤクート人の男だ。彼女は彼と結婚の約束をしている。現在ユーリはソ連軍の諜報員として働いているが、八月二十四日に北海道の留萌で落ち合うことになっていた。その時、お守りとして彼から預けられたイコンを返すつもりだ。

イコンというのは、正教会で使われる礼拝用の聖像のことで、板の上に彩色された聖母やキリストの姿が描かれている。ロシアの家庭では大きな壁掛け式のものを使うが、彼女が預かったものは、大きさが五センチ角くらいの携帯用で、木目が見える天然木の板に、聖母マリアが線刻されている素朴なものだった。ソビエト政権は、当初はロシア正教を厳しく弾圧したが、昭和十八年の独ソ戦を境にして、軍の士気を高めるために方針を変え、兵士がお守りとしてイコンを持つことを許すようになった。

そのユーリのことだが、彼に会うため留萌に行くことを陽子にはまだ話していない。陽子は「忍ちゃんと苫小牧で一緒に暮らすのなら、旦那がいなくても淋しくないよ」と喜んでいる。今頃になって「私は苫小牧に行けなくなりました」とは言えなかった。しかしそうかと言って、黙って消えるわけにもいかない。早くから白状してしまうと、その後が気まずくなるから、稚内で乗った汽車が旭川に着いた時に打ち明けようと思っていた。

突然車輪が擦れる甲高い音がして、列車が減速し始めた。乗っているものは不安そうに顔を上げた。列車が停まると、外から怒鳴り立てる男の声が聞こえた。

「てっきー、らいしゅうー。てっきー、らいしゅうー」

隣の女が「敵機って、日本はもう降参して戦争は終わったのに」と言った時、忍の背後の側板が外から強く叩かれた。「今からここを開けるので、気をつけてください」という声が聞こえ、一呼吸置いてから、貨車のあおり戸が外にぱっと開かれた。

下を見ると、機関助手らしい男がこちらを見上げている。彼はメガホンを口に当てると、列車沿いに急ぎ足で歩きながら「すぐに列車から下りて、近くの草むらに隠れてください。ソ連機の編隊がこちらに向かっていまーす」と全車両の避難民に呼びかけた。みんなは慌てて立ち上がると、左右の降り口に駆け寄って貨車の外に下り始めた。梯子の途中で思い切って飛び降りるものもいる。忍は側板の近くに座っていたから、陽子と一緒に他のみんなより先に地面に下り立った。列車の後ろを振り返ると、十機以上もの戦闘機が編隊を組んで、真っすぐこちらに向かってくるのが見えた。

「おばさん。あそこに隠れよう」

忍は陽子の手を引いて、線路下の草むらに走り込んだ。二人が倒れ込むようにして草むらの中に突っ伏した時、列車の方で大きな爆音が聞こえた。顔を上げて、草の間から向こうを見ると、「ぷす、ぷす、ぷす」という音がして線路伝いに一直線に土煙が上がった。耳を塞ぎたくなる女の絶叫が聞こえ、「やられたー」という男の声が響き渡った。

また爆音が聞こえてきた。こんどは頭の上からだった。草むらに這いつくばったまま、亀みたいに首を伸ばし、上目づかいに空を見上げると、一機の戦闘機が轟音を立てながら急降下してきた。忍は慌てて顔を伏せると、右手を腿に当てた。布越しにイコンに触れると、指で撫でながら「ユーリ、助けて」と心の中で繰り返した。鋭い風切り音の後、ばきばきという音がして、頭に灌木の小枝が降り注いだ。その後爆音は遠ざかったが、もう一度銃撃されると思ったので、しばらくの間はうつぶせのままでじっとしていた。

さっきまで鳴いていた鳥も声を潜め、心臓の鼓動だけが聞こえてくる。時間が過ぎるのがいつもより何倍も遅い気がした。横にいる陽子の体がぴくりとも動かない。ひょっとしたら、弾に当たったのかもしれない。左手を伸ばすと、素早く草むらの中をまさぐって、陽子の手を探し当てた。思いを込めて強く握ると、陽子が間髪を入れずに握り返してくれた。幸いにも機銃掃射は一回で終わり、その後爆音は南の方に遠ざかった。辺りが静かになり、林の方から小鳥のさえずり声が聞こえてきた。二人は約束でもしていたかのように同時に頭を上げると、顔を見合わせ、大きく息を吐き出した。

忍は線路の下を流れる小川の岸に腰を下ろし、裸足の両足を流れに浸していた。この位置からは、振り返っても、筵に包まれた死体は見えないから、停まっている列車を見ていても恐怖感を覚えない。さっき列車に戻った時「戦闘機は無蓋車の避難民だけを狙い撃ちにした。死んだものは九人で怪我人は何人いるか分からない」という話を聞かされた。無蓋車から下りるのが後一分でも遅かったら、自分たちも死んでいたかもしれない。

列車の乗務員たちが相談した結果、また攻撃されるかもしれないから、暗くなるまで出発を見合わせよう、ということになった。遺体の埋葬も、それまでには終えるという。発車の三十分前になったら、機関士が汽笛を鳴らして合図をするから、それまで避難民は列車を下りて、近くで食事を済ませて休息するように、と指示された。

陽子は握り飯を手にして、列車の方を一瞥した。

「こうしていたら、なんだか遠足みたいだね」

ばつの悪そうな顔で、声を潜めた。

忍も同感だった。八月の空は晴れて、心地よい風が吹き渡り、林ではカッコーが鳴いている。列車の方を見ないで、目の前を流れる小川のせせらぎを聞いていたら、このまま家に戻ると、母が「お帰りなさい。遠足楽しかったかい」と迎えてくれる気がする。

陽子がカラフト鱒の骨を古新聞の切れ端に包みながら、顔を綻ばせた。

「この鱒、美味しかった」

「ニブフのアコン爺さんから貰ったんです」

忍が教えると、陽子は目元を引き締めた。

「ニブフの人たちは、日本人と一緒に北海道に行くんだって」

忍は驚いて「私は全員森の中に逃げたと聞いたけど、違うんですか？」と訊き返した。

「森の中に行ったのはほとんどがウィルタだって。ニブフの人たちは、米を食べて日本人と同じ暮らしをしているから、森の中では暮らしたくないみたいよ。旦那が言っていた」

陽子の話を聞きながら、忍はニブフのことを心配していた。アイヌ以外の少数民族には日本国籍が与えられていないので、北海道に渡っても、ニブフは日本人と同等には扱われない。そうかと言って、母国が無いに等しいから、外国人ともみなされない。この先北海道で、彼らはどうやって暮らしてゆくのだろうか。

もうすぐ日付が変わり、八月十八日になろうとしていた。列車は暗闇の中を、避難民の運命を背負ってひたすら走り続けている。絶望の闇を切り裂いてくれるのは、機関車のライトだけだ。この速度で行けば、明日の午前中には大泊港に着けそうだ。陽が落ちると急に冷え込んできたが、雨が降らないだけでも喜ばなければならない。貨車の側板は高さがあるから、風は直接体に当たらない。しかし天井のない無蓋車だから、列車の走行で起きる風が真上から吹き下りてくる。忍は防空頭巾を被り、カーディガンを着て膝に筵を掛けている。側板に凭れかかって、まどろみながらオタスの夢を見ていた。

——売店で棚の上を掃除していたら「忍。ただいまー」と言いながら、母が店に入ってきた。「お母さん。生きてたの」と呼びかけた瞬間、ドーンという音がして母が炎に包まれた——

忍は声にならない叫び声を上げて目を開いた。隣にいる陽子が暗闇の中で「大丈夫かい」と声を掛けてくれた。貨車の中は、ざわついていた。誰かが点けた懐中電灯に照らされて、立ち上がった男の姿が浮き上がっている。

「何があったんですか?」

陽子に訊くと「さっき何かが爆発した音がしたの」という答えが返ってきた。

けたたましいブレーキ音が聞こえると、列車が急停車した。

忍が驚いて立ち上がった時、線路の砂利を踏み鳴らしながら、前の方から誰かが走ってきた。メガホンの声で「艦砲射撃です。列車の前に砲弾が落ちたので、しばらくの間停車しまーす」と知らされた。オホーツク海に入っているソ連軍艦船からの攻撃だった。灯火管制のため、客車の窓には筵が掛けられているが、列車がカーブを曲がった時、機関車のライトが海の方を照らしたので、ソ連軍はこれを目標にして撃ったらしい。

「暗くなって空襲がなくなったと思ったら、今度は艦砲射撃だ」

「朝になれば、ほんとに汽車は動くんだべか」

「明るくなれば、こんどは空から撃たれるんでないのかい」

「何時になったら大泊に着くのか、分かったもんでない」

「港に着くまで、みんな殺されるかもしれないな」

暗闇の中に、不安や諦めの声が渦巻き、あちこちから溜息が聞こえた。ついさっきまでは、明日の午前中には港に到着する、と誰もが信じていたのだから無理もない。昼間は戦闘機の機銃掃射から逃げ回り、暗くなると海からの艦砲射撃に怯えなければならない。

機関車のライトが消されると、避難民は真暗闇の中でじっと息を殺した。外に出て、どこかに隠れた方がよい気もするが、一発命中すれば、どこにいようと同じ結果になる。みんなは死ぬ時も大勢でいた方がいいと思っているのか、「汽車から下りる」と言いだすものはいなかった。その後五分間隔くらいで三発の砲撃があった。爆発音は全部、列車が向かう前方から聞こえてきた。避難民を殺さずに、列車の走行を妨害する作戦らしい。

その後は一時間ほど経っても、砲撃音はしなかった。どうやらソ連軍は攻撃を止めたようだ。陽子に話しかけようとした時、外が騒がしくなり、人が声高に話し合っているのが聞こえた。大勢の避難民が列車の外に出ている様子だ。側板が外から叩かれ、「開けますよ」という声がすると、左側の戸が大きく開かれた。下を見ると、懐中電灯を持った機関士が立っていた。「着弾したのがこの先の線路際なので、明るくなって線路を調べるまで、列車は動かせません。線路から海側に下りると、南に行く道路がありますから、怪我をしている人以外は、線路伝いに歩いてください。明日汽車が動くようなら、最寄りの駅で乗ることができます」と大声で言って、これからの行動を指示してくれた。

機関士の言葉が終わる前から、ほとんどの人間は立ち上がっていた。忍たち二人も、リュックサックに手を掛けていた。隣にいる女の話では、ここは白浦《しらうら》駅の手前だという。大泊まではまだ百五十キロもあるが、動くかどうかはっきりしない汽車を待つくらいなら、少しでも南に向かって歩いた方がよい。大泊の港がソ連軍に占領されて、引き揚げ船が出なくなったら、日本に帰ることは絶望的になる。

列車を捨てた避難民は、列になって海沿いの道を歩き始めた。何人かは懐中電灯を持っているが、電池切れと艦砲射撃を恐れ、必要な時しか点けないから、星明かりが頼りだった。忍たちがいるグループは避難民全体の真ん中から前側よりだ。忍はグループの前から十番目くらいを歩き、その後を陽子がついてくる。陽子は敷香の旅館の女将を見つけたので、彼女と話しながら歩いている。汽車に乗っていた時より、みんなの口数が多かった。

上手くしたもので、いつの間にか車両ごとにリーダーが決まっていた。忍のグループでは、浜言葉を話す佐久間という男がみんなを率いている。懐中電灯の下で見ると、顔が潮焼けして、頭に手拭いを巻いているから、漁師上がりに違いない。よく通る声で話し、動作も機敏だから、こんな時世でなければ、海に出て魚を追っていたはずだ。

三時間くらい歩いた頃、前の方から男が一人佐久間に駆け寄ると、懐中電灯で照らした地図を見せながら「ここは保呂《ほろ》駅の辺りだよ。少し眠らないかい」と提案した。みんなは道路から浜に下りると、適当な人数に別れて、点在する漁師の家や番小屋に向かった。

忍たちが入った家の中は無人で、家人は慌ただしく避難したらしく、乱雑に散らかっていた。忍が水筒に水を入れようと思って台所に入ると、床の上に蓋を取ったままの米櫃《こめびつ》が残されていた。中を覗くと白米が入っている。持てるだけの握り飯を作り、残った米は全部置いて出発したらしい。納戸から出てきた女が「いいものを見つけたよ」と言って、干しコンブや身欠きニシンの大束を見せてくれた。裏に様子を見に行った男が戻ってくると「畑にジャガイモとニンジンが、わんさとあった」と教えてくれた。

忍はみんなに手伝ってもらい、表にあった大鍋と竈《かまど》を借りて、家人が残した食材を使い、三平汁仕立ての雑炊《ぞうすい》を炊いた。余った米を全部炊いて握り飯にすると、「明日の分です」と言いながら、みんなに配って回った。陽子は忍のことを忘れてしまったみたいに、離れた場所に腰を下ろし、旅館の女将とおしゃべりに夢中だ。一人でいることが好きな忍には、有難いことだった。

食事が終わって一段落すると、忍は台所の板の間に腰を下ろし、リュックの紐が当たって痛くなった肩にそっと手を当てた。壁を見ると八月のカレンダーが掛かっている。見ているうちに、二十四という数字だけが浮き上がり、その上にユーリの顔が重なった。

〈この肩の痛みが、彼と会うために必要なことなら、いくらでも我慢できる〉

肩を擦りながら、思っていた。

カレンダーの横に小さな黒板が掛かっていた。献立のメモを書くのに使ったらしく、白いチョークで、イモ、コンブと書かれた文字が消されないまま残っている。

「そうだ。私も書いておこう」

忍は立ち上がると、黒板の下縁に載っていたチョークを握って余白に書き始めた。


大変ごちそうさまでした。米櫃に残っていたお米、納戸にあった干物、それに畑の作物を、みんなで有難く食べさせていただきました。避難民のみなさんに代わって、心からお礼の言葉を述べさせてもらいます。

昭和二十年、八月十八日、江藤忍

いくら「非常時だからお互い様だよ」と陽子から言われても、黙って出発したら、他人の家で盗み食いをしたようで気持ちが悪い。つぎにここに来る人間は、家の主ではなく、日本語を読めないロシア人かもしれないが、こうでもしなければ気が済まなかった。

翌朝の八時過ぎになると、避難民の一団は元のグループに分かれて出発した。列車が停まっている白浦からここまでは、道路は線路と平行して走っているから、歩きながらでも線路の様子を窺える。明るくなっても、列車が一本も来ないところを見ると、やはり昨夜の艦砲射撃で線路に被害が出たらしい。

二時頃になると、少し暑くなってきた。佐久間は腕時計を見ると、後ろを振り向いて「全員止まってけれー。ここで一休みだー」と呼びかけた。みんなは背中のリュックを地面に下ろすと、てんでに分かれて、草むらに腰を下ろした。両足を投げ出して、脹脛《ふくらはぎ》を擦っているものもいれば、水筒の水を子供に飲ませている母親もいる。これから行く北海道のことでも考えているのか、じっと海を見つめる男もいた。

忍は喉が渇いたので、道端にリュックを下ろすと、肩に掛けていた水筒を手に取った。蓋を開けて口に当てたが、二、三口飲んだだけで水は無くなった。今朝出発する時、家の裏にあったポンプから補給するのを、すっかり忘れていた。足元に腰を下ろしている陽子に声を掛けた。

「おばさんの水筒も貸してください。水を入れてきますから」

それから道路を横切り、草むらを小川の方へ下りていった。小川の水で水筒を満杯にすると、二つ一緒に手に下げて、帰りは近道をしようと思い、土手の草むらを斜めに上った。道路の縁に着いて、足を一歩前に出した時、足元にあった黒い塊が粉々に砕け散ると、黒い粒になって、ブーンという音を立て、一斉に目の前に飛び上がった。驚いて目の前を見ると、無数の蝿が狂ったように飛び回っている。目を下に向けて、蝿が群がっていた辺りを見た時、心臓が喉元まで飛び出した。

草むらには長い髪の毛があり、これを辿っていくと、白い女の顔にぶつかった。白目を剥いて、首を不自然に捻じ曲げている。顎の先には、頭から流れ出た血が固まって、夏の陽を浴びていた。風に飛ばされた褐色の枯葉が、顎にへばり付いているのを思わせる。忍は咄嗟に口に手を当てると、吐きそうになるのをぐっと堪えた。片手で口を押さえ、一目散に陽子の所に走り戻った。

忍から話を聞いた佐久間は現場に向かった。十分ほどすると戻ってきたが、行く時とは別人になって、こわばった顔をして涙まで流している。腰を下ろしている避難民の前に立ち、両手を大きく打ち鳴らすと、「ちょっと聞いてけれー」と大声で叫んだ。道路の反対側を指さし、手の甲を目に当てて涙を拭くと、喉から声を絞り出した。

「おら、かわいそうでなんねー。空襲で何人も殺されて、道端にほったらかされたままだ」

ここまで言うと、彼は気を引き締めるように背筋を伸ばした。声が震えるのを、必死で抑えながら

「おらたちには、やらねばならないことがある。仏さんを道路から運ぶから、おとこ衆だけ来てけれ。おなごは見ねほうがいいから、ここで待っているんだぞ」と指示をした。グループを見回し、大きく頷いて念押しすると、数人の男たちを引き連れて道路の反対側に歩き出した。

忍は道路わきにあった石の上に腰を下ろすと、額の汗を拭った。さっき見た女の顔が目の前に浮び上がった時、まかり間違えば自分たち二人もあの女と同じになっていたと思い、胸の動悸が激しくなった。座っている石の下には蟻の巣があるらしく、無数の蟻が行列になって、黒い水が流れるみたいに石の陰から現れる。それを見ながら思っていた。

昨日のソ連機は、ここにも飛んできて、徒歩で南へ急ぐ避難民にも襲いかかったのだ。白浦から白

浜までは、海岸沿いに三十キロ以上もの直線道路が続いている。道路を遮るものは何もないから、空から避難民を見たら、蟻の行列を見ているのと同じだっただろう。それにしてもソ連機の搭乗員は、なぜ無抵抗の人間を狙い撃ちにできるのだろうか。目の前で人が死んでゆくのは自分が撃った弾丸のせいだ、ということを、知らないはずはない。もしも「自分たちとは違う民族の日本人だから皆殺しにしてもよい」と言うのなら、オタスの杜で、ウィルタやニブフばかりかヤクートも混じって、みんなで仲良く暮らしていたことが、同じ樺太のことだとは信じられなかった。

遺体の埋葬は、思っていたより時間がかかり、終わった時は夕方になっていた。風が出てきて、雨も降り始めたので、今日の出発は諦めて、みんなは付近にある無人の民家や浜にある漁師小屋に、分散して泊まることになった。忍は佐久間から「道で死んでいたのは全部で六人だった。恐らく二家族の避難民なんでないべか。子供が三人混じっていた」と教えられた。空襲の後で通りかかった避難民が、遺体を道路から草むらに移したらしいが、先を急ぐ彼らには、埋葬する余裕などなかったのだろう。佐久間は「いやー。土を掘るスコップが無くて、大変でよー。やっと漁師の家から二本だけ借りられた。海の見える場所さ埋めたから、仏さんも喜んでいるんでないかい」と言って、話を終えた。

日付が変わって十九日になった。雨は夜のうちに上がり、雲があるものの、まずまずの天気になった。忍たちは今日も朝から、南を目指して歩いていた。昼近くに、北の方から爆音が聞こえたので、全員慌てて浜辺に下りて、漁師小屋や放置された漁船の陰に身を隠した。幸いなことに、二十機以上ものソ連機はそのまま南に向かったが、念のために出発を一時間ほど遅らせた。

昼を過ぎると、今日も暑くなった。みんなは配られた飴を舐め、ときどき水筒の水を飲んで、大泊の港を頭に浮かべて歩き続けた。夕方の四時頃になると白浜駅の手前まで来たが、これまで列車を一本も見なかったから、駅舎には寄らずにそのまま歩き続けることにした。駅を通過して一時間くらい歩いた時、忍の三人くらい前を歩いていた女が急に立ち止まると、「あー、聞こえたー。汽車の汽笛だ」と嬉しそうな声で叫んだ。他のみんなも立ち止まると、一斉に後ろを振り向いた。

彼女の言葉は本当だった。向こうの方に機関車が現れ、黒煙の後ろに高く上がる蒸気が見えた。今度は誰の耳にもはっきりと「迎えにきたぞー」と呼びかけるように、長い汽笛が聞こえてきた。力強い驀進音が近づいてくると、浜辺のカモメが驚いて舞い上がる。全員が道路際に駆け寄ると、土手の上の線路を見上げて、拍手で列車を出迎えた。誰かが両手を上げて「万歳」と叫ぶと、他のものも唱和する。白い蒸気が動輪の下から噴き出すと、これに呼応してみんなの体にも歓喜が駆け巡った。機関車の黒い色が銀色に変わり、目が眩むくらいに輝いて見えた。機関士が窓から顔を出し、笑顔で手を振ると、短い汽笛を続けて三回鳴らしてくれた。列車がブレーキ音を立て始めた時、これでユーリに会えると思い、涙が零れて止まらなかった。

第二章　樺太脱出

二人は幸運にも、客車の座席に座らせてもらった。忍は列車の揺れに身を任せ、ゆりかごに入れられた赤子になって熟睡した。途中ソ連軍の攻撃もなく、夜の十一時過ぎに列車は大泊港に到着した。引き揚げ船に乗るのは早いもの順だから、陽子の手を引いて大急ぎで乗船待合室に行こうとした。しかし駅のホームに降り立った時、眼前の光景に度肝を抜かれ、足が前に出なくなった。いくつものライトを浴びて、港は祭りの夜みたいに明るくなっている。ところが港というのに、船も海もまったく見えなかった。見えるのは、リュックサックを背負い疲れ切った顔をした、引き揚げ者の群れだけだ。

時間とともに、人の数は増えるばかりだ。樺太の何処に、こんなに多くの日本人が住んでいたのだろうか。桟橋の上は人また人で、歩く隙間さえ見つからない。立ち止まっていても、前後左右から他人に押され、足をしっかり踏み締めなければ、体があらぬ方向に運ばれる。思い切って歩き出したが、十歩歩くだけで何分もかかり、ようやく待合室のそばに着いた時は、午前一時を回っていた。

地面に腰を下ろし、膝を抱えてうとうとし始めたら、陽子が「火事だよー」と怯えた声で叫んだ。驚いて目を開き、陽子が指さしている方を見ると、空に掛かっている雲が真っ赤に染まっている。近くの男が「うわー。豊原《とよはら》が空襲でやられている」と悲痛な声を上げた。豊原というのは、内陸にある樺太唯一の市で、ここには樺太庁が置かれている。中年女が「私の家が燃えているー」と震え声で言うと、堪え切れずに大きな声で泣き始めた。この声につられたのか、群衆の中から、すすり泣く声が連鎖して湧き起こった。

一時間ほどして、二人はようやく待合室に入ることができた。このまま列の後ろに付いていけば乗船できるのだろう、と思っていたら、頭上のスピーカーから「船に乗る人は乗船手続きをしてください」というアナウンスが流れた。忍は何人もの人間をかき分けて、苦労して窓口にたどり着くと、二枚の申込書を貰ってきた。申込書と言っても、ざら紙を半分に切っただけで、表には何も書かれていない。鉛筆で名前、性別、年齢、住所を記入すると、陽子の分も手に持って、再び長い行列の後ろに並んだ。しかし手続きを待つ人間の数が余りにも多過ぎた。何時間も待たされて、終わった時は八月二十日の朝になっていた。

乗船許可証を貰い、待合室の外に出ると、係りの人間に新埠頭の方へ誘導された。歩きながら見上げると、快晴の空をカモメが鳴きながら舞っている。今からこんなに晴れていると、昼過ぎには暑くなりそうだが、雨の中で外に並ぶことを思えば、この天気を喜ばなければならない。二人は列の最後尾に着くと、岸壁の上に座り込んで船を待つことにした。

旧埠頭の方を見ると、大小さまざまな船が入り乱れて、出入港を繰り返し、避難民を稚内に運んでいる。ところが新埠頭には、船が一隻も見当たらなかった。前に並んでいる人に訊くと、「何時になったら船が来るのか、知らされていないよ」と教えられた。

夕方の五時頃になって、新埠頭にもようやく二隻の船が入港した。先に入港した一隻は船体が真っ白で、船首と船尾に高いマストが付き、帆船みたいにスマートな船だ。後から入った船は、先に着いた船よりずっと大きく、色が黒くて見るからに軍艦という感じがした。港で作業をしていた男が、「白い船は小笠原丸といって、逓信省の海底電線敷設船で、大きい船は海軍所属の第二新興丸だよ」と教えてくれた。

横にいた陽子が、目を煌めかせて、声を弾ませた。

「私は小笠原丸に乗りたいな。白くてきれいだから」

忍は〈こんな時に無邪気なことを言っている〉と内心あきれ、母を思い出した。母がこの場にいたら「わたしも断然小笠原丸」と言って、きっと陽子の意見に賛成したはずだ。今になって思えば、二人とも同じお嬢さん育ちのせいか、性格がよく似ている。

八時を過ぎた頃、列の前にいた人間がつぎつぎに立ち上がると、周りから怒声や悲鳴が一斉に沸き起こった。どうやら、前から順に乗船し始めたようだ。メガホンを口に当てた係員が、人の列に沿って歩きながら「小笠原丸は逓信省の関係者と家族用です。他の人は、隣の第二新興丸に乗ってください」と叫んだ。これを聞いた陽子が「えー」と落胆した声を出したので、「どちらに乗っても北海道に帰れますから」と明るく言って慰めた。ところが、もうすぐ二人が乗船するという時になって「小笠原丸に余裕があるので、誰でも乗船できます」というアナウンスがあった。陽子は顔をぱっと輝かせると、「私たちも乗っていいんだって」と言うなり、忍の手を引いて小笠原丸の列の方に歩き出した。

小笠原丸が、およそ千五百人の避難民と六十人の乗員を乗せて、大泊港を出港したのは夜の十一時四十分だった。忍たちが列車を下りてから丸一日が経っていた。甲板にいた乗員から「引き揚げ船は、今夜で終わりです」と聞かされた時、二人は手を取り合って、自分たちの幸運を喜んだ。日本とソ連の停戦協定により、日本の船は運航停止になるという。

船が港外に出た頃、忍が船室の床に敷かれた筵の上に横になっていたら、誰かに肩を叩かれた。起き上がって目の前を見ると、隣の男が、両手に大きな握り飯を一個ずつ持って、こちらに差し出している。礼を言って受け取ると、こんどはブリキのバケツに入った沢庵《たくあん》が回ってきた。男から「ありがたいもんだね。船の乗員が、総出で炊き出しをしているんだって」と聞かされた。寝ていた陽子は、男の声を聞きつけると慌てて起き上がった。忍から握り飯を見せられると、男に向かって寝ぼけ眼で礼を言った。

稚内港に入港したのは、翌二十一日の昼頃だった。忍は支度を済ませ、陽子と一緒に甲板に上がり、近づいてくる港の様子を眺めていた。港には貨物船や漁船が何十隻も出入りしていた。たった今着いたばかりの船からは、大勢の引き揚げ者が下りてくる。「こんな小さな船に、よくもこれだけの人間が乗れたものだ」とあきれてしまうくらい、人の列は途切れなかった。それよりもっと驚いたのは、岸壁の様子だった。下船したばかりの引き揚げ者が溢れ、地面が全く見えないのだ。一番海側を歩く人間が、次第に膨らむ群衆に押し出され、今にも海に落ちそうで、見ているだけではらはらした。

ようやく小笠原丸が岸壁に係留された。船の下から大きな軋み音が響き渡ると、タラップ代わりの長い板が掛けられた。避難民は先頭から順に、乗員に見守られながら、ゆらゆらする板の上を、おっかなびっくり下り始めた。忍は「これでやっと北海道の土を踏めるんですね」と陽子に言って喜んだが、これから踏む土が、ユーリが立っている土とは地続きでないことを思うと、ちょっと淋しい気もした。

突然男の罵り声が響き渡った。

「馬鹿なことを言うな。小樽まで行くのなら、俺たちも乗せていけよ」

声がした方を見ると、続々と下りる人波の横に別な人の群れができていた。一番前で、年配の男が乗員と言い争っている。真っ黒に日焼けして、鳥打帽を被っているところを見ると、元は刑事だったのかもしれない。男は乗員たちを睨みつけると、怒声を張り上げた。

「こっちのことも考えろよ。稚内駅は満員で、何時になったら列車に乗れるか分からないんだぞ。小樽まで行くのなら、道央や道南方面の引き揚げ者を乗せていくのが筋だろうが」

航海士らしい男が前に出てくると、両方の掌を男に向けて、なだめ声で説明し始めた。

「まあまあ、そんなに怒らないでください。さっきも言いましたように、この先には機雷があるかもしれません。すごく危険な航海になりますから、全員を稚内で下ろすように指示されています。私たちは、逓信省の出先が小樽にあるから、そこに帰るだけです」

しかし彼の説得も無駄に終わった。鳥打帽の男が後ろを向いて「さあ、みんな」と合図すると、大勢の人間がその場につぎつぎと座り始めた。

忍は動いている列の後ろについて、そのまま下船しようとした。すると陽子が「忍ちゃん。待って。もう少し様子を見よう」と言って、忍の手を掴んで船の中に引き戻した。二人は人波から離れた所に立って、引き揚げ者と乗員たちのやりとりを見守っていた。

鳥打帽の男が、甲板に座り込んだ集団の前で拳を振り上げ、力強く決意表明をする。

「稚内では絶対に下りないぞ」

言ってから後ろを振り向いて「みんなも同じだよな」と同意を求めると、「そうだ。そうだ」と他のものが声を張り上げた。乗員たちは、困り切った顔をして一か所に集まると、何かを相談し始めた。しばらくして、乗員の一人が操舵室の方を見ると、「おい。船長が来るぞ」と言って隣の男の肩を指で突いた。

船長が座り込んでいる引き揚げ者たちの前にやって来た。彼は穏やかな笑みを浮かべると、「小笠原丸はこの後小樽に向かいます。南に向かう人は、このまま乗船していてもよろしいです」と明言した。座り込んでいた連中が、一斉に拍手をしながら歓声を上げた。鳥打帽の男は「明日目が覚めたら、小樽だぞー」と、得意げな顔で叫んだ。陽子は笑顔になると、「私たちもこのまま乗っていよう。小樽からなら、苫小牧はすぐに着くから」と言って「それでいいよね?」と忍の顔を覗き込んだ。

忍は即座に返事ができなかった。ユーリから聞いた話によると、八月二十四日の朝早く、ソ連軍は留萌に上陸し、留萌と釧路を結ぶ線を国境にして、北海道の北半分を占領するという。留萌より南はアメリカ領になるから、小樽で下りた場合、留萌に行くのが遅れたら、ユーリと生き別れになってしまう。もう少しで「私は稚内で下ります」と言いそうになったが、ぐっと堪えて口には出さなかった。頭の中に北海道地図を思い浮かべると、稚内から留萌に行く距離と、小樽から留萌に行く距離を考えてみた。はっきりした違いは分からなかったが、小樽から行く方が近い気がした。小樽で下船して、汽車に乗る前にユーリのことを白状することに決めると、陽子に「私も小樽で下りた方がいいと思います」と返事をした。

稚内では、道東・道北方面に落ち着き先を持っている八百八十七人が下船した。残りの六百四十二人と六十人の乗員を乗せて、小笠原丸が稚内港を出港したのは、夕方四時頃のことだ。戦争が終わって一週間も経っているし、アメリカ軍からの指示もあったので、陽が落ちると、船は夜間航海燈を灯した。稚内港を出ると、宗谷岬を過ぎたあたりで進路を南に取って、右手に利尻の島影を見ながら、天塩平野に沿って全速力で小樽に向かった。

近くで誰かが「留萌のあたりだ」と言ったのを聞きつけて、忍はふっと目を開いた。一瞬自分がどこにいるのか分からなかった。上半身を起こして壁の方を向くと、船特有の丸窓が見えたので、小笠原丸の船室にいることに気がついた。もうすぐ朝になるらしく、薄ぼんやりとした陽の光が、窓から室内に射し込んでいる。辺りには異様な臭いが充満していた。汗の臭いだけではなく、何か別の臭いもする。鼻をひくひくさせたら吐き気を催したので、慌てて唾を飲み込んだ。首から下げていた水筒に手を掛けて、上下に何度か揺すってみる。水がまだ半分以上も残っていることが分かると、安心して蓋を緩めた。水を飲もうとしたが、周りの様子が目に入ると、また胃袋がせり上がってきた。水筒を膝の上に下ろすと、大きな溜息をついた。

船室の中は、どこを見ても人間で溢れていた。稚内では半数が下りたから、もっと余裕があってもよさそうなものだが、夜になって雨が降り出し、それまで甲板にいた人間が入ってきたから、今の人数は大泊を出た時と変わらない。混み合っている銭湯で湯気を通して見るのと同じで、頭の向こうにまた頭が、朧になって続いていた。全員が着の身着のままで、どの顔も汗と煤で汚れきって、どぶ川の底石みたいに黒光りしている。ほとんどの人間は座ったままで眠り、忍たちみたいに横になっているものは少なかった。

この船が今留萌沖を航行しているのなら、留萌の町を見たいと思ったが、船室の人間が多すぎて、窓に近寄ることはできそうもない。しかし出口までは行けそうだから、甲板に上がって外の景色を見ることにした。水筒を肩に掛けると、隣で寝ている陽子を起こさないように、ゆっくりした動作で立ち上がった。ところが、それからが大変だった。片足を上げることはできるのだが、床に目を凝らしても、足を下ろす隙間が見つからない。他人の膝と膝の間に無理やり足を突っ込んで、よろめきながら歩き出した。やっとのことで廊下に出ると、狭い階段を登って甲板に出た。

忍が出てきた所は、船首側のマストに近い中板だった。ようやく明け始めた空を見上げると、雨は止んでいたが、どんよりとした雲が広がっている。それでも、思い切り息を吸い込むと、潮の香りが鼻孔に心地よい。何度か深呼吸を繰り返すと、吐き気が治まったので、改めて水筒の水を少しだけ喉に流し込んだ。

何人かが起き出して、甲板に出て陸地を眺めている。忍は舷側まで行くと、話し込んでいる二人連れの男の横に並んで立った。

「おはようございます。留萌はどの辺りですか」

二人に問いかけたら、すぐ隣の男が話を中断して振り向いた。肉親を見るような優しい目つきになると、「留萌はねー」と言いながら、船の後ろを指さした。

「ずーっと向こうに、丘が終わって、がくんと海さ落ち込んでいるところが見えるべさ。あそこが黄金岬で、留萌の町は丘の右側の方になるな」

男の口から出た「おうごんみさき」という言葉が、懐かしく耳に響いた。彼の指さす方角に目を向けると、やっと見えるくらいの所に、急角度で海に落ち込んでいる海岸段丘が見えている。その上に、白くて細長い建物があった。あれが、ユーリから聞いた、新しく建てられた測候所らしい。あそこでユーリに会えるのだと思ったら、今すぐボートを下ろしてもらい、ここから留萌に直行したくなった。

〈今日は二十二日だから、小樽に着いたらすぐ駅に行き、留萌に向かおう〉

これからの行動を確認すると、船の後ろに顔を向け、もう一度黄金岬に目を凝らした。

その時、小笠原丸の航跡を辿るようにして、一筋の波が追いかけてくると、焼き網の上で餅が膨れるみたいに、海面がもっこりと盛り上がった。驚いて見ていたら、二本のアンテナを立てた塔が、海の中から勢いよく躍り出た。その塔は不気味なほどに真っ黒だった。海水を滴らせ、てらてらと光り、塔の下部は細長い船に続いている。以前見た日本海軍艦船図鑑の挿絵を思いだすと、細部の形は違っていたが、浮び上がったのが潜水艦で、黒い塔が司令塔と呼ばれる部分であることに思い当った。

〈どこの国のだろうか。アメリカは戦争を止めたから、あれはきっとソ連の潜水艦だ〉

忍が自問自答した時、司令塔の天辺が外に向かって全開した。何人かの兵士が中からばらばらと現れると、素早い動作で甲板に下り立った。前方にある機銃に取り着くと、銃口が回転して、こちらに向けられた。彼女は叫び声を上げ、手摺りから手を離すと、甲板に尻もちをついた。機銃が火を吹く前に、小笠原丸の船底で大きな爆発音がして、腹の底から頭に向かって突き抜けていった。船が大きく跳ね上がると、体も一緒に飛び上がった。

爆発音が止むと、忍は甲板に這いつくばったまま、首を伸ばして辺りの様子を窺った。船の舷側を伝って、真っ白い煙が這い上がってきた。強烈な火薬の臭いが鼻を突いた時、潜水艦から発射された魚雷が船底に命中し、そこで爆発したことを直感した。恐る恐る船首の方に目を向けると、信じられない光景が目に飛び込んできた。

さっきまであったマストが、きれいさっぱり無くなって、マストの根元だった所に、大きな穴が開いている。つぎの瞬間、穴の中から唸りを上げて、太い水柱が吹き上がった。水柱の中で動いているものがあるので目を凝らしたら、大勢の人間だった。手足をばたつかせているものがいれば、四肢を広げたままで動かないものもいる。首のないものや上半身だけの人間もいた。みんなは、魚が群れになって滝を昇るように、束になって水柱を上っていくと、最後はばらばらになって海に投げ出された。その後リュックサックや筵で包まれた荷物が続き、これを追いかけて俵やかますも噴き出した。忍は夢を見ている気持ちで、甲板に這いつくばったままだった。

ようやく水の噴出が治まると、船全体が震え出し、船尾が次第に下がり始めた。忍の体はずるずると滑り出したが、手足に力を入れて踏ん張ると、どうにか途中で持ちこたえた。しかしさらに傾斜がきつくなった時、堪え切れなくなって甲板を滑っていくと、操舵室の壁に当たって、そこで止まった。さっきの男たちも、目の前をつぎつぎと転がっていった。

その後一分も経ってはいなかった。低い軋み音が船底から聞こえると、船が大きく傾いた。今度は、忍の体が舷側に向かって滑り出した。慌てて手摺りを掴もうとしたが、もう遅かった。左足が舷側に叩きつけられると、両手を広げてうつぶせになったまま、海面に落下した。顔面が水に叩きつけられ、体はゆっくり沈んでいった。口の中に海水が流れ込み、両耳がわーんと唸り音を発した。薄れゆく意識の中で、海上に上がる方法を必死になって考えた。

その時、右膝に何かがぶつかった。首を捻ってそちらを見ると、ぼやけてはいるが木箱らしい茶色のものが、ゆらゆらと水中を漂っている。忍は無我夢中で、木箱を思い切り足で蹴りつけた。体は斜め上に移動すると、それから真っ直ぐ上昇し始めた。けれども海面までが遠過ぎた。目の前が灰色になると、胸が苦しくなった。胸ばかりか、体中の全細胞が空気を欲しがっている。上を見て思い切り片手を伸ばしてみたが、海面に届くまで、後五本くらい手が必要だった。

〈あそこまで行きさえすれば、好きなだけ空気を吸えるのに〉

明るい海面を見上げ、いつもは存在すら感じない空気を渇望した。

〈ユーリに会いたい〉

これが願いのすべてだった。瞼の裏に光り輝くスクリーンが現れると、これまでの出来事が、目まぐるしい速さでフラッシュバックされた。

第三章　オタスの杜

江藤忍は苫小牧で生まれ、昭和九年の夏、両親に連れられて樺太にやって来た。王子製紙の設計技師だった父親の国明が、敷香にある日本人絹《じんけん》パルプに転勤になったからだ。この会社は王子製紙の傘下にあって、一層の増産を目指し、操業規模の拡大が決まっていた。国明は将来一人娘が軍需工場に取られることを嫌い、忍を教師にしようと企んだ。だから娘が小学校を終えると、彼女を敷香高等女学校に入学させた。ここを卒業したら豊原にある樺太師範学校に進ませるつもりだった。ところが昭和十五年の秋、彼は勤務先の工場で木材チップを入れる蒸解釜を点検している時、梯子から足を踏み外して転落死した。父の死は忍の進路を狂わせた。高等女学校は卒業することにしたが、師範学校に進学することは断念した。何がなんでも教師になりたいとは思わなかったから、自分の将来が変わっても、彼女は落胆しなかった。

葬式が終わると、母親の律子は敷香にある写真館の店主から「オタスの店をやってほしい」と頼まれた。店主の中沢は国昭の親友で、忍たちと一緒に苫小牧から移住してきた。彼は昔から野心家で商才にも長けていたから、敷香町の一等地にある本店は、今では四人の写真技師を置くまでに繁盛している。中沢は、初めのうちは写真技師たちと手分けして、二つの店をかけ持ちでやっていた。しかし観光客が急増すると、自分たちだけでは手に負えなくなったから、律子に話を持ちかけたのだ。こんな経緯があって、忍は昭和十六年の三月に高等女学校を終えると、四月から母親と一緒に、中沢写真館オタス出張所に引っ越した。この店の正式名称は長ったらしいから、みんなは「オタスの売店」と呼んでいた。

敷香を訪れる観光客は、ほとんどが視察団という名のツアー客で、小樽から船でやって来る。この中には観光客ばかりか、国や北海道の議員たちや金儲けのネタ探しをする実業家も混じっていた。宿泊先に旅行鞄を置くと、彼らが真っ先に向かうのはオタスの杜だ。おたす丸には、視察団と一緒に中沢写真館の写真技師も、写真機持参で乗ってくる。客に同行してオタスの杜を歩き回り、彼らの求めに応じて、トナカイ牧場や北方民族の住居の前で記念写真を撮るためだ。

忍たちがここに来た時、売店で売られている商品といえば、観光客相手の土産ものだけだった。樺太の風景やオタスの住人たちの日常生活の写真が印刷された絵葉書の他に、北方民族の手になる手芸品や木製品も並べられていた。オタスの杜に住む女や子供たちは、手先がとても器用だから、彼らが作った手芸品は観光客にとても人気があった。ウィルタは布を織らないから、刺繍製品を作る時、トナカイのなめし皮を使う。イルガと呼ばれる文様が刺繍された皮の壁飾りを見ても、裏側に糸が出ている個所が一か所もないくらい、上手に仕上げられている。イルガとはウィルタ語で花を意味する。ウィルタの守り神であるセワの木偶《でく》も好評だった。これは日本のコケシに似ているが、体は彩色されず、木目が見えたままだ。面白いことに、木を削った時に出る鉋クズをカールさせたまま身に纏っている。立派な角を生やして四足で立っている、小さな木彫りのトナカイもよく売れた。

江藤母娘がオタスに来てからは、食料品や日用品なども、売店に置かれるようになった。これは忍の発案だ。お嬢さん育ちの母親は、何をするにも、娘に相談しなければ物事を決められない。それでも初めのうちは、自分が先に立って店の品揃えをやっていた。けれどもある日のこと「もう面倒臭くなった。これからは忍に任せるよ。私はあんたの言う通りにするから」と言い出したので、店の切り盛りは専ら忍がやることになった。

ウィルタは今でも昔ながらの食生活を続けているが、ニブフは違っていた。彼らの食事はすっかり日本風に変わり、毎日米を食べ、味噌や醤油を使うようになっている。だからニブフは、食材や調味料がなくなると、わざわざ船に乗って敷香の市街地まで買い出しに行く。オタスの住人は無料で船を利用できるとは言え、毎日使う食品をオタスの売店に置いておけば、彼らにとっては便利なことに違いない。

忍はさらに、観光客に売る目的で樺太の特産品も店に置いた。敷香にある菓子工場の都屋からは、フレップを原料にしたジャムと羊羹や、中に餡が入ったツンドラ饅頭を買いつけた。樺太製薬からはフレップ酒を仕入れてきた。フレップというのはコケモモの一種で、樺太の野山にはいくらでも生っている。鮭のメフンは第一水産製で、日の丸焼酎は樺太酒精工場が造ったものだ。メフンというのは、鮭の背腸で作った塩辛で酒の肴として絶品だ。この他にも、ウィルタやニブフから調達したアザラシやトナカイの干し肉、鮭や鱒の燻製も店に並べた。アザラシの干し肉は脂っぽいが、一度食べると病みつきになるくらいに美味だった。

八月になると、内地では軍国色が一段と濃くなってきたが、ここ樺太では以前と変わらず、大河は悠々と流れ、風は気持ちよく川面を吹き渡っている。樺太では八月が、一年中で最もよい月と言われている。忍たちがここに引っ越してから、四か月余りが経とうとしていた。店に置く商品の買い付けは母娘が分担してやっている。母親の律子は、オタスの住人たちを「土人」と呼んで嫌っていたから、彼らの集落には絶対に近づかない。彼女は毎日のように、昼を済ませると、「商品の買い付けに行ってくるから」と言って、店は娘に任せて敷香の町に出かけ、夕方まで戻らない。

しかし実際は、町で過ごす時間の大半は、昔の友だちと雑談することに費やされた。律子は「お父さんさえ生きていたら、こんな暮らしをしなくてもよかったのにね」と愚痴をこぼし、「女学校まで出たのに、こんな所で店番しているなんて、お前も可哀そうな子だね」と娘を憐れんだ。東京の資産家の家で育ち、結婚した後も王子製紙の社宅に住んで、水道や電気を不自由なく使っていた。それが今では狭い二間で寝起きして、ポンプで井戸水を汲み、夜はランプを灯して暮らしている。できるだけ長く町にいたい、という母の気持ちは、忍にも理解できた。

忍の嘗ての級友たちは、誰一人として、ここを訪ねてはくれなかった。オタスに来るには、敷香の町外れまで歩き、船に乗らなければならない。しかし忍は、友だちが来ないのは、これが理由ではないことを知っていた。王子製紙は樺太に九つも工場を持っているから、樺太は「王子の島」とも言われている。東京出身の社員とその家族もエリート意識が強く、忍が通っていた敷香高等女学校でも、王子の子弟は他の子供たちを入れずにグループを作り、東京言葉で話していた。けれども父が死んでしまうと、忍は自動的にこのグループから排除され、あんなに仲よくしてくれた友人も、掌を返したように冷たくなった。グループの外に仲のよい友だちを持たなかった彼女は、必然的に孤独になった。

一人っ子の忍は、子どもの頃から一人遊びに慣れていた。友だちが訪ねてこなくても、淋しいとも思わないし、今の境遇を、母が言うほどみじめだとは感じていない。むしろ、町から引っ越してきてよかったと思っている。オタスに住んでみると、周りにいる人間は、全員が気の置けない友だちだ。彼らは、相手が自分と違う民族でも、仲良く暮らす術を心得ている。オタスの住人の容貌は、押し並べて、日焼けして頬骨が高く、目は吊り上がっている。けれども、北海道の漁村や農村に行った時、こんな顔の人間を何人も見ているから、みんなと一緒にいても、取り立てて違和感を覚えなかった。忍は、王子グループの友だちとしか付き合わなかった自分は異常な人間だったのだ、と思うと同時に、ここに来てそのことに気づかされたことを感謝した。

母が「土人は頭が悪いから、字を書けないんだよ」と言った時、忍は口の中で「お母さんは間違っている」と呟いた。後から樺太に移住した日本人が、先に住んでいた民族を見下していることには、いつも疑問を感じていた。オタスの住人たちは、頭が悪いどころか、言葉を覚える能力に関しては、日本人より優れている。オタスの学校に通っている子供はもちろんだが、大人でもふつうに日本語で会話ができるし、ロシア語を話せるものも少なくない。高等女学校に進んでも、日本語しか話せない自分が恥ずかしくなる。もともとはトナカイを追い、アザラシなどの海獣を求め、日本とロシアが勝手に決めた国境を越境する民族だ。彼らは行く先々で別の民族に遭遇するから、新しい言葉を短期間で覚える能力がなければ、そこの地で一定期間暮らすことはできないのだ。字が書けないことについても、彼らはもともと文字を持たない民族だから、この意見は当たっていない。何百キロにも渡って広い土地を移動し、異民族の中で暮らすことを繰り返している民族にとって、仲間内だけにしか通じない文字は、それほど重要な意味を持たないのだろう。

忍が何より好ましく思うのは、彼らの社会には階級とか身分の違いというものがないことだった。一族の中には、神と直接交信できる、いわゆるシャーマンに相当する人間はいるが、彼は決して支配者ではない。みんなに昔のことを語り聞かせ、手仕事や猟の仕方を教えるといった、いうなれば生きてゆく上での大先輩の役割を果たす。オタスの杜に住んでいるものは、その日の獲物が多かろうが少なかろうが、これをみんなで分け合って、全員が平等に生きている。王子製紙の社員とその家族のように、樺太の地に入り込み、他者を押しのけ、浮き上がったまま生きているものは一人もいなかった。

森の中から開けた場所に出ると、忍は足を止めてリヤカーの引き棒から手を離した。軍手を脱ぐと、首に巻いていた手拭いで額の汗を拭った。後十分も歩けば家に着く。みんなから「リヤカーを犬に引かせれば楽なのに。うちの犬を使ってもいいよ」と言われるが、リヤカーを引かせるなんて犬が可哀そうだと思って、彼らの勧めを断っている。両手を上げて大きく深呼吸をすると、幌内川の対岸に目を向けた。今では王子製紙敷香工場と名前を変えた、パルプ工場の高い煙突が目に入ると、立ち昇る白い煙の向こうに父の顔が浮かび上がった。彼は年から年中忙しく、休みの日でも会社に出かけることがほとんどで、たまに家にいても、設計図とにらめっこをしているか、疲れて寝室で眠っていた。父が家族と一緒にどこかに遊びに行ったという記憶を、忍は持っていない。

忍はリヤカーの積み荷に目を向けると、満足げに「今日はたくさんあったな」と呟いた。ウィルタのワシライカ爺からはトナカイの干し肉を、彼の隣人であるナプカおばさんからは、イルガの壁飾りを仕入れてきた。その時、そばにいた長女のオリガが「忍ちゃん、これも買ってよ」と言って差し出したのがトナカイ皮の財布だった。トランプのスペードに似た形のイルガが、赤い糸を使って緻密なタッチで刺繍されている。ニブフのマヤーク婆からは鮭の干し肉を、シャーマンのアコン爺からは鱒の燻製を買ってきた。手芸品や木製品は、いくら仕入れても困ることはないが、干物や燻製は、夏場は傷みが早いから、売れ残るとやっかいなことになる。けれども明日からの三日間は、オタスの夏祭りがあり、熊祭りや丸木船競争も開催される。これを見物する大勢の視察団が来ることになっているから、これくらいの量なら祭りの期間中に全部捌けるはずだ。

忍は母が昼から出かける予定なのを思い出した。自分に活を入れるみたいに背筋をぴんと伸ばすと、「早く帰らなきゃ」と言いながら、リヤカーの引き棒に手を掛けた。

明けて昭和十七年の三月中旬を迎えた。三か月くらい前に、日本は太平洋戦争に突入したが、樺太の日本人は「遠い国で戦争が始まったか」としか感じていなかった。食糧事情もさほど悪化していないから、全く危機感を抱いていない。日米開戦のことが話題になっても、「日本は神国だから、神風が吹き、必ず勝利するから大丈夫だよ」と言って、笑顔で話を切り上げた。

樺太の春の訪れは北海道よりずっと遅い。三月になっても、河川には厚い氷が張ったままで、まだまだ冬が続いている。冬の間は、氷結した幌内川にはスケートリンクが造られ、その周りではオタスの住人や敷香町民が氷に穴を開けてカンカイを釣る。十二月から四月までは、内地と樺太を結ぶ定期船は運休するから、敷香を訪れる観光客はほとんどいない。オタスの売店を利用するのは、オタスの住人と釣り人たちやスケート遊びの親子連れだけだ。その売店も、今日は臨時休業になっていた。

忍は帰り仕度をすると、病室のベッドに横たわっている母の顔を見て、別れを告げた。

「それじゃ、私は帰るから。今夜はよく眠ってね」

律子は三日前、町で風邪をもらって帰ってきた。昨夜になって「胸が苦しい」と訴えたので、忍が今日の午前中に牧田病院に連れてきたのだ。レントゲン撮影の結果では、律子は肺炎ではなく、軽い気管支炎に罹っていた。院長から「今日は薬を貰ってこのまま帰ってもいいですよ」と言われたが、本人が家に帰りたがらず、「一晩だけ入院する」と言い出した。院長夫妻は札幌出身で、夫が内科と小児科を担当し、妻が看護婦長を務めている。律子はこの二人と仲がよく、町に住んでいた時は、この病院にしか掛からなかった。

「忍。ありがとう。世話をかけたね」

律子は言った後で、口元を引き締めると娘に言い含めた。

「今夜はしっかり戸締りするんだよ」

これだけでは効き目がないと思ったのか、さらに言い足した。

「悪い土人が来るかもしれないから」

この言葉を聞いて、忍が「オタスには悪い人はいないよ」と反論しても、律子は「土人は根性もよくないから、何をされるか分からないよ」と言って、自説を変えようとはしなかった。新潟生まれの律子は、まだ四十を過ぎたばかりで、色白の顔は典型的な雪国美人と言ってもよい。けれども、愚痴や人の悪口を言う時は、眉間に皺を寄せて口元を歪める。こうなると雪国美人の面影は消し飛んでしまい、一挙に十才くらいも老け込んだ、意地悪女の顔になる。忍は他人から「あんたはだんだんお母さんに似てきたね」と言われるたびに、〈どうか母の悪いところは似ませんように〉と心の中で念じていた。

忍は病室を出ようと思って足を踏み出したが、引き戸の前で振り返ると、母を喜ばせるために「婦長さんに挨拶して帰るつもりなの」と打ち明けた。律子は娘の言葉を聞くと、ここしばらくは見せたことがないくらいの笑顔を向けて、こっくりと頷いた。さっきからずっと、修学旅行の生徒みたいにはしゃいでいる。オタスと比べたら敷香の町は別世界だから、入院することも、旅館かホテルに泊まるのと同じで、嬉しくて仕方がないのだろう。恐らく今夜は別室で、院長夫妻と長話を楽しむつもりでいるはずだ。

忍は改めて「お母さん。今日は夜更かししないで、早めに寝なきゃだめだよ」と釘を刺した。律子は娘の忠告を聞くと、「どっちが親だか分からないね」と苦笑いを浮かべ、「今夜はよい子にしますから、安心してお帰りください」と、おどけた口調で返事をした。

忍は「どうせ夜更かしするんだから」と言いながら、病室を後にした。

病院の玄関を出た時、風が唸りながら真正面から吹きつけたので、咄嗟に顔を伏せた。午前中より風が強くなっている。彼女は不安げな目つきで空を見上げた。北の方から灰色の雪雲が、狼に追われた羊群《ようぐん》のように、一団となってこちらに向かってくる。けれども、頭上の空にはきれいな青空が見えていた。母の長話に付き合わされ、帰るのが日暮れ時になってしまったが、今から歩き出せば、オタスに着くまで暗くなる心配はなさそうだ。

　街並みを外れてしばらく歩いたら、幌内川の船着き場に着いた。雪は降っていないし、西の空がまだ明るいから、川の対岸まで見通せる。スケートリンクは、今日の昼で今季の営業を終わり、貸しスケートの小屋も撤去されている。午前中には、あちこちに釣り人の姿が見えていたが、みんな店じまいをしたらしく、どこを見ても人影は見えなかった。

　忍はコートの襟を掻き合わせると、雪原になった川面に足を踏み出した。このコートはニブフのマヤーク婆から買ったものだ。アザラシの毛皮でできていて、特別に頼んで付けてもらったフードの縁には、ファーが縫い付けられている。フードの両端を、顔の真ん中に寄せてボタンを掛けると、目から下の部分がすっかり隠れてしまうから、吹雪の時でも雪や寒さから顔を守ることができる。

　川の真ん中辺りまで来た時、雪煙を巻き上げながら、左手から突風が襲いかかった。雪の心配はしていたが、風のことは頭になかったから、身構える暇もなく雪原に投げ出された。提げていた布バッグが手から離れ、風に飛ばされて雪の上を転がり出した。樺太の冬は、積雪量は多くないが、猛烈な風が吹き荒れるから、晴れた日中でも、凍死者が出るくらいの地吹雪になる。とりわけ、川の上などの開けた場所では、風を遮るものが何もないから、風は渦巻くようにして吹き、四方八方から雪の礫をぶつけてくる。

　バッグが転がった方に体を向けると、背後から吹く風に抗いながら、両足に力を入れて立ち上がった。フードの両端を掴むと、鼻の上に寄せて、しっかりとボタンを掛けてから前進し始めた。十歩くらい進んだ時、雪煙の向こうに風に飛ばされたバッグらしい黒い影が見えた。そばに行くと、体を屈めて手を伸ばし、ひったくるようにしてバッグを掴んだ。すぐに元の場所まで戻ろうとしたが、地吹雪がひどくて周りの景色が見えないから、方角が分からない。しばらく考えた後で、風上に向かえば元の場所に戻れる、と気がついた。体を風上に向けると、一歩一歩足元を踏みしめるようにして歩き出した。しかし今度は向かい風だから、五メートルくらい進んだ辺りで立っていられなくなった。仕方がないから、バッグを抱えたままで、その場に這いつくばると、両ひざを使って、ゆっくり前進し始めた。雪が痛いくらいに目を叩くので、顔を伏せたままだ。行く手に立ちはだかった風が「さあ、来れるものなら、ここまで来てみろ」と言わんばかりに、大声で咆えている。

その後どれくらい経った頃だろうか。忍は不意に気がついた。

〈風向きが変わっているかもしれない〉

そうなのだ。風向きが刻々と変わっているのなら、風上に向かって進んでも元の場所に戻れるとは限らない。最悪の場合、さっきと風向きが逆になっていたら、このまま進むと河口に出て、海に落ちて死んでしまう。忍は急に恐ろしくなって、進むのを止めた。地吹雪が治まるまで動かない方が得策だ。諦めて雪の上にしゃがみ込むと、首を捻って雪煙の間から空を仰ぎ見た。さっきまでは地吹雪だったのに、今は雪まで降り出して、本格的な吹雪になっている。耳元では、風が威嚇するように唸っていた。

いくら待っても、風は止まなかった。おまけに、灰色の空からは、大量の雪が途切れることなく届けられる。天の蔵は無尽蔵だ。コートの袖に降り積もる雪を、払っても、払っても、新たな雪が間断なく襲いかかる。いつの間にか、辺りは薄暗くなっていた。体の周りは見渡す限りの白い闇だ。その外側も夕闇で上塗りされているから、伸ばした手の先もようやく見えるくらいだ。顔をフードで覆い、毛糸の手袋を二枚重ねて履き、アザラシの毛皮を着ているから、雪の上にしゃがんでいても寒さは感じない。しかしこれが却って仇となり、激しい睡魔に襲われた。昨夜は母の看病で夜中に起き出し、再び寝床に入って目を閉じたのは、夜が明ける二時間くらい前だった。雪を掴んで目の周りに押し付けると、「眠ったら死ぬぞ」と繰り返しながら、必死になって目を開けていた。

けれどもこの言葉を四回繰り返したところで、つんのめるようにして体を雪の上に投げ出した。風の音に混じって鈴の音が聞こえてきた。魂が引き込まれてしまうくらいに心地よい音色だ。鈴の音は次第に近づいてきたが、そばまで来ると、ぴたりと止んだ。やっとの思いで目を開けると、雪の上に投げ出された自分の手の向こうに、毛皮のブーツを履いた人の足が見えている。忍は朦朧とした意識の中で、死んだ父が迎えに来たのだと思った。すぐに体がふわりと浮き上がると、風の音が遠のいて、それから何も聞こえなくなった。

第四章　ユーリ

忍は顔の周りに暖気を感じて我に返った。目を開くと、目に入ったのは丸太組みの高い天井と太い梁から吊り下げられたランプの炎だ。窓ガラスを叩く風の音を聞いた時、記憶の倉庫が全開した。病院からの帰り道に吹雪に遭ったことを思い出すと、上半身を起こして辺りを見回した。初めて見る部屋だった。自分が寝かされているベッドの横には暖炉があり、中では太い木の枝が爆ぜながら燃えている。マントルピースの上には、聖母マリアの額縁が置かれ、壁にはアジアの地図が貼ってある。体の上には、病院を出る時に着た毛皮のコートが掛けられている。毛糸の手袋も脱がされて、暖炉の前にある椅子の上に、バッグと一緒に載せられていた。

部屋の照明にランプを使っているから、ここは敷香の町ではなくオタスらしい。しかし使われているランプは、火屋《ほや》はむき出しではなく、四角いガラスで覆われて、四隅には真鍮《しんちゅう》製の枠が嵌められている。こんな上等なものは、自分の家では使っていないし、ウィルタやニブフの家でも見たことがなかった。ひょっとしたらこの家には、亡命したロシア貴族が住んでいるのかもしれない。けれども、ロシア人がオタスに住んでいるという話は聞いたことがない。壁の地図を見ながら考えていたら、背後で女の声がした。

「おや。目を覚ましたね」

驚いて振り返ると、隣部屋との境に、赤いセーターを着た女が立っていた。オタスの住人にしては、珍しく顔が日焼けしていない。黒い髪の毛は長く、下がり気味の目が人のよさそうな印象を与えている。ウィルタやニブフというよりは、日本人の顔立ちだ。オタスに住んでいる日本人は、土人教習所の教員夫妻と自分たちだけだから、忍は訝しく思った。

隣の部屋には誰かいるらしく、女は後ろを振り返ると、早口で何かを言った。忍には分からない言葉だった。すぐに茶色の上着を着た若い男が現れると、「寒くないかい」と気遣ってくれた。どうやら彼らは母子らしく、笑顔になると、男の目元は女にそっくりだった。

忍は「いいえ。とても暖かです」と言いながら、ベッドを下りて床に立った。

「こっちにおいで。食べ物があるよ」

女が誘ってくれたので、何度も頭を下げながら、隣の部屋に入っていった。


二人はヤクート人の母子だった。オタスの杜にある住居では、この一軒だけが離れていて、ニブフの集落から十分ほど歩くとここに着く。ニブフの集落までは何度も来たことがあったが、その先にも家があることは知らなかった。男はユーリ・イリイチ・スミルノフという名前で、北サハリンで一家の長男として生まれ、年齢は忍より五才上だった。十一才の時からオタスの学校に通い、五年間授業を受けたので、日本語での会話はもちろん、読み書きもふつうにできる。

今日の夕方、ユーリが敷香の町に行った帰りに川を渡っていたら、橇を引いていたトナカイが川の真ん中辺りで足を止めた。不思議に思った彼が、橇から下りて調べたら、トナカイの鼻先に雪の小山があり、この中で忍が眠っていた。トナカイは、彼女が着ていたアザラシの毛皮の臭いを嗅ぎつけて、立ち止まったらしい。

女は彼の母親で、アナスターシアという名前だ。彼女は忍の名前を知らなかったが、敷香に行く時、売店の前を掃除しているのを見かけたことがあったので、顔は覚えていた。

ヤクート人は日本人と同じモンゴル系民族で、大半がシベリアに住んでいるが、ユーリの一族は三十年前に大陸を離れ、当時石油景気に沸いていた北サハリンに移住して、ロシア人と一緒に暮らし始めた。けれども、ここにソビエト政権が樹立されると、一族は国境を越えて南下し、日本に亡命した。ユーリの父親であるイリヤはロシア正教を信じていたので、宗教を認めないソビエト政権と決別したのだ。イリヤは三百頭以上ものトナカイを飼っていた。しかしオタスの杜では飼育が許されなかったので、ユーリと二男のニコライを連れてオタスを離れ、北方の森の中に、トナカイ牧場と丸太小屋を造り上げた。彼は商売上手で、八十台ものトナカイ橇を使い、日本人がやっている冬山造材現場まで、食料品や日用品を運搬して財を成した。アナスターシアは町の近くに住みたかったので、オタスの杜に家を建ててもらった。長女のヴァルヴァーラと共にこの家で暮らし始めたが、その長女は昨年国境近くの町に嫁いでいった。姉と入れ替わるようにして、先月からユーリが母の家で暮らし始めた。

以上の話は、ユーリたち二人が代わる代わる話し手になって、忍に聞かせてくれたものだ。アナスターシアはふつうに日本語を話せるが、込み入った話になると、彼女に代わって息子が説明した。忍は助けてもらった礼を述べ、自己紹介をした後は専ら聞き役に回っていた。聞き役に回ったと言うよりは、自分の話す番がなかったと言った方が当たっている。ヤクート人の母子は、忍につぎからつぎへと話を聞かせることで、歓迎の意を表した。

母子の話を聞きながら、夢を見ている気がした。あのまま雪の中で眠り続けたら、間違いなく凍死していた。今こうして、夕食をとっている自分が信じられない。この家はなんでもロシア風だ。どろりとした赤いスープが、ニンジンに玉葱、それにトナカイ肉が入っているボルシチという料理であることや、中に具が一杯に詰まった揚げパンが、ピロシキという名であることも教えられた。暖かいのは料理だけではなかった。ここには暖かい家庭があった。同じ母子二人の暮らしでも、こんなに違うものか、と羨ましく思った。

壁の時計を見ると、もうすぐ九時になるところだった。忍は椅子から腰を浮かせると、窓の方を見ながら独り言を言った。

「吹雪は止んだのかな」

ユーリは忍の言葉を耳ざとく聞きつけると、さっと立ち上がった。親が子供に言い含めるように「だめだめ。またさっきみたいになるよ。明日の朝、明るくなったらトナカイ橇で売店まで送っていくから、今夜はうちに泊まりなさい」と言って、帰るのを引き留めた。息子の隣ではアナスターシアも、「そうしなさい」と言うように笑顔で何度も頷いている。

忍は二人の好意に甘えることにした。今夜は母も家に帰らないし、売店の戸締りは病院に出かける時にしっかり済ませたから、ここに泊まっても問題はない。

「それじゃ、申し訳ありませんが、泊めていただきます」

言ってから、アナスターシアの方に向き直ると、両手を膝に当てて丁寧に辞儀をした。頭を上げた時、アナスターシアは掌を上に向けて「どうぞ」という仕草をした。

ユーリは安心したように椅子に腰を下ろすと、早速トナカイについて解説し始めた。「トナカイは、鹿と違って雌にも角があるんだよ。これで雪を掘り起こして、苔を食べるから、放し飼いにしておいても冬を越せる。蹄が丸くて大きいから、泥の中や雪の上でも体が沈まないんだ」とか、「カラフト犬は雪を怖がるけど、トナカイは怖がらないから、吹雪で周りが見えなくても、どんどん歩くんだ。走るのが速くてね。前に、六頭立ての橇が汽車と競争したら、トナカイが勝ったんだよ」と教えてくれた。彼は博識だった。こちらから質問しなくても、兄が妹に対するみたいに、知っていることを得意げに教えてくれた。


それから一か月以上が経ち、四月の二十日になった。小樽と敷香を結ぶ定期船は、五月にならなければ運行されない。オタスを訪れる観光客がいないので、売店は開店休業の状態だった。昼を過ぎても天気は崩れず、快晴が続いている。道端には雪が三十センチくらいも残っているが、顔に射す陽の光には、間違いなく春の気配が感じられる。敷香港がある東海岸はオホーツク海に面しているのでまだ流氷があるが、流氷が来ない西海岸では、こちらより水温が五度も高く、タラ漁とニシン漁の最盛期を迎えていた。敷香の町にも西海岸の真岡《まおか》で獲れた生のニシンや身欠きニシンが鉄道便で運ばれてくる。

　忍は売店の裏に作られた棚に、身欠きニシンを掛けていた。社宅とは違って、ここには広い庭があるから、こんな時には大助かりだ。このニシンは商売ものではなく、自分たちの越冬食だ。身欠きニシンを翌年の春まで保存するには、買ってきたものをさらにひと月くらい、天日で乾かさなければならない。でき上がった堅干しの身欠きニシンは、使う時に米のとぎ汁で戻されると、大根やニンジンなどと一緒に漬け込まれてニシン漬けになるほか、甘露煮や昆布巻きなどの惣菜になって、冬の間中食卓を賑わせる。

　梯子に乗って横棒にニシンを掛け終わった時、不意に下から呼びかけられた。

「忍ちゃーん」

　驚いて振り向くと、こちらを見上げていたのは、アザラシ皮のコートを着て、黒テンの毛皮帽子を被っている男だ。一瞬誰か分からなかったが、よく見ると、ユーリだった。よそ行きのコートを着ている彼を見るのは初めてだから、すごく年上の見知らぬ男に見えた。忍の顔が、親を見つけた迷子みたいに、ぱっと輝いた。彼の顔を見るのは、あの吹雪の時以来だ。慌てて梯子を下りると、頭に巻いていた手拭いを取って丁寧に頭を下げた。

「この前は、助けてくれてありがとうございます」

　ユーリは片手を振ると、「そのことはもういいの」と言って、少し照れたような笑い顔を見せた。彼が笑うと、ふだんは厳しそうに見える切れ長の目が、一転優しくなって、母親そっくりになる。忍はこの目が好きだった。

彼は提げていた袋に目を向けると、「これ、母さんから。ピロシキだよ」と言いながら、中から紙包みを取り出して、彼女に差し出した。

あの吹雪の翌日、病院から戻った母に、吹雪に遭って行き倒れ、ユーリに助けられたことを、ありのままに報告した。律子は最後まで口を挟むことなく、顔をこわばらせて娘の話を聞いていたが、話が終わった時、我慢し切れなくなった仕草で顔の下半分を掌で覆った。顔を震わせながら「死んだお父さんが、ここに忍がいるよ、とトナカイに教えたんだよ」とくぐもった声で言うと、「よかった、よかった」と涙声で繰り返した。

忍は母の意外な反応に驚いた。内心では母の大嫌いな土人に助けられたことを咎められるのではないのか、と恐れていた。ところが母の口からは土人の土の字も出なかった。母は、自分の気管支炎が原因で娘が死にそうな目に遭ったことを、申し訳なく思ったようだ。

その一週間後、律子は町から戻ると、福引で当たった景品を見せる子供の顔をして、大きな紙の包をすっと差し出した。

「小麦粉だよ。やっと手に入った。明日にでも、これを持って、改めてお礼に行きなさい」

母から紙包みを受け取ると、忍は両腕で胸に抱え込んだ。ずしりとした重さを感じ、感極まった声を出した。

「すごーい。おばさん、喜ぶよー」

ユーリの家ではロシアパンやピロシキを作るから、小麦粉はいくらあっても余ることはないはずだ。忍は自分が助かったことよりも、母がヤクート人に対しても、日本人に対するのと同じやり方で、感謝の気持ちを伝えようとしていることの方が何倍も嬉しかった。

翌日忍がユーリの家に行くと、彼は留守だった。アナスターシアに訊くと、「お父さんの家に行って、ひと月は戻らないよ」と教えられた。彼に会って話をしたかったから、とてもがっかりしたが、改めて母の謝意を彼女に伝え、小麦粉の包を渡して家に戻った。

今日ユーリが持ってきたピロシキは、その時届けた小麦粉のお返しのつもりらしい。彼が父の家から戻るのを待っていたから、持ってくるのがこんなに遅くなったのだろう。忍は「母は町に行って留守なんです。会ってもらいたかったのに残念です。上がって、お茶を飲んでいってください」と言って、先に立って彼を店の中に案内した。


樺太では、一年のうちで冬の期間が最も長く、八か月も続く。六月になり待ち望んでいた春が訪れると、人々は畑の氷が解けた頃を見計らって、ジャガイモを蒔く。深く掘り過ぎると永久凍土層に突き当るから、適当な深さになると掘るのを止める。ニンジンや大根も収穫できるが、茄子やトマト、胡瓜は育たない。

七月になると野の花は、夏が短いことを知っているのか、留め金を外されたバネのように一斉に弾け咲く。スズランも咲くが、強い風を受けるため、北海道のものよりずっと背丈が低い。樺太で一番元気なのは、何と言ってもフレップだろう。網目状のしっかりした根を、地を這うようにして張り巡らせると、艶々とした丸くて堅い葉の下に、白い小さな花をつける。そんな七月ある日の昼前のことだ。森の道から開けた場所に出ると、リヤカーの後ろを歩いていた忍は「ここで一休みするよー」と前に向かって呼びかけた。リヤカーの引き棒を握っているのはユーリだった。忍がアナスターシアと話し終わって帰ろうとしたら、彼は「町に行くから」と言って、遠慮する忍から、買い付け品を積んだリヤカーを奪い取った。手ぶらになった彼女は、彼と話をしながら、リヤカーの後を歩いていた。

草むらに腰を下ろして十分ばかり休憩すると、二人はまた歩き出した。忍はユーリに「生まれはどこなの」と訊かれると、苫小牧の話を始めた。父が向こうでも王子製紙に勤めていたことを教えた時、彼は「王子の工場は北海道にもあったのか。北海道よりもっと北に行こうと思って、樺太に来たんだな」と言って、納得顔で頷いた。

今度は、忍が彼に質問する番だ。

「ユーリさんは、これからもずっとオタスに住むの？」

ユーリは足を止めると、振り返って「ユーリさんというのは、変だよ。ユーリでいいよ」と言った後、小さな声で「忍ちゃんとは、仲良しなんだからさ」と付け足した。忍は口の中で「仲良しなんだからさ」と彼の言葉を反芻した。言いながら、自分はユーリに好かれている、とはっきり感じた。嬉しくなって一人笑いを浮かべていたら、「ずっと住むつもりだよ」という彼の声が聞こえた。彼女には、天上から降ってきた天使の声に思われた。

川岸を大きく曲がり、行く手に売店が見えた時、急にリヤカーが停止した。リヤカーの荷箱の後ろを見ながら歩いていた忍は、つんのめりそうになって、のけ反るようにして爪先立った。何があったのだろうかと思って前を見たら、ユーリが向こうを指さして「あの人は、忍ちゃんのお母さんだよね」と訝しげな声で訊いた。彼の指さす方を見ると、売店の前で、母が両手で何かの包を持ったまま、大柄な男と向きあっている。そのまま見ていたら、突然男が大声で何かをわめきながら、母を両手で突き飛ばした。母は手に持ったものを宙に放り上げ、甲高い悲鳴を上げながら、尻もちをついた。

地面に崩れ落ちる母を見た時、忍は自分が突き飛ばされたみたいに、腰が後ろに引けてしまった。心臓が口から飛び出しそうになって、両足が震え出した。

「ひどいよー。ユーリ。お母さんを助けて」

彼女が悲痛な声で頼むと、ユーリは「よーし。分かった」と力強い声で請け合った。リヤカーの引き棒から手を離して、売店の方に駆け出した。

陽が落ちると、春と夏が同居している心地よい夜になった。夕食も終わり、母娘は飯台に向き合って茶を啜っていた。柔らかな風が窓から入るたびに、ランプの炎が瞬きするみたいに、ちらちらと揺れる。会話が途切れると、今度は虫たちが、窓の下で歌い始めた。二人はさっきから昼間の出来事を話していた。

律子は茶を一口飲むと、遠くを見る目つきをして「あんな男の子が家にいたら、心強いよね」と実感込めて言った。あんな男の子とはユーリのことだ。あの時売店の前にいた男はロシア人で、アザラシの干し肉を買いに町からやって来た。酔っていた彼は、律子が町で見かけた女であることが分かると、途端に図々しくなって法外な値引きを要求したが、断られたので怒って乱暴を働いたのだ。

駆けつけたユーリがロシア語で「私はイリヤの息子だが、代わりに話を聞こう」と言ったら、男は急に大人しくなり、正価で肉を買い取って、逃げるようにして帰っていった。イリヤはロシア人の間では有名だから、男はユーリが彼の息子だと聞いて〈これはまずい〉と思ったらしい。その時律子は、二人の会話を聞きながら、この日本人はロシア語を話せるのだ、と思っていた。遅れてやって来た忍から、彼こそ命の恩人であることを教えられると、ユーリの両手を取って、涙声で何度も礼を述べた。

律子は飯台の上に目を向けたまま、じっと何かを考え始めた。

母が黙り込んだのを潮に、売り上げを計算しようと思って、忍は算盤《そろばん》を引き寄せた。

律子が、ことりと音を立て、湯のみ茶碗を飯台の上に置いた。天井の隅に目を向けたまま、大きく頷くと、低い声でぽつりと言った。

「ユーリに来てもらおう」

母が何かを言ったので、忍は算盤を弾いていた指を止めると、顔を上げて「ユーリがどうしたって？」と訊き返した。

「お母さんは決めたの。ユーリに売店を手伝ってもらう」

母の言葉を聞くと、目の前に、昼間見た彼の顔が浮かび上がった。何と返したらよいのか分からなかったので、口を半開きにして黙っていたら、母が不満そうな目をこちらに向けて「忍は反対なのかい？」と訊いた。忍は慌てて「大賛成。明日ユーリに話してみるね」と意識して明るく返事をしたが、内心では、顔が上気しているのを母に気づかれたのではないのだろうか、と心配した。

翌日、ユーリの家に行って母の用件を伝えると、彼は売店で働くことを二つ返事で引き受けてくれた。けれども「週に二日くらいは父の手伝いがあるから、その時は休ませてほしい」と条件を付けた。忍は母から「毎日が無理なら、来られる時だけでもいいからね」と言われていたので、「それでもいいよ」と返事をした。

こうしてユーリは、オタスの売店で働き始めた。水曜日と木曜日は、父の家に行くから店には来られない。店主の中沢から支払われる給料は二人分だけだから、律子が自腹を切ってユーリの時給を払うことにした。一応中沢にも意見を聞いたが、彼は反対しなかった。

ユーリは朝売店に着くと、真っ先に店の内外を掃除する。それから三人で打ち合わせをした後、忍と一緒にリヤカーを引いて出発する。集落に着くと、忍が家を一軒一軒訪ねては、店に置く品物を買いつける。彼女が品物を見ている間、ユーリが別の家を回って、その日の売り物を訊いてくれるから、一人の時より格段に楽になった。

忍の楽しみは、行き帰りの道すがら、ユーリと話をすることだった。ある日彼女が「ユーリが尊敬している人って誰なの？」と訊くと、彼は少しもためらわずに「おやじ」と答えた。伝記や小説に出てくる人物の名前を答えるのならいざ知らず、尊敬するのが自分の父親だと即答する人間は、ユーリが初めてだった。彼女が「どうしてお父さんなの？」と訊くと、彼は父イリヤについて話してくれた。

イリヤはシベリアから仲間を連れて北サハリンに移住すると、ここにヤクート人の村を作り、教会も建て、大陸から神父を連れてきた。しかし北サハリンにもソビエト政権が樹立されると、昭和三年に仲間と一緒に樺太に逃れ、日本に亡命した。その四年後には、自ら東京に出向き、有力者の仲介により陸軍大臣の荒木貞夫に会う機会を得た。「シベリアの大地にヤクート人だけの国を建設する」という、長年の夢を実現させるためだ。彼は「北サハリンも日本領にして、同時に大陸にいるヤクート人をソビエトから解放し、日本の保護下に置いていただきたい」と熱弁をふるった。しかし大臣から、

「あなたの意見には賛成するが、日本がソ連に手を出すには、今はまだ時期が早い」と断られた。

ユーリは、こんなエピソードを紹介すると、「おやじの夢は叶わなかったけど、ヤクート人を解放したいという心意気は、素晴らしいと思う」と父を称賛した後、川の対岸に目を向けて「だから俺も、人のために役立つ人間になりたいんだ」と熱い想いを打ち明けた。

忍はこの話を聞かされた時、イリヤの旺盛な行動力に驚くと同時に、彼の息子と知り合いであることを誇らしく感じた。自分勝手にユーリを兄貴と思っていたから、彼が売店に来ない日は、とても淋しくなる。母親からは「ユーリが来ない日には、忍は大人しくなるね」と冷やかされる始末だ。

そんな律子も、娘のことをとやかくは言えない。彼女も、ユーリが来る日には、ふだんより入念に化粧をして、心を弾ませているのが傍目にもよく分かる。さらに、「女先生から聞いたんだけど、ユーリは学校の成績がとてもよかったんだって」と我が子を自慢する母親みたいに吹聴する。女先生というのは、土人教習所の校長の妻である川村民子先生のことだ。忍は、そんな母を見ると、可笑しくて仕方がなかった。寡婦である律子にしてみれば、十九才年下の男というのは、中途半端な存在に違いない。一人の男として見るには、年が下に離れ過ぎているし、自分の息子というには少し大き過ぎる。しかしどちらにしても、律子がユーリを気に入っていることは明らかだった。その証拠に、それまでは一人で行っていた敷香の町にも、ときどき彼を連れていくようになった。

盆を過ぎて八月下旬になると、急に秋らしくなった。野山に行けば、熟したフレップの実が甘酸っぱい香りを惜しげもなく振りまき、匂いで秋を知らせている。フレップは実の色によって黒フレップと赤フレップに分けられ、酒を造る時は黒フレップを使う。赤フレップは塩漬けにされて、野菜の乏しい冬の間に魚や肉の付け合わせとして食卓に出される。

ユーリが売店に通い始めて一か月半が過ぎた。予想外だったのは、彼が来てから店の売り上げが三割くらいも増えたことだ。オタスの住人たちがユーリの働きぶりを見たくて、町の店には行かずに、オタスの売店に来るようになったためらしい。ロシア語が通じる店だということで、町に住んでいるロシア人たちも、頻繁に来るようになった。

今日は珍しく、ユーリが朝一番で町に行き、母が店番をしていた。忍は彼と一緒にフレップを採りに行く約束をしている。町に住んでいた時は、学校の友達と何度か行ったことがあるが、両親が揃って下戸だから、専ら塩漬け用の赤フレップを採ってきた。今日も赤フレップを採るつもりだ。しかし約束した時間を三十分過ぎても、ユーリは戻らなかった。待ち切れなくなった忍は、リュックサックを背負って母に声を掛けた。

「私、先に行くから。ユーリが戻ったら、すぐ来るように伝えて」

オタスでのフレップ採りは初めてだから、早く出かけたくて気が急いていた。今日の行く先はユーリから教えてもらった場所だ。彼の家に行く途中、森の中で脇道に入り、十分ぐらい歩くと開けた場所があって、そこに採りきれないほどのフレップが生っているという。

忍は歩き始めると、眩しそうに空を見上げた。この時期は風も弱く、天気が安定して雨の心配はない。いつもはリヤカーを引いているのに、今日は手ぶらで歩いているから、ふだん見ている風景が、初めてみたいに新鮮に目に映る。森の中をしばらく歩くと、太い道を逸れて林道に入った。林道の終点を過ぎて目の前を見た時「すごーい」と叫び声を上げた。向こうに見える草原が、見渡す限り真っ赤に色づいていた。二十センチ足らずの低木が、地面を這うように密生し、その隙間から赤い実が「早く摘んでよ」と呼びかけている。

彼女は駈け出すと、草むらに着くなり、リュックを背中から下ろして、中から布袋を取り出した。草の上に両膝を突くと、手当たり次第に摘み始めた。赤フレップの海は、息を吸い込むとむせ返るくらいに、ジャムの香りで充満している。

十分ほど経った頃、五メートルくらい前にある、背丈より高い灌木が不規則に左右に揺れた。忍は驚いて、フレップの実に伸ばしていた手を引っ込めると、布袋を足元に置いて立ちあがった。しばらく見ていたら、灌木の枝がさっきよりも激しく揺れ動いた。木の動きがこちらに進んでくるのに気がつくと、ほっとして両肩から力を抜いた。

〈誰かが木の枝をかき分けながら歩いてくる〉

こう思って「ユーリでしょ」と弾んだ声で呼びかけた。彼は売店に戻って忍が出かけたことを聞くと、別の道を通って先回りして、驚かそうと思って隠れていたのに違いない。

つぎの瞬間、ばきばきという音がして、大きな褐色の塊が茂みから躍り出た。目の前に現れたのは一頭のヒグマだった。忍はクマの顔を一目見るなり、叫び声を上げると、尻もちを突いた。顔の大きさは畳半分くらいもあるだろうか。顔を覆っている毛が、陽の光を浴びて金色に輝き、目の下から口の周りにかけては、絵具で上塗りしたみたいに白くなっている。樺太のヒグマは赤毛が多く、キングマとかアカグマと呼ばれているが、体は北海道に棲んでいるものより遥かに大きく、立ち上がると二メートルを超すものが多い。ヒグマはきらきらした黒い目を向けると、丸い耳を二、三度震わせた。不思議そうに顔を傾げると、ゆっくりとこちらに向かってきた。

忍は大声で叫ぼうとしたが、夢の中と同じで、声が出てこない。喉の奥からは、隙間風に似た「ひゅー、ひゅー」という音が漏れるだけだ。顔が不規則に揺れると、額から脂汗が湧き出した。草むらの上に尻を突いたまま、じりじりと後退した。

とうとうヒグマが、すぐ前に来た。鼻先をフレップの茂みにつけると、息を荒くして、フレップの香りを吸い込む仕草をする。首を伸ばして忍の背後を窺ってから、立ち上がると両手を体の前に下げ「ここは俺の縄張りだから、お前は向こうへ行け」と威嚇するように、口を大きく開けて低い唸り声を上げた。

忍はそれ以上クマの顔を見続けることができなくなって、目を瞑った。背中越しに、誰かの叫び声が聞こえるのと同時に銃声が轟いた。目を開けて、声の主を確かめようとしたが、そうする前に周りの物音が遠のいて、それきり何も分からなくなった。

誰かに名前を呼ばれた気がして目を開いた。青空に浮かぶ白い雲が見え、掌に草の感触を覚えた時、仰向けで寝かされていることに気がついた。上半身を起こすと、恐る恐る灌木の周りを見回したが、ヒグマの姿はどこにも見えなかった。安堵して反対側に目を向けると、すぐそばにユーリが胡坐をかいて、凍りついた表情でこちらをじっと見ていた。彼は、忍と目が合うと一瞬微笑んだが、すぐに真顔になると、生徒を叱る教師の口調で「フレップを採りに行く時に守ることを、言いなさい」と言った。

忍はユーリの目を見ながら「絶対一人では行かないこと」と恨めしげな声を出した。

ユーリが、非難がましい目つきをした。

「分かっているのに、どうして一人で出かけたの？」

声の調子は普段と変わらなかったが、事が事だけに、怒鳴られて横面を殴られるよりも、胸の奥に深く突き刺さった。

忍は項垂れると、蚊の鳴くような声で釈明した。

「早くフレップを採りたかったから」

ユーリは「困った奴だ」という顔をして苦笑いを浮かべた。

「フレップはクマも大好きだから、今の時季は必ずクマに出会うと思った方がいいよ」

言い終わると、足元に置いた銃を取り上げて、忍の前に突き出した。

「これは、野生のトナカイ用だから、命中してもクマは死なない。だから、驚かそうと思って空に向けて撃ったんだ。上手く逃げてくれたからよかったけど」

ここまで言うと、ようやく彼は笑顔になって「これからは、絶対に一人で来ちゃ駄目だよ」と念を押した。

忍は泣きながら、何度も頷いた。

〈吹雪の時に続いて、またしてもユーリに命を助けられた。神様は死んだ父の代わりに彼を地上に送ってくれたのだ〉

今日はっきりと確信した。

翌朝、忍は礼を言いたくて、店の外に立ってユーリが来るのを待っていた。しかし九時を過ぎてもユーリは現れなかった。これまで彼が、無断で休むことはもちろん、遅刻をしたことは一度もなかった。クマ騒動があった昨日の今日だから、彼女は急に心配になった。集落の近くは禁猟区だから、猟銃の発砲を咎められて、警察に連れていかれ、取り調べを受けているのかもしれない。彼女は母に断ると、小走りで彼の家に向かった。川べりの道から森の道に入った時、向こうから急ぎ足で来るアナスターシアの姿が見えた。

忍は彼女に走り寄ると、息せき切って訊ねた。

「おばさん。ユーリがどうかしたの？」

「忍ちゃん。今売店に知らせにゆくところだったの」

アナスターシアはこれだけ言うと、忍に抱きついて、顔を震わせながら嗚咽し始めた。

忍はアナスターシアを元気づけようと思って、彼女の背中を強く抱き締めた。そうしながら、やはりユーリの身に何か起きたのだ、と直感して、「ユーリのこと、早く教えて、おばさん」とせっつくような口ぶりで、話の先を促した。アナスターシアは顔を上げると、手の甲で涙を拭いながら、ようやく話し始めた。

昨日の午後、二男のニコライが家に来て「牧場から逃げ出したトナカイを追っていた父さんが、国境近くでソ連の兵隊に捕まり、連れていかれた」と教えてくれた。この話を聞いたユーリは、父を救い出すため、すぐに弟と一緒に出発した。ところが今朝になって、イリヤの使用人が、二人の息子たちもソ連兵に捕えられた、と知らせに来たのだ。

アナスターシアはこんなことを話すと、「私は、これからどうすればいいか分からない」と呻くように言って、忍の胸に顔を埋めると、また泣き始めた。

その翌日の昼過ぎになって、ユーリを探している人間が、もう一人忍の前に現れた。

「今度オタスに住んでいる若い男は、全員が国境防衛隊に入隊することになった。昨日の夕方、役場の職員が赤紙を持ってユーリの家に行ったら、彼はいなかったんだ。忍ちゃんなら、彼がどこにいるのか知っているかもしれない、と思ったので、聞きに来たんだよ」

中沢は一気に話し終えると、山高帽を脱いで、それを団扇代わりに振って、顔に風を送った。ここに来るまで、余程急いで来たと見えて、顔が赤くなっている。

昭和十七年の八月末、若い男のいる少数民族の全家庭に、日本軍の特務機関から召集令状が届けられた。早晩、ソ連軍が国境を越えて樺太に攻めてくると踏んでいた日本軍は、オタスの若い男たちを教育し、国境防衛隊という名のスパイにして、ソ連軍の動向を探らせようと目論んだ。樺太の国境地帯の動静を探るのに、彼らほどの適役は他にいない。彼らなら、日本人が行けないツンドラ地帯でも平気で進めるし、トナカイ部隊を編成すれば真冬でも任務を遂行できる。

忍は中沢に、アナスターシアから聞いた話を一部始終伝えた。

彼は忍の話を聞き終わると、腕組みをしてしばらく考えていたが、大きく頷くと、「分かったぞ」と言って、ぱっと顔を輝かせた。それから、自信たっぷりの顔つきで断言した。

「ユーリは逃げ出したんだ。自分が軍に召集されることを誰かから聞いたんだよ。アナスターシアの話はでたらめだ」

中沢の言葉を聞くと、忍は腹が立った。口に出しては反論しなかったが、心の中で〈ユーリはそんな男じゃない。アナスターシアも私に嘘を言うわけはない〉と繰り返した。

第五章　戦火

昭和十八年になっても、樺太の日本人は、祖国がやっている戦争をそれほど身近に感じなかった。しかし食糧品と衣料品が配給制になると、戦争が日々の暮らしにも影を落とし始めた。食卓を見ても、大豆、コウリャン、ジャガイモなどが米に代わって主食になり、野原で採ったフキや浜辺で拾ったコンブが増量のために混ぜられている。惣菜はほとんどなく、あったとしても糠ニシンの切り身だった。戦争の影響はオタスの売店にも及んでいた。ウィルタの子供たちに人気があったキャラメルやサイダーが棚から消え、代わりにセロハンに包まれた干しバナナが並んでいる。大人たちが大好きな旭豆も、全く入荷しなくなった。翌十九年には、とうとう内地から樺太への渡航が禁止になった。町のあちこちで、「ガダルカナル全滅」や「サイパン島玉砕」という話が語られるようになり、「日本は神国だから戦争には絶対に負けない」などという人間は一人もいなくなった。

九月のある日、忍は洗濯ものが入った籠を抱えて、家の表に出た。物干しのある裏庭に周ろうとしたが、一瞬立ち止まると耳をそばだてた。いつもはひっそりとして鳥の鳴き声しか聞こえないのに、今日に限って、オタス神社の方角から演説調の声が聞こえたからだ。洗濯ものを干し終わったら、誰が話しているのか確かめに行くことにした。

神社の前に来てみると、白いたすきを掛けた若い兵士たちが、横一列になって本殿の前に並び、隊長から訓示を受けていた。たすきには必勝祈願と書かれている。兵士は全部で十六人いたが、右から三番目の兵士を見た時、忍は口に手を当てて小さく叫んだ。ウィルタのナプカおばさんの一人息子であるイガライヌだった。彼らこそが、前に中沢から聞いた国境防衛隊の兵士であることに気がついた。隊長が訓示の中で「明日我々は国境に向かう」と明言したのを聞いた時、彼女は口の中で「全員生きては戻らない」と呟いた。あの時ユーリがソ連軍に捕らわれたことは、日本軍に召集されてこの部隊に編入されるよりも、むしろよかったのかもしれない、という気がした。


昭和二十年の初夏になると、日本の戦況は極度に悪化した。三月の東京に始まったアメリカ軍の空襲は、五月には横浜に広がり、七月になると仙台にも及び、その後北上して、とうとう北海道の都市にまで到達した。樺太の住民たちも、他国の戦争などと言っていられなくなった。そしてついに、樺太でもアメリカ軍の攻撃が始まり、東海岸沿いにある町は、オホーツク海に侵入した潜水艦から艦砲射撃を受けるようになった。けれども日本軍からの反撃は一度もなかったから、人々は祖国の敗戦を予感した。

ユーリが行方不明になって、三年が経とうとしていた。あれ以来、何度かアナスターシアに訊いてみたが、今になっても、父子三人の消息は分からない。北サハリンの刑務所に収監されているのならまだよいが、シベリア送りになると生きて帰る可能性はないだろう。

敷香の町も様変わりした。あれほど賑やかだった駅前通りも、すっかり人通りが絶え、店舗は表戸を閉めている。自分の周りを見ても、ほとんどの若い男たちは軍隊に招集されて、老人以外で町に残っている男といえば、青年学校や婦人会の軍事指導員だけになった。女たちも、軍需工場で働かされ、週に四時間、防災訓練と竹槍訓練に駆り出された。

オタスの売店も、売る商品がなくなったから閉められて、母娘の住居の役しか果たしていない。二人は中沢の好意に甘えて、相場の半額以下の家賃で家を借りている。律子は毎日のように、軍需工場となった王子製紙の工場に通い、忍は防空壕掘りや松根油《しょうこんゆ》採りに駆り出された。松根油というのは、松の根を乾留して得られる揮発性の油成分のことで、南方からの原油を確保できなくなった日本軍は、この油を航空機燃料として使おうとしていた。掘り出された松の根を小さく割って乾留缶に入れ、加熱して揮発成分を取り出し、これを冷却すると、液体の松根油が得られる。忍はオタスの女たちに混じって森の中に籠り、男たちが掘り出した松の根を、鉈で小さく割る作業を受け持っていた。

七月二十五日の朝、律子は出かける支度をすると、台所にいる忍に声を掛けた。

「今日は夕方から婦人会の仕事もやらなければならないの。終わるのが夜遅くになるから、佐川さんの家に泊めてもらう。忍は寝る時に、戸締りをきちんとしてね」

律子が婦人会から頼まれた仕事というのは、取り壊した家の古材から釘を引き抜く作業だ。釘一本でも回収して、兵器用の金属として供出しなければならない。町外れにある酒会社の倉庫が作業場に充てられていた。佐川というのは、敷香にいた時の友だちで、彼女の夫は王子製紙に勤めている。

「分かった。お母さんも余り無理をしないで、適当に休みながら働いてね」

洗い終わった食器を棚の上に載せると、手を拭きながら母の背中に返事をした。

翌日の未明に、忍は寝床の中で目を開いた。体が跳ね上げられる感じの鈍い音を聞いたからだ。初めは、実際に耳で聞いた音ではなく、夢の中で聞いた音だと思った。しかし、雷が落ちた音かもしれない、と思い直すと、母のことが心配になった。これから雨になるのなら、母は帰る途中で難儀をするだろう。すっかり目が覚めてしまったので、布団から起き上がって窓に近づき、カーテンを引こうと手を伸ばした。その時遠くからドーンという音が、三回続けて聞こえてきた。音の間隔が一定だから雷ではない。

〈艦砲射撃だ〉

不安が冷気になって、背中を一気に踵まで走り下りた。とうとう敷香の町も艦砲射撃を受けたのだ。慌てて砲撃音が終わった時、大輪の花火が開くみたいに、カーテン越しに窓の向こうが明るくなった。慌てて寝巻のままで土間に下りると、店を突っ切って引き戸を開け、外に飛び出した。まだ夜明け前だが、辺りの景色は薄ぼんやりと見えている。川岸まで歩き、対岸に目を向けた時、自分の目を疑った。王子製紙の工場が燃えていた。高い煙突が、大きな炎に照らされて、天に上る梯子のように浮き上がっていた。

リンゴ箱に立てたロウソクに火を点けると、母の写真を骨箱に立て掛けた。この写真は、高等女学校の入学記念写真を撮る時、ついでに写したものだ。和服を着て椅子に腰かけ、手を膝に乗せている母の姿は、きりっとした気品を漂わせている。少し微笑んでいる母は、娘の目から見ても眩しいくらいに艶やかだ。昨日家を出た母は、こんな小さな箱に入って帰宅した。憐れな母のことを思っても、泣くことができなかった。心では思い切り泣いているはずなのに、涙が一滴も出てこない。ずっと泣き続けたから涙が枯れ果てたのか、そうでなければ涙線が故障してしまったのかもしれない。

一匹の蠅が、骨箱に止まった。手を伸ばして追い払おうとした時、蠅はそれを察知して、すっと箱の裏側に消えた。忍が手を引っ込めると、再び表側に現れて「ここは俺様の領分だ」と言わんばかりに、骨箱の上を忙しなく動き回った。母は生前、この蠅と会ったことがあるかもしれない。もしそうならば、蠅を殺そうと思って、蠅叩きを振り上げたことだろう。しかし今となっては、母は蠅を叩き潰すことも、追い払うこともできない。遺骨が蠅よりどんなに大きくても、命をもたない人間は一匹の蠅にも敵わない。

今でもまだ、この二日足らずの間に起きた出来事が信じられなかった。今日の未明、潜水艦から撃たれた最後の砲弾が、王子製紙の工場にある松根油の貯蔵タンクに命中した。先に撃たれた砲弾は目標から外れ、工場の敷地の外に着弾した。母が泊った佐川家は製紙工場のすぐ隣にあったから、家は直撃弾を受け、跡かたもなく吹き飛んだ。朝になると、家の残骸の中から何体かの遺体が見つかったが、いくつにも千切れていたから、誰が誰やら区別できなかった。余りのむごたらしさに、隣組の班長は「家族には絶対に遺体を見せてはならない」と厳命すると、自分が先頭に立って、遺体を全部纏めて川原で荼毘に付した。律子と仲がよかった近くの主婦が「佐川さんの家に、江藤さんが泊まっていたはずです」と班長に教えたから、江藤家用の骨箱も用意された。骨揚げの後、一纏めにされた遺骨は行方不明者の人数分に分けられて、それぞれの骨箱に納められた。

そんなことを知らない忍は、いつまで待っても母が帰らないので、昼過ぎに町に向かった。真っ先に佐川家を訊ねたが、人から聞いた場所に家はなく、瓦礫が散乱して、異臭が漂っていた。この光景を見た時、夜明け前に聞いた砲撃音を思い出し、この家に砲弾が命中したと直感した。少し落ち着くと、母はこの家には泊らなかったかもしれないと微かな望みを抱いたが、ちょうどその時、隣組の班長と名乗る男が、まだ冷め切らない骨が入った骨箱を持って現れた。

忍はロウソクの炎を見ながら、自分ほど不運な人間は他にいないと思った。この五年間に、大切な人間がつぎつぎと、自分のそばからいなくなった。父を事故で失うと、つぎはユーリとの生き別れだ。母と二人で彼の思い出話をして慰め合っていたら、その母も帰らぬ人となった。今年で二十一才になったとはいえ、父を亡くした娘としては、まだまだ母に甘えたかった。

しばらく経って、視線を骨箱に移すと、こんどは母の死について考え始めた。戦争では「敵を倒す」という言葉をよく使うが、これは、兵士同士の銃撃戦や、戦闘機や艦船に乗っている乗組員同士の戦いの場面で使われる言葉でしかない。自分を攻撃するものが敵だから、「己の身を守るために敵を倒す」という道理は、忍にも理解できる。しかし母は一度だって、艦砲射撃をした潜水艦の乗組員を殺そうとしなかった。それなのに、母は彼らに殺された。潜水艦の艦長が知っているのは製紙工場を破壊したことだけで、江藤律子を始めとした何人もの敷香町民を殺傷したことなど、知らないままで生涯を終える。こう思った時、やり場のない怒りが腹の底から湧き出した。

母が亡くなった三日後に、中沢がやって来て「独り暮らしはあぶないよ。部屋が空いているから、私の家に来るといい。一緒に暮らそうよ」と気遣ってくれた。子供がいない彼は、妻の陽子と二人で暮らしている。忍は、思ってもみなかった中沢の心遣いに感激した。この誘いを有難く受けることにして、丁重に礼を言うと、受諾する旨を即答した。急いで引越し準備を始めれば、明後日の午後には彼の家に移れそうだ。彼女の返事を聞くと、中沢は「これで陽子も喜ぶよ」と言った後、「実はね、この話はあいつが言い出したんだよ。忍ちゃんみたいな娘だったら、一緒に暮らしたいなって、言ってさ」と目尻を下げた。

その夜、忍はユーリの夢を見た。

ユーリが猟銃を背負い、トナカイの背に跨って、道のない森の中を進んでいる。低い木の下を通る時は、トナカイの歩みを遅くして、手で枝を払うようにする。しばらくすると、行く手に川が現れた。彼はトナカイの背に鞭を当てると、森を抜けて川沿いの道に出た。どんどん行くと、向こうにオタスの売店が見えてきた。売店の前に来ると、トナカイの背中から勢いよく地面に飛び降りた。表戸に手を掛けて開けようとしたが、錠が掛かっているらしく、引き戸は少しも動かない。彼は体をぶつけるようにして戸に覆いかぶさると、大きな音を立て、何度も、何度も戸を叩いた。しかし途中で諦めたのか、地面に崩れ落ちると、頭を抱えて泣き出した。

忍は大きな叫び声を上げると、布団の上に上半身を跳ね上げた。心臓が波打ち、頭の中では、戸を叩く音の余韻が響き渡っている。頭を捻って、窓から外を窺うと、夜明けが近いらしいが、部屋の中はまだ暗い。

急いで布団を出ると、裸足のまま店の土間を突っ切り、錠を外して表戸を開けた。けれども外には誰の姿もなく、靄の向こうに対岸の景色が見えるだけだった。

忍は店の前に突っ立って、考え始めた。昨日母の弔問に来たアナスターシアは「三人が処刑されたという知らせは、聞いていないよ」と言っていたから、万に一つの可能性かもしれないが、ユーリはオタスに戻ってくるかもしれないのだ。彼女は大きく頷くと、家の中に入って、表戸に錠を掛けた。

夜が明けると、朝一番の船に乗った。中沢写真館に行くと、中沢に会って、引越しの件を撤回した。本当の理由は言えないから、「昨日母の遺品を整理していたら、気が変わりました。オタスの家には母の思い出が残っていますから、まだしばらくはオタスで暮らしたいと思います」と説明した。中沢は嫌な顔をしなかった。それどころか「気が変わったら、連絡してね。忍ちゃんが来るのは、いつだって大歓迎なんだから」と言ってくれた。

こうして忍は、これまで通り、オタスに住み続けることになった。一人になってみると、オタスの住人の優しさが、これまで以上に心に染みる。アナスターシアはもちろんのこと、ニブフやウィルタのみんなも、頻繁に魚や肉などを届けてくれる。配給品しか回ってこない敷香の町中に住むよりも、オタスにいる方が、食べるものには不自由しない。売店が閉められて、買い付け品の取引がなくなっても、彼らとの友情はこれからもずっと続きそうだ。家族のいない忍にしてみれば、これが何より心強かった。

それから十日余りが過ぎ、八月の九日になった。この日敷香の町では、「アメリカが、恐ろしい爆弾を日本に落とした」という話が、あちこちで囁かれた。しかしこの話だけで、町民が驚くのは早かった。同じ日にソ連が一方的に日ソ不可侵条約を破棄し、対日宣戦を布告したのだ。翌十日には、樺太庁長官が日本人の引き揚げを議題にして、緊急会議を招集した。その二日後「ソ連軍が戦車を先頭にして国境を越えて南に向かっている」という話や、「樺太の西海岸に上陸するため、ソ連軍の艦船がハバロフスクの港で待機している」という情報が敷香の町中に飛び交った。これを聞いて、みんなが慌てふためいていたら、この日の夜、再びアメリカの潜水艦から、敷香に向けて艦砲射撃があった。こうして敷香の住民は、東からはアメリカ軍に、北と西からはソ連軍に攻撃されることになった。町の役場から、全戸に緊急避難命令が知らされたのは八月十三日のことだった。

忍は朝からずっと家に籠って、荷物を纏めていた。明日十七日が、引き揚げ最終日になっている。五十才の中沢は残らなければならないので、一緒に引き揚げるのは陽子だけだ。敷香を出るのは翌日の予定だが、おたす丸は今日の夕方までしか動かないから、準備が終わり次第町に行き、今夜は中沢の家に泊めてもらうことになっている。初めはあれこれ迷っていたが、結局最後に、リュックサック一つにしようと決心した。荷物が多いと、身動きが取れなくなる。

彼女はリュックの紐を解くと、中を覗き込んだ。着替えと一緒に食糧が詰まった布袋が入っている。煎り米に黒砂糖をまぶして非常食を作ると、残った米を炊いて塩むすびを握り、カラフト鱒を焼いて惣菜にした。一度リュックの紐を結んだが、両親の形見を入れ忘れたことに気がつくと、また紐を緩めた。箪笥の上から鼈甲《べっこう》の櫛と万年筆を持ってくると、リュックの中に入れて、改めて紐を結んだ。

畳に膝を突いて立ち上がった時、裏口の方から人の足音が聞こえた。一足一足辺りを覗いながら歩いているらしく、歩調はゆっくりしている。足音は戸の前まで来ると、不意に止まった。中に人がいるかどうか、聞き耳を立てているようだ。

〈ソ連兵だ〉

背中を氷柱が滑り落ちた気がした。心臓が皮膚を突き破る勢いで拍動し始めた。今ここに他人がいたら、聞こえそうなほどだった。先日家に来た憲兵から「ソ連兵に強姦されるから、すぐに町に移りなさい」と注意されたばかりだった。オタスは敷香の町より北に位置している。ソ連軍が森を通ってきたとすれば、この家は町に行く途中になる。きっと本隊は森の出口で止まり、偵察兵だけが先に来たのに違いない。川の近くには、他に家がないから、この家は嫌でも目に留まる。

忍は摺り足で居間を出ると、台所を突っ切って、裸足のままで土間に下り立った。薪割り台の上から鉈を取ると、手に握って力を込める。そっと歩いて戸の横に行くと、大きく鉈を振り上げた。外から勢いよく戸が開けられると、つんのめるようにして、誰かが中に転がり込んだ。

「忍ちゃん」

はっきりと名前を呼ばれた。押し殺したような声だが、懐かしい声だった。男の顔を見た瞬間、汽車がトンネルを出た時みたいに視界が大きく開け、土間の壁が明るくなった。

「ユーリ」

忍は大声で名前を呼ぶと、鉈を土間に放り出し、全身を投げ出してユーリに武者ぶりついた。彼の背中に両手を回すと、胸が痛くなるくらいに、自分の体をぐいぐい押し付けた。

「会いたかったよー。会いたかったよー」

忍は同じ言葉を何度も繰り返したが、すぐに言葉は呻き声に変わった。この三年間で溜まりに溜まった切なさが、涙になって噴出した。大きく開かれた目は、歓喜の光を放射して、口に代わって絶叫した。

「俺だって、会いたかったよー」

ユーリも忍を抱きしめると、泣きながら全身を震わせた。

ユーリは居間に通されると、突然畳の上に跪いた。両手を突いて、深々と頭を垂れた。顔を上げて忍の目をじっと見つめると、「さっき母からおばさんのこと聞いたけど……」と言ったきりで、後は言葉を出せずに嗚咽した。忍は涙で言葉を詰まらせながらも、母の死について、詳しい経緯を話し始めた。彼は顔を伏せたまま、鼻を啜りながら聞いていたが、話が終わって家の中が静かになると、はっとしたように顔を上げた。掌で涙を拭ってから、この三年間に自分の周りで起こった出来事を、順序立てて話し始めた。

三年前のあの日、逃げたトナカイを追っていたイリヤは、誤って国境を越えてしまい、ソ連軍の兵士に捕えられた。越境者が少数民族の場合は、簡単な聞き取りをしてから放免することになっている。しかし兵士はイリヤの顔を知っていたので、少数民族と言っても、この男は見逃すわけにはいかないと判断して、直ちに上官に報告した。一度樺太に亡命した人間が再び国境を越えて戻ったのだから、日本軍のスパイではないのかと疑われ、イリヤは北サハリンの首都であるアレクサンドロフスク・サハリンスキーに連行された。

ユーリは、オタスの家に来た弟のニコライから話を聞くと、父親を助けるために、弟と一緒に出発した。大急ぎで北に向かい、途中で銃と弾丸を取りに牧場の家に立ち寄った。ところが家には、数人のソ連兵がいて、部屋中を捜索していた。兄弟が逃げようとした時は遅かった。二人は無抵抗のままソ連兵に捕まった。この時ニコライは左肩を銃で撃たれて傷を負った。ユーリは無傷だったが、弟と共にイリヤと同じ刑務所に入れられた。

翌年の一月に、イリヤは重いマラリアに罹った。幸い一命は取り留めたものの、すっかり体を壊してしまった。ニコライの傷は治ったが、肩に大きな傷跡が残った。三月のある日、諜報機関の男がユーリに面会して、「お前がソ連のために働くのなら、イリヤとニコライを刑務所から出してやる」と持ちかけた。さらに男は「これまで見た少数民族の中で、お前が一番日本人に似ているから、我々の目的にぴったりだ」と言って、諜報員になることを強要した。最初はこの提案を拒んでいたユーリも、父と弟を助けるためには他に方法がないと腹を決め、ソ連軍に入隊して諜報員になることを承諾した。

一年間に渡る厳しい訓練が終わると、ユーリは去年の夏頃から、何度も偽装船で北海道に運ばれた。驚いたことに、道内には手を貸してくれる日本人が何人もいた。彼らは、やがて北海道がソ連に占領されることを見越し、占領後に要職に就くために点数稼ぎをやっていた。ユーリは道北の主だった市や町に潜入し、そこの道路や港湾施設などを調べ、詳細な地図を作って軍に提出した。この成果により、来年の春にも父と弟が釈放される見通しが立った。今年の三月に、ユーリは「父を母に会わせてやってください」と上官に頼んでみた。病気になってすっかり気弱になったイリヤは、妻に会いたがっていた。上官は「簡単ではないけど、申請してみる。お前の働きが目覚ましかったから、よい返事が聞けるかもしれない」と期待を抱かせる返事をした。ユーリが首を長くして待っていたら、今月になって面会の許可が下りたので、彼は母親を連れに、オタスにやって来たのだった。

ユーリは延々としゃべり続け、これまでの経緯を詳しく教えてくれた。その後窓の外に目を向けると、「暗くなったら母さんを連れて国境を越える。ツンドラの中を行けば、日本軍に見つからないから」と言って、長い話をようやく終えた。

忍は彼の話を聞くと、悩み始めた。明日敷香を脱出して、大泊から船に乗って北海道に帰れたとしても、自分はこの先、どこでどうやって暮らしてゆけばよいのだろうか。これについては、まだはっきりとは決めていない。陽子が「今は他人に貸しているけど、苫小牧には私たちの家があるから、私と一緒に暮らそうよ」と誘ってくれたので、とりあえず彼女についていこうと思っているだけだ。

しかしよく考えてみると、苫小牧に住んでいたのは小学生の頃だから、今帰っても、友人と呼べる人間はいないに等しい。おまけに両親はもともと東京の人間なので、北海道には親戚がなく、中沢たち二人の他は、知らない人間の中で暮らすことになる。ユーリの話を聞いているうちに、北サハリンに行って、アナスターシアも交えて三人で暮らす方が、ずっと楽しいはずだという気がしてきた。彼らと一緒にいられるのなら、自分が日本人でなくなっても構わない。地吹雪の中を愛人と一緒に国境を越えてソ連に亡命した、岡田嘉子という女優の顔が目の前に浮かび上がった。

忍はユーリの顔をきっと見据えた。

「私も連れていって」

言い終わるのと同時に、さっと立ち上がると、やにわにブラウスのボタンを外し始めた。

「私はユーリの奥さんになる。今すぐ結婚して」

もう絶対に一人にはなりたくなかったから、少しの迷いもなく言い切った。ユーリと結ばれたら、運命の女神が「二人は夫婦なのだから、離れ離れにならないようにしてやろう」と力を貸してくれるに違いない。

ユーリは、初めのうちは瞬間凍結されたように体をこわばらせていたが、忍が上半身を露わにした時、彼女に掌を向けて制止した。

「ちょっと待て。本当に結婚していいのか。俺は日本人じゃなくて、ヤクートなんだぞ」

「そんなこと、関係ないよ。もうずっと前から決めていたんだから」

忍は叫ぶように言いながら、彼の胸に飛び込んだ。

二人は裸のままで畳の上に横たわっていた。ユーリは天井を見上げたまま、黙って何かを考えている。忍はユーリのたくましい腕に頭を載せて、外から聞こえる虫の声を聞いていた。部屋の中には、好きな男と結ばれた幸福感が熱気になって充満している。彼の心臓が動悸を打つと、それに呼応して忍の体にも熱い血が駆け巡る。自分が生まれ変わった気がして、吸い込む空気も、さっきまでとは違い、とても新鮮な味がする。今艦砲射撃があって砲弾で吹き飛ばされても、ユーリと一緒に死ぬのなら、絶対に後悔はしない。

ユーリが横になったまま、そろそろと右足を動かすと、畳の上に膝を立てた。遠慮がちに忍の頭の下から腕を引き抜くと、「もう時間だ」と呟いた。二人は立ち上がって身支度を済ませると、またしっかりと抱き合った。ユーリは忍の肩に両手を置くと、彼女の体をそっと向こうに押しやった。忍の目を覗き込んで何かを言おうとしたが、唇が痙攣したみたいに小刻みに震えるだけで、言葉を出せないでいる。しばらく経って、ようやく決心したらしく、頬を引き締めると、揺るぎのない声で断言した。

「今日は連れていけない。ロシア人は日本人をとても憎んでいるから、悪くすれば処刑されるし、上手く行ってもシベリア送りになって、囚人相手の飯炊き女にされてしまう。それに、俺にはやらなければならない任務がある」

ユーリに拒絶されても、忍は諦めなかった。相手の目を射抜くほどの視線で、彼を見つめると、頑として言い張った。

「いやだ。もう離れたくない。殺されてもいいからついていく」

ユーリが忍の頬を人差し指でちょんと突いた。

「わがまま言ったらだめ。これから日本人が知らないことを教えるから、よく聞くんだよ」

忍は「日本人が知らないこと」という言葉を聞いた時、体をぎくりと震わせた。ユーリの目を見て頷くと、点火された花火を注視する眼差しで、彼の唇を見つめていた。

ユーリの唇が、ゆっくりと開いた。

「八月二十四日の朝早く、ソ連軍は留萌の瀬越浜《せごしはま》に上陸する。留萌と釧路を結ぶ線を国境にして、北海道の北半分を占領するから、留萌より南はアメリカ領になる。ソ連軍は町の大きな建物を接収する。俺は午前中に黄金岬にある測候所に入るので、そこに来て、ユーリ・イリイチ・スミルノフと言ってくれ。できたばかりの白い建物だからすぐに分かる。留萌に住んでいる日本人は全員が同志になるから、樺太で暮らすよりずっと落ち着いて暮らせる。だから留萌で結婚しよう」

彼が「留萌で結婚しよう」と言った時、忍は操り人形みたいに、こっくりと頷いた。ソ連軍が北海道の北半分を占領することは、中沢からも、町役場の人間からも聞いたことはなかったが、この話を知った今となっては、もう一度自分の行動を考えなければならない。死ぬ覚悟をして樺太国境を越えるより、僅か数日間我慢すれば、生まれ故郷の北海道でユーリと一緒に暮らせるのだ。

しばらく考えた後で、忍は決心した。

「ユーリの言う通りにする。留萌で待っているから、必ず来てね」

「俺は必ず行く。だけど今の話、八月二十四日を過ぎるまで、誰にも言わないこと」

「分かった。絶対秘密にしておく。約束する」

忍の力強い言葉を聞くと、ユーリは満足げに頷いた。上着のポケットに手を入れると、中から何かを取り出して、忍に差し出した。

「このイコンをいつも身に付けていること。そうすれば絶対に死なない」

忍はイコンには手を出さずに、心配気な目をユーリに向けた。

「私よりもユーリの方が危ない目に遭うから、イコンはユーリが持っていた方がいいよ」

「いや。忍が持っていた方がいい。今度会った時に返してもらう」

ユーリはもう片方の手で忍の手を掴むと、彼女の掌にイコンを載せた。その後で思いつめた顔になって、力強い口調で念を押した。

「いいか。忍は俺にイコンを返す日まで、しっかり生き延びるんだぞ」

「分かった。私はしっかり生き延びて、必ずこれをユーリに返す。こんど会う時までは、これをユーリだと思って大事にする」

忍は聖母の顔を指でそっと愛撫した。それから何かを思い出した目つきをすると、ブラウスの襟元に、すっと手を入れた。

「イコンの代わりに、ユーリはこれを持っていて」

言いながら手を出すと、ユーリの目の前に突き出した。

「樺太神社のお守りだよ。豊原に行った時買ってきた」

紺色の小さなお守りで、金色の糸で神社の名前が刺繍されている。

ユーリはお守りを受け取ると、早速首にぶら下げた。

「忍だと思って、いつも肌につけているよ」

二人は瞳を見交わし、唇を重ねた。全身に想いを込めて、長い間抱きあっていた。

第六章　勝子

忍は耳に潮騒を聞き、鼻腔に潮の香りを感じて目を開いた。自分が呼吸していることに気がついた。至極自然に、思う存分空気を吸っている。小笠原丸から放り出されて海中に沈んだことは覚えているが、いつの間に海面に浮き上がったのか、記憶がない。両手で俵の端を掴んで、波間を漂っていた。俵の浮力は予想外に大きかった。

〈ユーリが助けてくれたんだ。溺れ死ななかったのは、彼から渡されたイコンのお陰だ〉

片手を水の中に入れると、腿に手を伸ばして、内ポケットのイコンを布越しに愛撫した。

周囲を見ると、俵や荷箱が数え切れないほど浮かんでいた。船が傾いた時、一緒に海に投げ出されたらしい。顔を上げて遠くの方を見ると、黄金岬が目に入った。今はまだ明るいし、海も穏やかだ。何よりも、陸地が見えているから心強い。浮いているものは周りに沢山あるから、今掴んでいる俵が水を吸って重たくなっても他の物に換えられる。溺れるという恐怖感はなかった。

振り返って後ろを見ると、小笠原丸は傾いたまま、舳先を少しだけ海面の上に出し、今まさに沈んでいくところだった。驚愕して息もできずに見ていたら、見る間に舳先が海中に姿を消した。船が沈むと大渦ができるから、引き込まれる前にここから離れなければならない。俵をしっかり掴むと、両足を思い切り広げ、平泳ぎの要領で足を蹴り始めた。陽子の顔が目の前に浮び上がると、両目に涙が溢れてきた。船室を出る時はぐっすり眠っていたから、船もろとも沈んだに違いない。前にソ連機の機銃掃射を受けた時は二人とも上手く逃げられたのに、今回ばかりは彼女を助けることができなかった。

〈あの時起こして、一緒に甲板に連れ出せばよかったのだ〉

自分だけが助かったことに、後ろめたさを覚えた。

しばらく進むと、足を止めて背後を振り返った。船から漏れ出した油が、船が沈んだ辺りを中心にして、どす黒い渦になって海中から立ち昇るのが見えた。油は海面に来ると、泥水のように広がって、黒い帯になった。油の帯が近くまで来た時、水から顔を上げていても、息を吸うたび悪臭がして、吐きそうになった。

〈ここから離れなければ、息が詰まってしまう〉

忍は陸地に向かって、急いで移動し始めた。

ようやく油の臭いも弱まったので、俵を掴んだまま、両足をだらりと海中に投げ出すと、辺りを見回した。近くには油の帯は見えず、浮いているものは、俵や荷箱だけになっていた。ほっとして掴まっている俵の左を見た時、視線がそのまま凍りついた。

うつ伏せになった女が、解けた髪の毛を海藻みたいに揺らめかせ、上下しながら浮かんでいた。マストの穴から水が噴出した時、水柱に乗って海に投げ出されたらしい。着ていたものが、爆風を受けて脱げてしまったのか、上半身は裸だった。白い背中が海水に洗われ、陽に照らされて光っている。無機的な輝きは、夜店に並べられた瀬戸物を思わせた。女の背中から腰のあたりに視線を移した時、心臓が跳ね上がった。もんぺの色が、陽子と同じ紺色だった。しばらく迷っていたが、思い切って片手を水の中に差し入れると、女の手首を握り締めた。空を見上げ、目を瞑ると、手を引っ張って体を回転させた。べしゃっという水音がして、その後は静かになり、潮騒の音だけが聞こえてきた。

忍は両目を大きく開けた。浮かんでいたのは見知らぬ女だった。目は閉じられて、表情には苦しんだ様子がないことが、せめてもの救いだ。改めて女の周りを見渡すと、積み荷の間に何人もの死体が浮かんでいた。国民服を着た男や、着物姿の女、そして赤ん坊まで浮いていた。千切れてしまった手足や頭もある。

その向こうに目を向けた時、忍は絶叫した。仰向けで浮かんでいたのは裸の胸に赤ん坊を抱いている女だったが、首から上にはなにも付いていなかった。魚雷が爆発した時、彼女は授乳中だったのだろう。

〈これは夢だ。私はまだ船室で眠ったままで、悪夢を見ているのだ〉

早く目覚めるように、頭を左右に振ってみた。目を瞑り、たった今見た地獄絵図を振り払おうと思って、頭を俵に打ち突けた。しかし目を開いて横を見ると、凄惨な光景は消えるどころか、さっきよりも鮮明さを増している。口の周りに塩辛さを覚え、腰から下に海水の冷たさを感じた時、これは現実の出来事だと確信した。

その時視界の隅に動くものを感じた。沖の方を見ると、大勢の人間が乗った大型ボートが近づいてくる。船の乗員らしい男が、波間に漂いながら手を振っている人間を、つぎつぎボートに引き上げていた。甲板のどこにあったのかは知らないが、小笠原丸に常備されていた救命ボートに違いない。曇り空が快晴になった気がした。

「助けてー」

ボートに向かって、手を振りながら大声で叫んだ。大急ぎで方向転換をすると、必死で足を動かし、沖に向かって進み始める。

突然、掴まっている俵の向こうからバリバリという音が聞こえてきた。驚いて顔を上げ、行く手を見ると、潜水艦が浮いていた。甲板にいる兵士たちが、ボートに向けて機銃を撃っている。ボートの人間は、悲鳴を上げながらつぎつぎ海に転落した。ボートに誰もいなくなると、兵士は波間に浮かんでいる人の頭に向けて、狂ったように機銃を乱射した。

〈見つかったら、撃ち殺される〉

慌てて進行方向を変えると、今度は陸地に向かって、死に物狂いで水を蹴り出した。

忍はゆっくり流されていた。少し北寄りだったが、幸運なことに、潮の流れは陸地に向かっている。さっきよりも黄金岬が近くに見えてきた。一分でも早く陸地に着こうと思い、ときどき蹴り足をしたが、すぐに疲れるので長くは続かない。俵を掴んでいる手も痺れてきたので、体ごと載せられる大きな浮遊物が欲しかった。左を見ると、五メートルほどのところに、小笠原丸の残骸や積まれていた荷物が帯になって漂流している。ここには死体も浮いているはずだから、できれば近づきたくなかったが、中を探せば体を載せられるものが見つかるかもしれない。彼女は覚悟を決めると、恐る恐る漂流物の帯に近づいた。

　俵や荷箱の間を探していたら、少し離れた所に大きな板が浮かんでいた。目を板だけに向け、他を見ないようにして近づくと、見つけた板を手元に引き寄せた。上半身を載せても沈まなかったので、腹ばいになって、板の上に少しずつ体をずり上げた。嬉しいことに、全身を載せても板は浮いていた。中が空洞になっているらしく、思っていたより浮力は大きかった。板を観察すると、大きさは襖より一回りくらい大きいだけだが、厚みは二倍近くもある。片側には蝶番が残っていて、ねじ穴には千切れた木片が付いていた。白いペンキで塗装されているから、船室に付いていた扉らしい。板の上に仰向けで横になると、思い切り手足を伸ばした。

　薄雲越しに射している陽が、大分高くなった。とっくに昼を過ぎているようだ。起き上がると、首から掛けていた水筒の蓋を取り、少しだけ水を飲んだ。もっと飲みたかったが、三口ぐらいで止めると、しっかりと蓋を閉めた。飲んだ水は塩辛い味がしたが、不思議なくらい気持ちが落ち着いた。頭の中では、「八月二十四日、黄金岬の測候所」という文字が明滅している。何としてでも、この日までに留萌に着かなければならない。今こうして漂流していることも、ユーリと会うために必要なことなら、苦労でもなんでもないと思った。

　板の上に腹ばいになって足を伸ばした時、布越しにイコンの縁が右腿に触れた。起き上がって両足を投げ出すと、もんぺの紐を解いて、内ポケットからイコンを取り出した。手に持ってじっと見つめたら、線刻された聖母の顔にユーリの顔が重なった。

〈私は絶対に死なない。必ず生きて留萌に行ける〉

黄金岬に目を向けて聖母の顔を指で何回もなぞったら、微塵の疑いもなく確信できた。母はアメリカ軍の艦砲射撃で、そして陽子はソ連軍の魚雷攻撃で殺された。死ぬ瞬間、二人はどんなに悔しかったことだろう。彼女たちの悔しさを貰い、これを総て命の力に変え、これから三人分生きなければならない。忍はイコンをポケットに戻すと、板の上に腹ばいになって、顔を真っ直ぐ陸地に向けた。両手を体の横に伸ばすと、指を一杯に広げ、力を込めて水を掻き始めた。


耳元で、猫がやかましく鳴いている。鳴き声は遠く離れたかと思えば、また近づいてくる。一匹ではなく、何匹かが走り回りながら鳴き交わしているようだ。忍は目を開くと、右手に載せていた顎を上げた。目の前には、見渡す限り灰色の砂が広がっている。背後から波の音が聞こえた時、砂浜で眠っていたことに気がついた。辺りは薄暗かったが、背中の方からぼんやりした光が射している。顔を捻って後ろを見たら、水平線に掛かる雲の間から夕陽が覗いていた。夕陽を背景にして、数羽のカモメがシルエットになって、鳴きながら飛んでいる。猫の声だと思ったのは、カモメの声だった。

〈生きて北海道に上陸できた〉

嬉しさの余り、大声で叫びたくなった。けれどもすぐに、一緒だった陽子がいないことに気がつくと、両目に膨れ上がった嬉し涙が悔恨の涙に変わった。起き上がろうとして両脇に手をついたら、左手が固いものに触れた。目を向けると、筏代わりに使った白い板が砂にまみれて横たわっている。「これが命を助けてくれたんだ」と呟くと、板に向かって頭を下げた。

立ち上がった途端左足に痛みが走った。しゃがみ込んで、もんぺの裾をたくし上げ、足首に触ってみたら、腫れあがって熱を持っていた。今朝船から投げ出された時、足が舷側にぶつかったことを思い出した。漂流している時は浮力が働くから痛くなかったが、陸に上がると体の重みが加わって痛みを感じるらしい。体重を右足だけに掛けるようにしたら、今度は立つことができたが、猛烈な空腹感に襲われた。今なら砂浜に打ち上げられた死んだ魚でも、生で食べられると思った。しかし周りを見回しても、小魚はもちろんコンブの切れ端さえも落ちていない。肩に掛けていた水筒の蓋を取って水を飲んでみたが、塩味のついた水は逆に空腹感を増大させただけだった。

〈どこかで食料を探さなければならない〉

海岸線に沿って砂浜の左右を見たが、近くには一軒の家も見えなかった。薄闇の中を透かすようにして陸側を見ると、ずっと向こうは露出した岩肌の崖になっていた。その上は小高い丘になっていて、丘の上には夕陽を浴びた一軒の家が見えている。砂浜が終わっている辺りに、家まで続くつづら折れの道が見えたが、この足では上れそうにない。丘の上に行くのを諦めて、砂浜を海沿いに歩くことにした。少し歩けば漁師の家があるかもしれない。漂流している時、留萌の町は左の方に見えていたから、この辺りは留萌の南になるはずだ。ユーリが言った「留萌より南はアメリカ領になる」という言葉を思い出すと、一刻も早くここから離れたくなり、北に向かって歩き出した。

足首が痛いから、どうしても左足を引きずってしまう。立ち止まって振り返ると、蛇が這ったみたいな跡が、砂の上に残っていた。波打ち際に行くと両足を開いて座り、ぶつけた足首に海水を掛けた。八月とは言っても、もう二十二日だから、海の水はひんやりとして心地よい。水平線に目を向けると、夕陽が大きくなりながら、沈んでゆくところだった。

〈ユーリは今頃この夕陽をどこで見ているのだろうか〉

夕陽の下縁が水平線に接した時、もんぺの上からイコンに触れた。

痛みも大分治まったので、立ち上がるとまた歩き出した。それからしばらく歩いたが、どこまで行っても家は見えなかった。ここに来るまで誰にも会っていないから、海岸沿いを人が通ることはめったにないらしい。自分が取った行動を悔やみ始めた。

〈無理をしてでも、丘の上に行けばよかったのだ〉

ひどく気落ちして、立ち止まった時だった。百メートルくらい前方で小さな橙色の明かりが灯ると、少し瞬いた後で、見る間に大きくなった。次第に強くなる光を見ていたら、歩き出す気力が湧いてきた。

明かりを目印に歩いていくと、砂浜の外れに一軒の家があった。外壁には寸法の違うあり合わせの板が打ちつけられ、樺太で見た漁師の家と同じで、玄関の戸は板戸になっていた。屋根板が強風で飛ばされるのを防ぐためだろうか、屋根には石が載っている。吹きつける潮風のために、海側の窓ガラスは、塩が付着して曇りガラスになり、部屋の明かりが朧に見える。

忍が体ごとぶつけるようにして入口の戸を叩くと、すぐに中から返事があった。

「はーい。誰だーい。今行くから待っててねー」

張りのある元気な中年女の声が響くと、引き戸が開き、女にしては大柄な人影が目の前に立ちはだかった。

「私は江藤忍というものですが……」

口から出せた言葉はこれだけだった。女の顔を確かめる間もなく、地面の上に崩れるようにしゃがみ込むと、それきり意識が遠のいた。

頬に心地よい冷たさを感じて目を開くと、耳元で擦れ声が聞こえた。

「ごめん。起こしちゃったね。顔に塩がくっ付いていたから、拭いてたのさ」

横を見ると、さっきの女が濡れた手拭いを手にして、こちらを覗き込んでいた。日焼けした顔が頑丈そうな肩の上に載っている。目はくっきりとした二重で、眉が濃く、彫りの深い顔立ちだ。見ていたら、敷香の町で会ったアイヌの女を思い出した。いつの間に中に運ばれたのか覚えていないが、布団に寝かされていた。見上げると、黒く煤けた天井の桟から、ランプが吊り下がっている。笠は白いガラス製で、家で使っていたのと同じだったから、オタスのことが思い出され、懐かしさが込み上げた。

上半身を起こして「どうも済みませんでした。挨拶する前に倒れてしまって」と言って布団から出ようとしたら、女に肩を押さえられ、布団の中に押し戻された。

「いいから、まだ横になっていな。腹空いているんだべさ。今、ここさ持ってくっからな」

女が察した通り、さっきから忍の腹は子犬が唸るみたいに鳴り続けている。横になっていたら、焼き魚の匂いが漂ってきた。食器の触れあう音が近づいてくると、女の声がした。

「できたよー。さーさー、食べれ。腹一杯食べれ。話はそれからだ」

忍が上半身を起こすと、女が湯気の立ち昇っている土鍋の載った盆を持って、布団のそばにやって来た。盆を畳の上に置くと、鍋の横にある三平皿に雑炊を盛り始める。盆の上には、イワシによく似た魚の皿も載っていた。

「この魚も食べて、精をつければいいさ。ここの前浜で獲れたオオナゴだ」

忍は深く頭を下げてから、素早く手を伸ばすと、三平皿を持ち上げた。箸を動かす間も、涙が皿の上に滴り落ちる。雑炊を口一杯に頬張ると、すぐには呑み込まずに、生き延びた幸せを舌の上で実感した。涙も混じっていたが、〈これまで食べたものの中で、この雑炊が一番美味い〉と思った。

「腹さ、なんも入ってねがったんだねー。可哀そうにな。こんなめんこい顔した娘がよー」

女の目つきは我が子を案ずる母親と変わらない。ときどき目頭を抑えながら、夢中で食べている忍を見守っていた。

忍が食べ終わって盆が下げられると、二人は茶を飲みながら話し始めた。砂浜で波が砕け、つぎの波が押し寄せるまで、少しの間だけ辺りが静かになる。この合間を埋めているのは、窓の下で鳴く虫の声だった。初めに女が、自己紹介をする。

「私はナカハタカツコ。ナカハタは中の畑でカツコは勝気な子」

勝子は、忍が他所者だと感づいたらしく、名乗り終わると、「ここは留萌の南にあるシャグマだよ」と教えてくれた。忍が「シャグマって、どんな字を書くんですか」と訊くと、そばにあった古新聞の端に、鉛筆で「舎熊」と書いてくれた。

この家は農業をやっていた勝子の両親の家で、今は誰も住んでいない。彼女は留萌の元町にある乾物屋の息子と結婚したが、六年前に子供ができないまま夫と死別した。今は一人で店をやり、ここにはひと月に一、二度くらいの割で訪れる。

勝子はこんなことを話した後で、ぱっと顔を綻ばせると、「あんた、運がよかったよ。昨日だったら、真っ暗で誰もいなかった。わしは今日この家さ来たからな」と言って、何度も頷いた。

「ここに来ると、何でもあるさ。裏には畑も作ってある。前浜では魚が獲れるし、時化の後は、ワカメやコンブも打ち上げられる。焚くものだって一杯ある」

土間に積んである薪束を指さし、「あれも全部海からの贈り物だ」と得意げな目をした。続けて「だけど今日の贈り物は薪じゃなくて、こーんなめんこい娘だった」とおどけた口調で言ってから、悪戯っぽく目を瞬かせた。

忍は小笠原丸から海に投げ出されたことから始め、それが終わると、遡って樺太時代のことを手短に話した。両親が死んだことも話したが、ユーリのことは言わなかった。

勝子は太い指で何度も涙を拭いながら忍の話を聞いていた。

「そうだったのかい。ひんどい目に遭ったんだね。あんたの父さんや母さんは、自分の命を娘に預けたんだ。だから忍ちゃんは、人の三倍も運が強いのさ。船が沈んでも、助かったのは、お父さんとお母さんのお陰だよ。本当によかったね」

最後にこう言って、泣き笑いの顔になった。涙を拭うと立ち上がって、「風呂に入りなよ。もう沸いている。腹一杯になったら、今度はきれいにならなきゃね」と言いながら、隣の部屋に入っていった。すぐに戻ってくると、両手に持った衣類を忍の前にどさりと置いた。一枚一枚畳の上に広げると、ごつい手を一杯に広げて、丁寧に皺を伸ばし始めた。

「もんぺとシャツも取り替えて。それにズロースも。わしのだけど、ちゃんと洗ってあるからな。ずっと海に浸かっていたから、塩水でごべごべになって、気持ち悪いべさ」

忍が「何から何まで、お世話になって、本当に済みません」と言うと、勝子は目をまん丸にして、手を左右に振った。

「なーんもだ。これくらいのこと。……だけど、忍っていい名前だね。わたしゃ、親を怨むよ。勝子なんてつけるから、こんなきかん坊になってしまったさ」

口を大きく開き、馬のような歯を見せて笑うと、湯飲み茶碗を勢いよく盆の上に載せた。

風呂場は家の裏にあった。窓の下が風呂の焚口になっていて、すぐ横の壁には薪が積み上げられている。忍は家の外に出て風呂場に回ったが、脱衣所には内戸があり、寒い季節のことを考えて、外に出ないで、台所に行ける造りになっていた。浴槽は樺太で使っていたのと同じで、楕円形をした木製の桶だ。

湯に浸かりながら、窓の外に目を向けると、流れゆく雲の間から、ときどき月が顔を覗かせる。体を動かすたびに、湯に映ったランプの炎が囁くように揺れた。

「ここは舎熊か」

さっき覚えたばかりの地名を呟いた。

勝子は「ここから北に三十分ぐらい歩くと舎熊駅があって、そこから二駅目が留萌だよ」と教えてくれた。それから「明日は留萌の家さ帰る」と言ったので、「留萌まで一緒に連れていってください」

と頼んである。留萌駅から彼女の家までは、歩いても二十分ぐらいの距離だという。ユーリたちが上陸するのは明後日の夜明け前だから、留萌の町には明日中に入っていなければならない。彼から口止めされているので、勝子には「二十四日の朝に、測候所の前で樺太時代の知り合いに会う約束をしているんです。これからのことは、その時相談することになっています」と言ってある。

軒下で木の枝を折る音がすると、半分開いている窓の間から勝子の声が聞こえた。

「ぬるくないかい?」

忍は湯に浸かりながら、上半身を伸ばすようにして、窓に向かって返事をした。

「ちょうどいいです。まだ夢を見ているみたいな気がします。だって、今日の昼間は海に浮かんでいたんですから」

「んだ。んだ。誰だって、そう思うべなー。沢山の人が死んだのに、髪の毛一本くらいの差で生き延びたんだからな」

勝子がしみじみとした口調で相槌を打った。「髪の毛一本くらいの差」と言ったことは的確な表現だ。小笠原丸に乗っていた乗員・乗客七百二名のうち、六百四十一名が犠牲になり、生存者は六十一名で、このうち樺太からの引き揚げ者は僅かに二十名だったからだ。

勝子はその後も、家の中に戻らず、時々火加減を見ながら、話し相手になってくれた。

「風呂から上がったら、足さ膏薬を貼るからね。すんごく効くのがあるんだよ」

勝子の自慢気な声を聞くと、忍は「本当に、済みません」と返したが、胸が一杯になって後は言葉が出なかった。

風呂から上がって、家の中に戻ると、勝子の声が出迎えた。

「早く座って足を出しな。風呂上がりに貼るとよく効くからな」

忍は腰を下ろすと、左足を出して頭を下げた。

「お願いします」

勝子が広げた膏薬を掌に載せて、「どれどれ」と言いながら、忍の足に目を向けた。

「うわー、こんなに腫れて、ブス色になっている」

「船から落ちる時にぶつかったんです」

「いやー、あんた本当に根性あるわー。こんな足で泳いで、浜に上がると、ここまでずっと歩いてきたんだから。女にしておくのがもったいないべさ」

勝子は貼り付けた膏薬の上から包帯を巻きながら、感嘆の声を上げた。


翌朝布団から出た時、忍は思わず左の足首に目を向けた。足を動かしても痛みをほとんど感じなかった。包帯を解き、膏薬をそっと剥がして見ると、ブス色こそ残っていたがすっかり腫れが引いている。勝子の言葉は大げさではなかった。早速このことを伝えると、勝子は自分の鼻を指さして「勝子さんは嘘つかない」と言って、忍に片目を瞑って見せた。

朝食を終え、新しい膏薬を貼ってもらうと、忍は先に外に出て、砂浜に立って辺りの様子を眺めていた。見上げた空は前日の夕焼けから予想した通りの快晴だ。海には波もなく、空の色がそのまま転写され、真っ青になっている。気のせいかもしれないが、樺太で見た海よりも、ずっと青みが強く見える。昨日この海で、大勢の人間が死んだことが信じられない。自分が打ち上げられた方角に目を向けると、砂浜のずっと向こうに、青空を切り取るようにして雄大な山並みが見えている。あれが勝子の言っていた暑寒別岳《しょかんべつだけ》に違いない。

勝子が家の中から出てくると、空を見上げて嬉しそうに「忍ちゃんは晴れ女だねー」と言ってから、表戸を施錠した。忍が道路の方に歩き出そうとしたら、勝子は片手を上げて「ちょっと待っててけれ」と言うと、家の裏手に姿を消した。リヤカーを引いて戻ってくると、荷台を指さして「歩くとまた痛くなるから、駅までこれさ乗った方がいいんでないかい」と心配げな目を向けた。

忍は彼女の好意を有難く受けることにして、干しコンブの束とカボチャが入った籠の間に腰を下ろした。勝子は拳を突き上げて「発車しまーす」と叫ぶと、リヤカーの引き棒を掴んで元気よく歩き出した。上り傾斜のある道も、息を切らせもしないで楽々と進む。

忍は荷台の端を掴み、足をぷらぷらさせながら、心地よい揺れに身を任せていた。顔を海の方に向けると、涼風が潮の香りを道連れにして、顔を撫でて通り過ぎてゆく。昨日の朝が地獄なら、今朝は天国だと思った。道すがら、ほとんど勝子一人だけが話し、忍はときどき短く返すだけだった。

「忍ちゃんのお母さんは、どこの生まれだい」

「新潟生まれの東京育ちです」

「母親は新潟生まれで、娘はもっと北の苫小牧生まれか。合わせて雪国美人が二丁上がり、っていうわけだ」

「勝子さんは？」

「留萌さ。アイヌの娘だ。婆ちゃんは刺青をしていたよ。母さんの代からは、もうしなくなったけどね」

「樺太でも、刺青をしたアイヌの女の人を見たことがあります」

オタスの住人にアイヌはいなかったが、敷香の町に行くと、商店で買いものをするアイヌの家族をよく見かけた。初めて見たのは十才の時だ。女の口の周りに彫られた刺青を見て「青くてきれいだね」と父に言ったら、「アイヌの女の人は成人になると刺青をするんだよ」と教えられた。父のことを思い出していたら、背中越しに勝子の声が聞こえた。

「樺太ではアイヌだけが集まって住んでいるから、子供たちは幸せだね」

「こっちでは幸せじゃないんですか」

「わしが小さい頃はなー、近所の子供たちと遊んでいる時、お前はアイヌだべって、和人の子供から、よくいじめられたよ。だけどある時、いじめた男の子を思い切り投げ飛ばしてやったら、それからはいじめられなくなったさ」

勝子は懐かしげな口ぶりで、子ども時代の武勇伝を披露すると、からからと笑った。その後前を見て「あれっ」と声を上げると、足を止め、忍に声を掛けた。

「忍ちゃん。駅さ着いちまったよ。左足さ力を掛けないで、気をつけて下りるんだよ」

振り返って忍を気遣いながら、リヤカーの引き棒をゆっくり上げると、荷台をそろそろと下ろしてくれた。

第七章　約束の日

　勝子の店は通りに面していたが、一見しただけでは、ふつうの民家と区別できなかった。屋根に中畑商店という看板が載っているから商店と分かるが、うっかりするとそのまま素通りしてしまうくらいに目立たない。周りのほとんどが民家で、三軒隣に船具や漁具を扱う店がある以外、近くに商店は見当たらなかった。店舗は、間口が二間のこぢんまりとしたものだ。商品を見ると、コンブ、ワカメ、煮干しなどの海産物の乾燥品が主で、鮮魚は扱っていない。干しイモや小麦粉なども置いてある。店を突っ切って土間を上がると、居間や台所などがあり、二階にも六畳二間の部屋があった。

　夕食が済み、二人の話も尽きると、忍は二階の一間に寝かせられた。興奮しているせいか、布団に入ってもなかなか寝付けない。明日になれば、夜明けと共に留萌にソ連軍が上陸して、北海道の北半分が占領される。きっと町中が大騒ぎになるだろう。今この事実を知っている日本国民は自分一人だけだ。こう思うと、なんだか恐ろしい気がした。

〈夜が明けたら真っ先に、測候所に行かなければならない〉

　ユーリの顔を思い出しながら、自分に言い聞かせた時、追いかけるようにして、このひと月間の出来事が蘇った。

　母がアメリカ軍の艦砲射撃で死んだのは、先月二十六日未明のことだ。しかしこの時は、まさか自分が樺太から出ていくことになるなんて、思ってもみなかった。ところが八月に入ると、状況は一変し、樺太の日本人に避難命令が下された。大慌てで避難の準備をしていたら、三年間行方が分からなかったユーリがオタスに現れた。彼と留萌で結婚することを約束して、その翌日に陽子と二人で敷香を脱出した。苦労して大泊港に着き、ようやく引き揚げ船に乗れたと思ったら、昨日の早朝ソ連の潜水艦に攻撃された。船から海に投げ出され、舎熊の海岸に漂着すると、中畑勝子という親切な女に助けられた。

　この一連の出来事が、僅かひと月足らずの間に起きたのだ。今こうして、布団に入ってぬくぬくと寝ている自分が信じられない。

　首を捻って窓のカーテンの隙間を見たら、もう夜が明けていた。慌てて布団から抜け出すと、素早く身支度を整えた。畳んだ布団を部屋の隅に積み上げると、昨夜寝る前に書いておいた手紙を卓袱台の上に載せた。手紙は勝子への謝辞で始まり、その後に「落ち着いたら、借りた衣類と汽車賃を持って、改めてお礼に伺います」と書かれている。衣類が入った風呂敷包を抱え、足音を忍ばせて階段を下りると、そのまま居間を突っ切った。店の土間に下りようとして、しゃがんで足元に目を向けた時、向こうの方で勝子の声がした。

「もう行くのかい」

　びっくりして顔を上げると、店の入り口に勝子が立っていた。

勝子はそばまで来ると、忍の目の前に片手を突き出した。手の下で水筒が揺れている。

「これを忘れたら、後で困るべさ。測候所さ行くことばっかり考えていたから、忘れたんだろう。お茶を入れておいたからな」

「済みません。私、忘れていました」

ユーリに会うことばかり考えていたから、水筒のことをすっかり忘れていた。自分の心の中を見透かされた気がして、恥ずかしかった。

勝子は水筒を渡すと、今度は左手に持った風呂敷包みを差し出した。

「これ干しイモ。朝ごはんの代わりに食べてけれ」

忍は「ありがとうございます。遠慮なく頂戴します」と言って、頭を下げて両手を差し出した。勝子の心遣いを思うと、両目に涙が膨れ上がり、風呂敷包みが歪んで見えた。

勝子は忍の両手を強く握り締めると、何度も上下させながら、忍の目をじっと見つめた。我が子の無事を祈る母親と同じに、目の奥底から慈愛の光を放射させている。

「測候所で樺太の人に会えなかったら、すぐにここさ戻ってくるんだよ。若い娘っ子が一人でいると、危ないからな」

勝子に対して何か気の利いた言葉を返したかったが、何も思いつかなかった。目に涙を浮かべ、両手を膝に当て「本当にありがとうございます。落ち着いたら、真っ先に伺います」と言いながら、深々と頭を下げるだけで精一杯だった。店の表に出て歩き出した時、「困った時は勝子さんだからね。忘れるなよー」という声が尾を引きながら背中に飛んできた。忍は振り返ると、さっきより深く頭を下げた。

歩きながら空を見ると、生憎の曇り空だが、当分の間雨が降る様子はない。勝子に描いてもらった地図を頼りに、留萌川を左に見ながら歩き続けた。三差路に来ると、貯木場のある副港に架かる橋を渡り、その後道なりに歩いたら、商店が並んでいる十字街にぶつかった。そこで右折すると、緩やかな坂道を真っ直ぐ上っていった。港町を過ぎて大町に入ると、羊羹の箱に似た二階建ての細長い建物が見えた。あれが話に聞いていた測候所に違いない。できてからまだ三年しか経っていないから、壁の白いペンキが目に眩しい。

測候所の前に着いても、ソ連兵は見えなかった。玄関の扉は閉まったままだ。辺りはしんとして、特別変わったことが起きた様子は見られない。背伸びをして窓から中を見ても、職員らしい平服の人間があちこち動き回っているのが見えるだけで、軍服を着た人影は見えなかった。もうとっくにユーリは来ていると思っていたから、ひどく落胆したが、「大丈夫。部隊がまだここに着いていないだけだよ」と口に出して、自分を元気づけた。

しばらくの間玄関の前に佇んでいたが、誰も出てこないので、諦めて道路を横切ると、向かいの空き地に足を踏み入れた。そこは草地になっていて、真ん中には、何本もの丸太が円錐形に組まれて置かれている。丸太組みの裏側に回ってみたら、体を横にして通れるくらいの隙間があったので、中に入って草の上に腰を下ろした。丸太の隙間から外に目を向けると、真正面に測候所の玄関が見えている。ここで見張りを続け、部隊が到着したら、すぐに行ってユーリとの面会を頼むことにした。

それからいくら待っても、兵士たちは現れなかった。正午を知らせるサイレンが鳴った時、忍は大きな溜息をついた。持ってきた風呂敷包みを開くと、中から干しイモを取り出して、少しずつ千切り取っては口に入れた。食べる間も、目を測候所に向けたままだ。干しイモを食べたのはオタスにいた時以来だから、母のことが思い出され、涙が溢れてきた。後のことを考えて、干しイモは二枚だけで終わりにすると、水筒の蓋を開けた。焙じ茶の香ばしい香りを嗅いだ時、こんどは勝子の顔を思い出した。

水筒の蓋を閉めて顔を上げた時、測候所の玄関の扉が開くと、男が二人外に出てきた。どちらも白い開襟シャツを着ているから、ここに勤めている職員らしい。慌てて丸太組みから外に出ると、道路を横切って測候所の敷地に向かった。小走りで彼らに近づくと、前を歩く男に「兵隊さんたちはまだ着いていないのですか」と訊ねてみた。日本人に向かって、ソ連軍とは言いにくいので、意図的に兵隊さんという呼び名を使った。

訊かれた男は立ち止まると、「何のことか分からない」とでも言うように頭を捻った。困惑気な顔で「ここは測候所だから兵隊さんは来ないよ。それに、もう戦争は終わったので、日本の国から兵隊さんはいなくなった」と言ってから、後ろの男と一緒に歩き出した。

呆然として彼らの背中を見ていたら、後ろの男が自分の頭を指さし、くるくると回してから大声で笑った。忍は項垂れると、重たい足取りで丸太組みの方に戻っていった。

遠くで雷が鳴った気がして目を開けた。丸太に寄りかかったままで眠っていた。昨夜はほとんど寝ていないから、眠り込むのも無理はない。丸太の間から外を見ると、あたりは薄暗くなっている。慌てて水筒を肩に掛けると、風呂敷包みを持って外に出た。真っ先に測候所の敷地に目を向けたが、相も変わらずソ連兵は見えなかった。

〈ソ連の艦隊は本当に留萌に来たのだろうか〉

さすがの忍も疑い始めた。

あの時ユーリは「ソ連軍は瀬越浜に上陸する」と言っていたから、瀬越浜の見えるところまで行って、ソ連の艦隊がいるかどうかを、自分の目で確かめるしかない。もんぺのポケットから地図を取り出すと、瀬越浜に下りる道を指でなぞって、道順を頭に入れた。

道路に出ると、南に向かって歩き始めた。雨が降ってきたが、構わず歩き続ける。民家の前を通り過ぎ、坂道の上に出た時、眼下に砂浜が唐突に現れた。海岸線を目で辿ってゆくと、遠くの方に、舎熊で見た暑寒別岳が水墨画の風情でぼんやりと見えている。眼下の浜が瀬越浜であることは分かったが、砂浜に人影はなく、視線を海の上に移しても、軍艦らしい船は一隻も見えなかった。さっきまで燃えていた希望の炎が、見る間に細くなって、やがてふっつりと消え去った。

〈ソ連軍は来なかった〉

両手で顔を覆うと、「ユーリ。ユーリ」と呻くように言いながら、その場に崩れ落ちた。舎熊では青かった日本海も、絶望を溜め込んだ鈍色の水たまりにしか見えなかった。

忍はさっき来た道を戻っていた。「困った時は勝子さんだからね」という言葉が、耳元で響き渡っている。すっかり暗くなり、雨も本降りになっていた。濡れた前髪が、湿った海苔のように額にへばりつき、雨の滴を滴らせている。体がふわふわとして雲の上を歩いている気分だ。頭はユーリのことだけを考え、目は未練がましく、しきりに海の方を振り返る。のろのろとしてはいたが、足だけが別の生き物みたいに測候所に向かっていた。

坂道を上り切り、太い道路を歩き、測候所の前に着いた時、雨で煙る視界の中に人影を見た。傘を差して、別の手にもう一本の傘を持った人間が、測候所の敷地に入っていく。忍が立ち止まって見ていると、人影は玄関に着く前に回れ右をした。そのまま戻ってくると思ったら、体をびくりとさせて足を止めた。いきなり傘を放り出すと、両手を広げて「わー、忍ちゃんがいた。しのぶちゃーん」と叫びながらこちらに向かって走り出した。

忍の目から、どっと涙が溢れ出た。雨で朧に見えていた風景が、さらに曇って、測候所が元の二倍くらいに大きくなった。忍は風呂敷包を提げたままで両手を広げ、「かつこさーん」と叫びながら駆け寄ると、勝子の体に武者ぶりついた。


忍は勝子の家に戻るなり、熱を出して寝込んでしまった。寝床から起き出し、まともに会話ができるようになったのは、二日も経った二十六日午後のことだった。お粥を食べ終わると、前から訊きたかったことを口にした。

「あの日は、どうして測候所に来てくれたんですか？」

勝子は自分の鼻を人差し指で擦りながら、「勝子さんの第六勘さ」と言ったが、すぐに真面目な顔になると訂正した。

「というのは嘘で、仏壇に上げておいた忍ちゃんの手紙が、風もないのに畳の上に落ちたんだよ。それを見たら急に心配になって、家さじっとしていられなくなってさー」

「そんなにまで、私のことを心配してくれていたんですか……」

忍はこう言ったきり、胸を詰まらせて下を向いた。

しばらくして涙を拭きながら顔を上げると、待っていた勝子が質問した。

「寝ている間中、ゆーり、ゆーりって言っていたけど、何のことだい？」

忍は「今まで隠していてごめんなさい」と謝った後、ユーリの素性や大吹雪の日に彼に命を助けられたことを話し、測候所で会う約束をしていたのが彼だったことも打ち明けた。「八月二十四日にソ連軍が留萌に上陸する」と聞かされたことも、止直に話した。もうその日から二日が過ぎているから、他言しても彼との約束を破ったことにはならないと思った。下を向いて、落胆した声で「だけど、ソ連軍はもう北海道には来ないでしょうね」と言うと、勝子が何かを思い出した目つきをした。

「忍ちゃんは知らないと思うけど、あんたが舎熊の浜に流れ着いた日、別の引き揚げ船が小平《おびら》の海で魚雷にやられたんだってさ。船は沈まないで、留萌の港さ着いたけど、乗っていた人が沢山死んで、岸壁に死体の山ができたんだって。忍ちゃんがここを出ていった日に、店に来たお客さんが教えてくれたよ」

勝子が言った樺太からの引き揚げ船とは、忍たちが大泊港の埠頭で見た第二新興丸のことだ。この船は小笠原丸を追いかけるように小樽に向かっていたが、留萌から三十五キロ北の小平沖で、ソ連の潜水艦から魚雷攻撃を受けた。小笠原丸が攻撃されてから一時間十分後のことだった。第二新興丸の機関室は無傷だったから、船は傾きながらも、二十二日の朝九時頃になって一番近い留萌港に入港した。岸壁は引き揚げ者の遺体と負傷者で溢れ、死者・行方不明者が八百人近くにもなった。中畑商店は二十三日まで閉まっていたから、勝子が客からこの話を聞いたのは、忍が測候所に出かけた日の昼だった。

勝子は別の客から聞いたという話も教えてくれた。

「引き揚げ船が港に入った時、潜水艦が船を追いかけてきたけど、港には入らず戻っていったんだってさ。その時、露スケの飛行機も港に飛んできたんだって。みんなは、殺されるぞーって叫びながら、慌てて魚市場の中に隠れたけど、飛行機は何もしないで帰っていったんだとさ。だからきっと、露スケは留萌に攻めてくるのを止めたんだよ」

勝子の見解を聞かされても、忍は頭を縦には振らなかった。ソ連軍が北海道に来ないことを認めたら、ユーリとは永遠に会えないと認めることにもなる。肉親はおろか、親しい友を一人も持たない身としては、ユーリ無しで生きることは、「人生という長いトンネルを、明かりを持たないで進んでいけ」と言われるのと同じことだった。

「ユーリに会えないのなら、もう死んでしまいたい」

忍は呻き声で言うと、畳の上に泣き崩れた。船から海に投げ出されても、必死になって生き延びようとしたのは、ユーリに再会して結婚するためだった。

突然部屋中に勝子の怒声が響き渡った。

「なに言ってるんだー。張り倒すよ」

びっくりして顔を上げると、勝子が目をぎょろりと剥いて、振り上げた拳をぶるぶると震わせ、こちらを見下ろしている。その姿は美術の本で見た仁王像にそっくりだった。

「あんたの父さんや母さんは、死ぬ瞬間、娘だけは死なないで欲しい、ずっと元気で生きて欲しい。こう思ったはずだ。その娘がそんなことを言ったら、世界一の親不孝者だ」

言った後で、勝子は手を下ろし、涙を拭うと、「怒鳴って悪かった」と頭を下げた。病み上がりの忍に対して、言い過ぎたと思ったらしい。畳の上にぺたりと座って忍の肩を両手で掴むと、前後に揺すりながら、忍の目をじっと覗き込んだ。

「忍ちゃん。ここで一緒に暮さないかい。部屋も空いているし、私も一人で淋しかったから、そうしてくれたら有難いよ。気が向いた時に店を手伝ってくれるだけでいいからさ。元気で働いていれば、生きていてよかったな、って思う日が、きっと来るよ」

忍に注がれる眼差しは、残雪に射す春の陽に似て、心の氷を溶かしてくれた。

「もう、弱音は、吐きません。よろしく、お願いします」

泣きながら切れ切れに言うと、勝子の子供になった気持ちで、彼女の胸に飛び込んだ。

第八章　生きがい

八月二十四日が過ぎて、それから一か月以上経っても、忍はユーリとの再会を諦めることができなかった。

〈ソ連軍の上陸予定が遅くなっただけだ。きっと今日こそユーリに会える〉

こう思って、測候所の前まで足を運び、彼が来ていないことを知ると、そのたびに涙を流したことが何度あったことだろうか。今日も今日で、性懲りもなく測候所に寄ってみた。道路の端に立ち止まり、背伸びをして敷地内の様子を窺ってみたが、いつもと変わらないことが分かると、肩を落としてふっと息を吐いた。そのまま戻ろうとしたが、西の空に夕焼けを認めると、思い直して空き地に足を踏み入れた。リヤカーを停めると、肩越しに後ろを見ながら、積んでいる荷物が落ちないように、ゆっくりと荷台を下げる。たった今、この近くにある漁師の家から、干しワカメと煮干しを仕入れてきたところだ。

リヤカーを空き地に置いたまま、太い道路を海に向かって歩き始めた。もう十月五日だから、樺太なら雪の心配をする時節だが、対馬海流の恩恵を受ける留萌はまだ暖かく、冬の気配を感じるのは一か月以上も先のことだ。黄金岬が見渡せる場所に着くと、丘の端に行って草むらに腰を下ろした。眼下に広がる海面には、巨人が歩く踏み石みたいに、沖に向かって大きな岩が点々と並んでいる。空を見ると、夕陽が紅い車輪になって、ぐるぐると回りながら水平線に沈もうとしていた。勝子が「黄金岬から見る夕陽は留萌の宝物だよ」と自慢していたが、ここに来て実際に夕陽を見ると、彼女の言葉が大げさでないことがよく分かる。「夕陽が黄金色に見えるから黄金岬なんですね」と言ったら、「違うよ。群れになったニシンに陽が当たって、鱗が黄金色に輝いたからだよ」と訂正された。

測候所が建っている大町は、西に突き出た海岸段丘の上にある。舎熊の海岸から続いている砂浜はこの手前で終わり、ここから北は岩礁になっている。江戸時代には、黄金岬はもっと海に突き出した断崖絶壁だったが、明治から始まった留萌港の築港工事のために、大部分が削り取られた。岬を構成している岩が固い玄武岩だから、波除け用に港の入口に沈められた。忍が見ている海上の大岩は、その時削り取られないで残ったものだ。

その翌日、朝刊の第一面に「昨日、八千人の駐留米軍が小樽に上陸し、札幌に向かって行軍した」という記事が載った。これを読むと、嬉しくなって手が震えた。アメリカ軍が小樽に来たのなら、その後はソ連軍が北海道の北半分を占領するのに決まっている。

〈一か月以上も遅れたが、これでやっとユーリに会えるんだ〉

こう思うと、胸の底から大きな塊が喉元目がけて突き上げた。

しかしそれから何日経っても、ソ連軍は来てくれなかった。それどころか、十月二十四日の正午に、耳を疑うようなニュースがラジオから報じられた。

「昨日稚内にもアメリカ軍が進駐しました。ソ連軍の動向を探るために、ここにレーダー施設を建設する予定です」

これを聞いた時、死刑を宣告された被告のように、目の前が真っ暗になった。ソ連領になるはずだった稚内にアメリカ軍が駐屯するのだから、このニュースは「ソ連軍が北海道に来る可能性はなくなった。従ってユーリとはもう絶対に会えない」と断言しているのと同じだった。

夕方になると、忍は黄金岬に行って、イコンを握り締め、長い間泣いていた。待っていたら、そのうちユーリに会えるかもしれない、という微かな希望は完全に潰えたのだ。この先何を待ち望み、何を頼りに生きてゆけばいいのだろうか。勝子が家で待っていなければ、このまま留萌の海に身を投げたかった。

忍はもちろん当時の日本人は誰も知らなかったが、八月二十四日に予定されていたスターリンの留萌上陸作戦は、アメリカ大統領トルーマンの反対により、直前になって中止された。上陸作戦中止を受けて、ソ連の太平洋艦隊本部は、留萌沖に展開していた二隻の潜水艦に、「日本の輸送船を沈めるな」と命令した。しかしこの命令が届いたのは、八月二十二日の午後十一時五十八分のことだったから、この時点までに樺太引き揚げ船の小笠原丸、第二新興丸、泰東丸が攻撃されて、千七百人以上もの死者・行方不明者が出ていた。

その二日後のことだ。夕食を済ませ、店を閉めると、二人は店の土間で煮干しの袋詰めをやり始めた。煮干しを籠から出して新聞紙の上に広げ、魚の破片や海藻の切れ端などのゴミを取り除いた後、大小二種類の紙袋に小分けしなければならない。忍が煮干しを目分量で袋に詰めて勝子に渡すと、勝子は受け取った袋を秤に載せて計量し、中身を増減して適量にしてから、袋を閉じて輪ゴムで抑える。小袋の方は全部詰め終わり、今やっているのは大袋の方だ。大袋は小袋に比べ、値段当たりにすると一割多く入っている。

さっきから勝子の口は、手と同じくらい滑らかに動き、つぎからつぎへと取りとめのないことを話している。初めのうちは相槌を打っていた忍も、今は黙り込んで、ユーリのことを考えながら、手だけを動かしていた。

忍は籠を傾けると、煮干しを新聞紙の上に追加した。両手を広げて煮干しの山を崩した時、「うっ」と呻き声を出すと、口を抑えてしゃがみ込んだ。煮干しの鮮度はいつもと変わらないのに、今夜に限って、腐った魚の臭いがしたからだ。しゃがんだ拍子に、後ろにあった椅子が、大きな音を立てて土間に倒れた。

「どうしたの。立ちくらみかい？」

勝子は秤の上にある袋から煮干しを摘み上げたまま、忍の顔を窺った。さっきまでの笑顔が消え、両目が心配そうに瞬いている。

忍は立ち上がると、勝子の顔に目を向けた。

「急に吐きそうになったんです」

手で口を押さえ、くぐもった声で「ちょっとうがいをしてきます」と言って、土間から家の中に上がると台所に入っていった。

勝子は忍の背中に向かって、「一休みするかー」と声を掛けたが、直後にはっとした目つきをした。指を折って何かを数えていたが、嬉しそうな顔で「やっぱりか」と呟いた。すぐに台所に向かって、「おーい。今夜の仕事は終わりにするよー」と明るい声で呼びかけた。

翌朝の九時になっても、中畑商店の入り口にはカーテンが掛かったままだった。表戸のガラスには「本日、都合により休ませていただきます」と書かれた紙が貼られている。十時を少し過ぎた頃、二人は一緒に家を出た。行く先は十字街にある徳光産婦人科だ。先を歩く勝子は口の中で何かを呟きながら一人笑いを浮かべている。忍は先生に呼び出された生徒の顔をして、勝子の後ろを遅れがちに歩いていた。

診察が終わった時、医者からもはっきりと「おめでたですね」と告げられた。経過が順調なら、五月の初旬に産まれるという。これまでも生理が遅れることは何度もあったから、吐きそうになっても、悪阻《つわり》のつの字も思い浮かばなかったし、勝子に指摘されても半信半疑だった。しかし、同じ「おめでた」という言葉でも、勝子の口から出るのと、医者の口から出るのとでは、ずいぶん重みが違っていた。まだ顔も見てないし、両手に抱いたわけでもないのに、医者の言葉を聞いた時、自分の体内に命が息づいていることを確信した。しかもその子は、再会を願っているユーリとの間にできた子なのだ。

〈天は、恋人に再会できなかった女を憐れんで、その男の子供を授けてくれた〉

感謝の涙が一挙に溢れ出て、医者の顔が二つに見えた。忍にとっては、腹の子供はユーリとの絆そのものだった。あの日抱き合っていた時、忍の心臓は彼の心臓に連動していた。しかし今は、連動しているのは彼の子供の心臓だ。自分の心臓の一打ち一打ちが、腹の子供に血を送っている。

〈子供が生きている限り、ユーリとの絆は繋がっている〉

この子を無事に産んでしっかり育て上げれば、いつの日か必ずユーリに会えると思った。

その日の夕食には、赤飯が出た。勝子は赤飯の上に載っている小豆を箸で摘み上げると、「戦時中でも我慢して食べなかった。取っておいて、本当によかったよ」と声を震わせた。

「一人で食べるより、二人で食べる方が何倍も美味いからね」

泣き笑いの顔になって言い足したが、忍の腹に目を向けると、片手を振りながら「違う。違う。三人だったね」と訂正した。

忍の悪阻は十一月末まで続いたが、それほどひどくはならず、十二月の中頃からは安定期に入った。勝子から「ぎりぎりまで体を動かしていた方が、お産が軽くなるよ。じっとしていたら、赤ん坊が大きくなり過ぎて産むのが大変になるから」と忠告されたので、リヤカーを引くのは止めたが、これまで通り店番をして、ほとんどの家事もこなしていた。

年が明け、留萌で迎えた初めての正月も過ぎ、一月の十日になった。樺太と比べると、積雪量は留萌の方が遥かに多いが、気温はずっと高く、思っていたほど寒くはない。それでも海風が強い日は、日が陰ると急に冷え込んでくる。店を閉め、夕食を終えると、二人はストーブで暖をとりながら、茶を飲んでいた。

忍は湯飲み茶碗を口に近づけたが、不意に手を止めると、自分の腹を見下ろした。

「あ、また動いた」

言ってから勝子の方を向くと、柔らかな眼差しになって昨夜のことを報告した。

「昨日も、お風呂に入った時動いたんです。暖かいと、赤ちゃんも気持ちがいいのかなー」

自分の腹の中に、生きた人間が入っているのだと思うと、とても不思議な気がした。アナスターシアからもらったマトリョーシカ人形というロシアの土産物を思い出した。これは彩色された女の子の木製人形だが、いわゆる「入れ子人形」で、中が六重構造になっている。人形を胴体の所で上下に分割すると、違うサイズの人形がつぎつぎに現れる。

勝子が掌を忍に向けると、「いいかい。腹をストーブさ向けたままにしているんだよ」と言いながら、忍の横に膝を進めた。掌を忍の腹の上に当てると、そのまま顔を天井に向けて、じっと待っている。しばらくすると、「動いた。腹がぐにゅーって、盛り上がったよ」と嬉しそうに叫んだ。それから顔をくしゃくしゃにして、涙をぽろぽろと滴らせた。

「ちゃんと生きているんだ。健気なもんだね」

勝子は鼻を啜りながら言うと、急に真顔になった。何かを決心したらしく、大きく頷いた。思いつめた口ぶりで、自分の願いを言葉に込めた。

「忍ちゃん。一生のお願いだ。私の子供になってくれないかい」

大きく広げた両手を膝の前に置くと、頭を下げて、額を畳に擦りつけた。

忍は驚くと同時に嬉しくなった。稚内に米軍が進駐することを知った日の夜、忍自身も〈勝子の子供になれたらいいな〉と布団の中で思ったからだ。しかし図々しいと思い、今日まで口には出せなかった。

勝子は頭を上げると、自分の腹を指差した。悲壮な顔をして「この腹では赤ん坊が大きく育たないんだよ。三回目の流産の時、医者から、もう子供はあきらめろ、って言われてさ」と打ち明けると、声を上げて泣き出した。しばらくして顔を上げると、膝を前にぐいと押し進めた。自分の胸に手を当てて、忍の目をじっと見つめる。

「このわしが、赤ん坊を一所懸命世話するからさ。頼むからこの家の子供になってけれ。そうしてくれたら、わしはおばあちゃんになれるんだよ」

忍の両手を握り「頼むよ。頼むよ」と言いながら、決心を促すように上下に揺らせた。

忍は勝子の手から自分の手を引き抜くと、勝子の両手を強く握り締めた。

「お願いするのはこちらの方です。私も勝子さんの子供になりたかったんです」

「そうだったのかい。うれしいよ。うれしいよ」

勝子は涙声で言いながら、忍を強く抱きしめた。

四月の末頃から、近所に住んでいる山木トメという産婆が、毎日のように様子を見に来てくれた。忍の腹を撫でまわすと、「腹が出っ張っているから、赤ん坊は男だ。ほら。ここにチンチンがある」と、冗談とも本気ともつかない顔で断言した。彼女は勝子の幼馴染というだけあって、はっきりしたもの言いをする女だ。勝子が「トメ。わしの孫が産まれるんだから、お産の時は手を抜くなよ」と言えば、トメは「勝子。お前が口さ洗濯バサミを挟んでくれたら大丈夫だ」と応じる。二人が話し出すと、姉妹が憎まれ口を言い合っているようで、とても賑やかだった。

勝子は一か月も前から、毎日神社に行って、「端午の節句に産まれますように」と祈願していた。忍には「この日に産まれた子供なら、丈夫に育つからさ」と理由を説明した。しかし忍が母親になったのは、端午の節句から三日も後の五月八日の昼前だった。

当日の朝、忍はいつもより腹が強く張っている感じで目を覚ました。少し痛みも覚えたが、それほどひどい痛みではなかったので、そのまま起き出した。着替えると、いつものように台所に立って包丁を握ったが、菜っ葉を刻んで味噌汁の鍋に入れようとしたら、陣痛が始まった。ちょうどその時、台所に入ってきた勝子が、忍の苦しそうな顔を見るなり、「布団に戻れ。すぐにトメを呼んでくるからな」と言って、店の外に飛び出した。

勝子がトメを連れてきた時には、陣痛は十分間隔になっていた。九時過ぎになると、本格的な陣痛が始まった。トメは手を貸して忍を布団から立たせると、「便所でやっているのと同じ格好でしゃがんで、ケツを上げるんだ」と指示をした。

忍が言われた通りにすると、トメは踏み台を忍の前に置いて、「この上さ両手を載せると楽だぞ」と言ってから、息み方のコツを説明し始めた。説明を終えると、「いいか。赤ん坊を出すのも、ウンコを出すのも同じだから、この恰好だと早く産まれる。何日も溜まったウンコを出すつもりで、息を吐く時、ケツの穴さ力を入れて踏ん張れよ」と助言した。

話の内容が余りにも直接的なので、忍は腹の痛みも忘れて笑い出した。お陰でそれまでの緊張感が消え、〈トメに言われた通りにやれば無事に出産できる〉と自信を持った。やがて、陣痛の間隔が一、二分になった。トメが「今だ。息め」と号令を掛けたので、息み始めたら、五度目の息みと同時に、赤ん坊が出た感じがした。トメが背後で「おー、頭が出たぞー」と勝ち誇ったように叫んだ。ほどなく大きな産声が、中畑商店の表にまで響き渡った。勝子から散々脅かされていたから、手元にイコンを置いていたのに、握り締めて祈る必要は全くなかった。

トメが見立てた通り、産まれてきたのは、唇が真っ赤で元気そうな男の子だった。彼女はがらがらとした声で、「よく動き回っていたと見えて、初産の割には楽なお産だったな。ご苦労さん」と、大仕事を終えた忍を労ってくれた。勝子はといえば、トメを連れてくると、店の表に「本日休業」の札を掛けた。急いで風呂を焚き、台所に入ると、握り飯を沢山こしらえた。ここまでは上出来だったが、忍が陣痛に耐えている間は、両手で空の盥《たらい》を持って、経を唱えながら台所の中をぐるぐる回っているだけだった。戸の向こうから赤ん坊の産声が聞こえた瞬間、腰を抜かして床の上にへたり込んだ。

夕食を終えた頃には、出産祝に訪れる人もいなくなり、家の中がようやく静かになった。居間に掛けられた柱時計の音が、いつもよりも大きく聞こえてくる。勝子は謝礼を持ってトメのところに出かけたまま、一時間経っても戻らない。

忍は布団の中で体を捻ると、隣にいる赤ん坊の顔を覗き込んだ。昼間は片目だけだったのに、今は両目を開けている。ユーリに似た切れ長の目を見ながら、「やんちゃ坊主になるんだろうな」と呟いて頬を緩めた。出産の前と後では、なにもかもが違っていた。周りを見ても、朝いたのとは別の部屋にいる気がする。気持ちも大きく変わっていた。自分の脳みそが入れ替えられた感じだった。母親の顔が見えているのかどうかは分からないが、こちらに注がれる赤ん坊の視線を感じるだけで、生きる力が湧き出してくる。去年の夏に「ユーリに会えないのなら、もう死んでしまいたい」と言ったことが、この子を冒涜する罪深い言動だったことを、改めて思い知らされた。

「生きがい」

彼女はぽつりと呟いた。これまでは、この言葉を他人の口から聞き、文字として本の中で目にすることはあっても、自分から口に出したことは一度もない。しかし今、我が子を目の前にしていると、これ以外の言葉は思い浮かばなかった。無事に出産できた喜びを、思う存分味わおうと思って、一音ずつ区切りながら、子供の名前を呼んでみた。

「ゆ、う、り」

妊娠が分かった時から、父親の名を音訳した「悠里」という名前を決めていた。男の子なら「ゆうり」と読み、女だったら「ゆり」と読めばよい。勝子が別の名前を提案しても、断固として拒否するつもりでいた。しかし意外なことに、勝子は「ありふれていなくて、いい名前だな」と言って、娘が付けた孫の名前に異を唱えなかった。

第九章　邂逅

忍が留萌で暮らし始めて、八年が経とうとしていた。昔勝子は「勝子さんは嘘つかない」と言ったが、その言葉に偽りはなかった。約束通り、彼女は連日孫の世話に明け暮れた。忍の役目は赤ん坊に授乳するだけと言ってもよいくらいで、トメからは「悠里の産みの母は忍だけど、育ての母は間違いなく勝子だな」と冷やかされた。忍はほとんどの時間を仕事に充てられたから、店の売り上げも、勝子一人がやっていた頃より多くなった。

そんな献身的な祖母のお陰で、悠里は病気一つせずに成長し、この四月から小学校に通っている。彼は帰宅して、おやつを食べてしまうと、すぐさま外に飛び出していく。お気に入りの場所は、忍もよく訪れる黄金岬を望む崖の上だ。ここにある草地を縄張りにして、夕方まで元気に遊び回っていた。町内では「ほら。あの顔が真っ黒な元気な男の子さ」と言えば、「ああ。中畑商店の息子」と返ってくるほど有名だった。全エネルギーを遊びで使い果たし、夕食の時、箸を握ったままで後ろに倒れて、眠ってしまうことも珍しくなかった。

この八年間で留萌の町も大きく様変わりした。昭和二十二年には町が市となり、翌年には北海道立留萌高校も開校した。昭和十五年には二万人だった人口も、今では三万三千人を超えている。中畑商店の周囲も住宅が増え、元町に住む人間も昔の倍近くになっていた。長い間留萌を支えてきたニシンは、昭和二十七年を境にして獲れなくなったが、この年の五月には北洋漁業が再開された。さらに今年の十一月からは「日本人造石油」の施設跡に、陸上自衛隊が駐屯することも決まっている。ここしばらくは留萌市の人口が増え続けることは間違いない。

鯉のぼりが海風に吹かれて、五月の空を泳いでいる。忍は港に向かう道を歩いていた。店番を勝子に任せ、これから魚市場に行って魚の仕入れについて調べるつもりだ。市場に着く頃には、セリも終わり、手の空いた人間が話し相手になってくれるだろう。この日が来るのを、指折り数えて待っていた。三年も前から考えていたのだが、干した海産物の他に鮮魚も売りたかった。それも店売りではなくリヤカーを引いての移動販売だ。

鮮魚をやろうと決めたきっかけは、客との対話だった。昔からいる住人なら、中畑商店ではどんなものが売られているのか熟知していたが、他所から越してきた人間は鮮魚も扱っていると思っている。忍は「鮮魚はやっていないんです」と言った時の、客の落胆した顔を見るのが嫌だった。十字街まで行かなければ魚屋はないから、自分でも〈この辺りに魚屋があれば、みんなは助かるのに〉と感じていた。

移動販売を思いついたのは、仕入れの帰りに測候所に立ち寄った時だ。忍を見つけてそばに来た若い女が勘違いして、エプロンのポケットから財布を取り出すと、リヤカーに積まれた煮干しの籠を指差して「煮干しを頂くわ。量り売りなんですよね」と訊いたのだ。北海道訛りのない標準語を話すから、測候所の職員の奥さんらしい。測候所は国の機関の地方分局だから、東京から転勤してきた職員が多く、家族と一緒に測候所のそばにある官舎に住んでいる。

鮮魚を扱うには、仲買人として港のセリに参加し、漁師から魚を買わなければならない。勝子から聞いた話では、留萌にいる鮮魚の仲買人は十五人くらいだという。留萌市長から許可を貰えば誰でも仲買人になれるが、何の実績もない新参者がなることは不可能だった。そこで忍が考えたのは、大きさが足りないとか、数が少ないなどの理由で売れ残った魚を市場から安値で仕入れ、これをリヤカーに積んで売り歩くことだ。早く来た客から順番に、残っている魚の中から好きなものを選んでもらえば、こうして買いつけた魚でも十分商売になる。今日はこのことについて、魚市場の人間に相談するつもりだった。

市場に着くと、セリも終わったらしく、辺りは静まり返っていた。吹き抜けになった建物の中を見ると、人影はなく、壁際には空の魚箱が積み上げられている。魚箱の陰から、頭に手拭いを巻いた作業服姿の男が、後ろ向きでゆっくり現れた。ホースを握って、コンクリートの上に水を撒いている。セリが終わっても働いているから、漁師や仲買人ではなく、市場の関係者らしい。忍は思い切って声を掛けた。

「あのー、ちょっとよろしいですか」

呼びかけられると、男は背中をぴくんとさせて、こちらを振り向いた。

男の顔を一目見るなり、忍は全身を固まらせた。

「あれー。あの時の」

忍が叫び声を上げるのと同時に、男もこちらを指差して、目をまん丸にした。

「ありゃー。あんた、樺太で会ったおなごでねーか」

男は佐久間正造だった。昭和二十年のあの日、大泊に向かう途中で列車を捨てて線路沿いを歩いた時、忍がいたグループのリーダーをやってくれた男だ。大泊港まで同じ列車に乗ったことは知っていたが、それから後の消息は知らなかった。

佐久間の動作が急に速くなった。洗い場に行って手を洗うと、頭から外した手拭いで手を拭いた。先に立って、長靴をどたどた言わせながら階段を上がり、突き当りのドアを開けると、漁協の事務室に忍を案内した。

それから二人は茶を飲みながら、これまで互いの身の上に起きた出来事を語り合った。


佐久間は、漁師の網元の二男として留萌で生まれた。三十四才の時、父親から借りた資金を持って樺太に渡り、敷香の東にあるタライカ湖の近くにカニの缶詰工場を立ち上げた。すぐに事業は軌道に乗り、従業員の数も年ごとに増え続けた。ほとんどは現地採用だが、佐久間を慕って留萌から来た人間も十六人を数えた。避難命令が出た時、六十才以上になる従業員七人は、自分の家族や仲間の家族を連れて、会社の船で留萌に帰ることを申し合わせた。佐久間を除く全員が先に船で出発し、大泊にある会社の倉庫で待機していた。

佐久間は工場の引き継ぎを終えた後、知り合いの漁船に便乗して大泊に行くつもりだったが、当てにしていた船が燃料不足で出港できなくなったので、陸路で南下した。忍に会ったのは、この時のことだ。大泊で仲間と合流すると、深夜を待って会社の船で留萌に直行した。留萌に着くと、アパート業をやっている五才上の兄のもとに身を寄せた。その兄が三年前に亡くなると、アパートの一軒が兄嫁の所有になり、残り二軒が佐久間のものとなった。だから働かなくても、家賃から得られる収入で十分暮らしてゆける。しかし、元気な身で何もしないのは健康のためによくないと思い、小遣い程度にしかならないが、今も漁協で働いている。彼は一度も結婚したことがなかったから、家族はなく、自分のアパートの一室に入って、一人暮らしをしていた。

佐久間はこんなことを話してくれた。

そのつぎは忍が、これまでの経緯を話し始めた。小笠原丸が魚雷攻撃を受けたことから始め、舎熊に流れ着いて勝子に助けられたことを話し、ユーリのことも、息子が産まれたことも、なにもかも打ち明けた。樺太で初めて会った時から感じていたのだが、佐久間が祖父のように思われ、彼と一緒にいると心が安らいでくる。そんな彼と留萌で再会したのだから、この人とは余程の縁があるのだろうと思い、なんでも正直に話す気になった。

話し終わった時、佐久間が涙を拭き拭き言ってくれた。

「引き揚げ船が全部で三隻もやられて、大勢死んだのに、忍ちゃんはよく生きていたもんだなー。きっとあんたには大事な仕事が残っているから、神様が命を助けてくれたんだよ」

彼はその後、はっとした顔をすると、訝しげに目を瞬かせた。

「ところで今日は、何の用事でここさ来たんだい」

「魚の移動販売を始めたいので、市場の人からいろいろ教えてもらおうと思って来ました」

「そりゃあ、いいや。忍ちゃんは、いいことを思いついたねー」

佐久間は孫でも見るみたいな目つきをすると、言葉を継いで「忍ちゃんさー。どうせやるんだったらさー、包丁とまな板も積んで、売る魚を捌いてやればいいよ。みんな喜ぶさー」と提案した。

忍は心配げな顔つきになると、小さな声で打ち明けた。

「でも私、魚を捌くのが下手だから、そんなことは無理です」

彼女の気弱な言葉を聞くと、佐久間は笑顔になって首を左右に振った。

「大丈夫。大丈夫。わしが教えてやるよ。しばらく、ここに通えばいいさ」

肝心の魚の仕入れについても、「数が半端で、その日売れ残った魚を取っておいてやるよ。それを安く買っていけばいい。何も心配ないから」と請け合ってくれた。

早速翌朝から、佐久間の特訓が始まった。忍はセリが始まる前に、並べられた魚を見ながら、名前と鮮度の見分け方を教わり、売れ残った魚を使って、下ろし方も練習した。下ろし方は、基本となる「二枚下ろし」から始まり、「三枚下ろし」に続き、「大名下ろし」へと進んだ。一番難しかったのは、大きなヒラメを刺身にする時の「五枚下ろし」だ。忍はこの下ろし方に自信が持てなかったが、佐久間からは「ヒラメは高級魚だから、忍ちゃんが売ることは、まずないべな。だから、下手でもいいんでないかい」と慰められた。仕上げに、干物を作る時にやる「背開き」と「腹開き」、それに貝類やエビ・カニ類の殻の取り方を教えてもらうと、二週間続いた魚教室は修了した。

その翌日から、店番は勝子に任せ、忍は鮮魚の移動販売を始めた。セリが終わるのを待って、その日売れ残った魚を買うのだが、佐久間から言われる金額は、もう一度訊き返すくらいに安かった。日によっては「セリに出すのを忘れたさ」と言って、彼が市場の隅から魚箱を引っ張り出してくる。そんな時は、福袋を開ける気持ちで中を覗き込んだ。ホッケやイカが一箱そっくり、ただ同然の値段で手に入ることもあった。

買った魚を箱に入れ、氷をぎっしり詰めると、リヤカーに積んで測候所前の空き地に向かう。三年前にここの一角に児童公園が造られ、広場には公共の水道が引かれた洗い場ができていたから、この近くに店開きをすると、魚を捌く時にとても便利だ。毎朝決まった時間にこの場所に来て、鐘を振って合図をしてから売り始める。一週間もすると、口伝えに話が広まったらしく、鍋やボウルを用意して、子供を遊ばせながら待っている母親も現れた。客の多くは、官舎に住んでいる測候所の職員の妻たちだ。ここで売れ残ったら、ほかの場所にも行くつもりだったが、いつでも昼を過ぎた頃、魚は全部なくなった。

佐久間が予想した通り、魚をそのままで買う客はほとんどいない。「私は魚を捌けないの。でも、主人が魚好きだから、やっていただけるのなら、助かるわ」と言われると、忍は二つ返事で引き受ける。「家の子は、焼き魚は食べないけど、お刺身なら喜んで食べるから、これをお刺身にしていただこうかしら」と言われることもある。刺身を頼まれるのは、魚ではアブラコやソイ、アカガレイが多い。この他には、イカやタコ、ホッキ貝やホタテの刺身も好まれる。店の裏庭で作ったホッケやソウハチガレイの干物もよく売れた。下ろすのが苦手なヒラメが、忍の魚箱に入ることはなかった。

冬になると、リヤカーの代わりに橇を引き、大吹雪でもない限り、市場に行って魚を仕入れ、そのまま測候所の空き地に向かった。冬には氷が不要だから、その分魚を多く積める。しかし公園の水道は止められているから、魚の下ごしらえはできない。それでも、「私、できないから、どうかお願い」と頼まれると、客の魚を店に持ち帰って捌き、夕方取りに来てもらった。

夢中になって魚を売っていたら、いつの間にか一年が過ぎた。この年の秋には、忍にとっては奇想天外な事件があった。その事件とは、勝子が佐久間にプロポーズされたことだ。佐久間にとっては初婚だったが、五十四才になる勝子の再婚相手が六十九才の男だったから、忍は勝子に何度も「お母さん。本気で結婚する気なの」と確かめた。二人の馴れ初めについては、どちらからもはっきりしたとは聞き出せなかったが、忍の留守中に中畑商店を訪れた彼が、勝子を見染めたらしい。

後になって、漁協に出入りしていた川本春男という漁師から、忍は面白い話を聞いた。彼は忍より十二才年上で、樺太にあった佐久間の会社で働いていた。川本によると、佐久間は若い頃、カニ缶工場で働いていたアイヌの娘を好きになったという。彼は結婚する気だったが、留萌の両親に猛反対されたので、結局その娘を諦めた。川本は「人間の好みは死ぬまで変わらないんだね。ずっと昔佐久間さんと酒を飲んだ時、彼は、アイヌの女は彫りの深い顔をしているから俺は好きだな、って言ってたよ」と樺太時代の秘話を教えてくれた。川本が「人間の好みは死ぬまで変わらないんだね」と言った時、忍は「私もずっと、ユーリのことが好きなのだろうな」と口の中で呟いた。

忍は魚を仕入れに行った時、漁協の事務所で茶を飲みながら、川本と敷香の思い出話を語り合うのを楽しみにしていた。彼は、ユーリの父親のイリヤのことを知っていた。イリヤはカニ缶工場の上得意で、月に一度は工場に来て、造材現場の日本人に頼まれたタラバガニの缶詰を大量に購入した。一方ユーリは、父親と一緒に一度だけ工場に来たことがあった。その時川本は忙しくて、ユーリと話をできなかったが、後になって敷香の町で会った時、何回か話したことがあるという。

勝子も佐久間との結婚に乗り気なのを知ると、忍は〈私と悠里が江藤姓に戻れば済むことだ〉と覚悟を決めた。このことを早いうちに伝えた方がいいと思って、佐久間も同席している時、「お母さん。戸籍のことだけど、私と悠里のことは気にしなくてもいいから、好きなようにしてね」と先回りした。しかし勝子は「この人の籍には入らないよ。一緒に暮らすだけだよ。こんな歳して結婚届けなんて、こっぱずかしくて、市役所に出せないべさ」と返事をした。悠里の方を見て「いいかい。おまえはこれからも中畑悠里で、ばあちゃんは中畑勝子だ。死ぬまでずっと、おまえのばあちゃんのままだからね」と目尻を下げた。佐久間も「そんだ、そんだ。こんな歳だから、茶飲み話をして、晩酌に付き合ってくれるだけでいいんだから」と言って、勝子の意見に賛成した。勝子は十月末に、佐久間のアパートに引っ越した。前もって知らせたのは山木トメだけだったから、近所の住民は荷物を積んだトラックが店の前から出るのを見て、「何があったのだろうか」と訝しんだ。

店の常連客が勝子の姿を見なかったのは、僅かに二日間だけだった。引っ越した日の翌日から、勝子は毎朝中畑商店に通い始めた。店に着くと、忍を送り出して掃除を始め、それが終わると二人分の昼食を支度する。一人だけで昼を済ませると、後の仕事は店番だけになる。ところが二時を過ぎる頃、勝子は急にそわそわし始め、帰り支度を済ませると、何度も表に出ては、手庇をつくって道路の向こうに目を向ける。遠くに忍の姿を認めると、彼女は回れ右をして、反対方向に歩き出す。かくして中畑商店は、毎日短時間だけ無人になる。佐久間のアパートは、悠里が通う小学校のすぐ前にある。急いで戻らなければ、曜日によっては孫がアパートの前を通り過ぎてしまう。悠里も母親に言われていたので、できるだけ祖母の部屋に寄ってから帰宅するようにしていた。

勝子が引っ越した後、彼女が使っていた部屋は悠里の部屋になった。彼は三年生になると、家に帰っても、外に遊びに出ることがほとんどなくなり、その分部屋に籠って本を読むようになった。忍が息子の机の上を覗いてみると、理科の辞典や年鑑に混じって何冊もの本が載っていた。どの本も、背表紙にラベルが貼られているから、学校の図書室や市立図書館から借りた本らしい。理科クラブに入っているところを見ると、彼は理科が好きなことは間違いないが、面白いことに、全部が全部天文学や気象学、それに地学関係の本で、ほとんどの子供が興味を示す、魚や昆虫などの生物に関する本は一冊も見当たらなかった。

昭和三十一年五月に日ソ漁業協定が結ばれると、十二月には日ソ共同宣言が発効した。翌年からは、サハリン州のコルサコフから、北洋材が留萌に輸入されるようになった。コルサコフは樺太時代には大泊とよばれ、忍は陽子と一緒にこの港で小笠原丸に乗船した。ソ連の船は長い筏に組んだ丸太を曳いて、留萌港にやって来る。入港した翌日、上陸許可をもらった船員たちは、留萌市内で買い物をすることが常だった。大柄で赤毛の船員たちは、雑踏の中にいても一際目立つ存在だ。衣料品店や電気屋に入ると、商品を手に取って、「ハラショー」を連発した。

佐久間のカニ缶工場で働いていた川本は、ロシア語が堪能だった。忍は彼に、ユーリの消息を問い合わせる手紙を書いてもらった。彼はその手紙をコルサコフから来た船員に託し、軍の機関に届けてくれるように依頼した。半年ほど経って漁協で会った時、川本は、「忍ちゃん。俺、返事を聞いて、がっかりしたよ。軍人の消息は、国家の機密事項なので、教えられないんだってさ」と話してくれた。続けて「ソ連でなくても、軍の情報は国家機密だから、民間人が調べるのは無理なんだよなー」と嘆息した。しかしすぐに「俺はユーリに初めて会った時、一目見て、こいつは強い男だ、と分かったよ。だから大丈夫。あいつは必ず生きているから」と慰めてくれた。

忍は川本の言葉を聞いた時、半分開いていたドアが、音を立てて閉じた気がした。ソ連との国交が回復し、留萌の街でロシア人の姿を見た時、心にぽっと希望の火が灯ったものだ。しかしこれも長くは続かなかった。彼女は川本の目を見つめると、「手紙がソ連軍に届けられただけでも、川本さんに感謝しています。私も彼は生きていると思います。何年かかろうとも希望を持ち続け、悠里と一緒に会える日を待っています」と言って、深く頭を下げた。

第十章　熱風

勝子が佐久間のアパートに引っ越してから三年以上が経過して、昭和三十三年の四月下旬を迎えた。新聞には毎日のように、「東京タワー年内に完成」の見出しが躍っている。

忍は坂道を上りきると、リヤカーを止めた。青空を見上げ、額の汗を拭った時、悠里の顔が浮かび上がった。彼の小学校生活も後一年で終わる。息子の学年を基にして、自分の年齢を数えた時「今年で三十四才になるのか」と呟いた。育ち盛りの子供と暮らしていると、月めくりの暦が日めくりに思えてくる。

その日の夕食後、洗い物を済ませると、流し台の前で背筋を伸ばし、左右の肩を拳で何度も叩いた。毎日リヤカーを引くようになってから、肩凝りがひどくなった。

この時を待っていたように、悠里が二階から下りてくると、台所を覗き込んだ。

「お母さん。今日学校であったこと、話してもいい？」

「ああ、いいよ。お茶を入れようね」

忍は居間に入ると、飯台の前に座り、傍らにあった茶櫃《ちゃびつ》を引き寄せた。

悠里は待ち切れないらしく、立ったままで母親を見下ろすと、早口で話し始めた。

「ソ連に入国するには、研究者になるのが一番いいんだって」

浅黒い顔の中で、切れ長の目が息づくように光を放ち、並びのよい歯が電灯を反射して白磁みたいに輝いている。

今日学校で「僕の夢は、ソ連に行ってお父さんに会うことです。どうすればソ連に入国できますか」と理科クラブの顧問をやっている酒井に質問したという。悠里はクラス担任よりもこの教師と気が合うらしく、学校の話には酒井の名前が頻繁に出てくる。彼の妻の多喜子も、同じ学校で国語の教師をしている。子供のいない夫妻は悠里を可愛がり、休みの日には自宅に招いて、クッキーやパンを焼いてもてなしてくれる。

二年前には、日本とソ連の国交が回復した。翌昭和三十一年には、ボリショイバレエ団の日本初公演があり、今月に入ると、レニングラード交響楽団が初来日して、全国の都市で公演している。科学の分野では、去年から始まった国際地球観測年には、日本とソ連も参加している。昨年ソ連が世界初の人工衛星を打ち上げると、今年の秋には、東大の糸川博士のグループがカッパロケットを打ち上げることになっていた。こうして日本とソ連の文化交流が盛んになったとは言っても、一般人がソ連に入国することは、余程のことがない限り無理な話だ。芸術家や科学者になって、ソ連文化省を通じ、文化・芸術使節として行くのが、最も実現可能なソ連への入国方法だった。

悠里は跪いて、目線を母親と同じ高さにすると断言した。

「僕、科学者になる。オーロラの研究をするんだ」

「科学者になるのはいいけど、どうしてオーロラの研究をするの？」

「ソ連のムルマンスクというところに、世界一のオーロラ研究所があるんだって。オーロラの研究者になれば、ソ連に入国できるよ」

「悠里。あんた、そんなことを考えているの……」

忍は後の言葉を継げなかった。悠里が三年生の時「私のお父さん」というテーマで作文の宿題が出されたことがある。困り切って相談してきた息子を、「私のお父さんはソ連にいます。でも会ったことはありません。こんな風に、本当のことを書けばいいんだよ。必ずいつか、お父さんに会わせてあげるから、二人で頑張ろうね」と励ました。それなのに肝心の親の方は、忙しさにかまけて何の努力もしていなかった。そんな母に対しても、悠里は不平一つ言わず、自分一人で父親に会う方法を考えていたのだ。

忍は両手を大きく広げると、力一杯悠里を抱き締めた。彼を不憫に思うと同時に、これまで子供の気持ちを斟酌しなかった自分を罵った。鼻の奥がつんとなって、涙が両目から溢れ出して止まらない。

息子の目を見つめると、鼻を啜りながら言った。

「ソ連でオーロラを見られたらいいね。お母さんも一度だけ、見たことがあるんだよ」

敷香で暮らしていた子供時代のことだ。二月のある夜、製紙会社の共同浴場から友人と一緒に帰る時、北の空が赤くなっていることに気がついた。立ち止まってしばらく見ていたら、赤い色は橙色に変わり、ゆらゆらと揺れた後で、ふっつりと消えた。

この話を聞いて驚くと思ったら、悠里は平然とした口ぶりで母親に確かめた。

「樺太で見たオーロラは赤い色だったでしょ」

手を差し上げると、オーロラの色と高さの関係について、身ぶりを交えて教えてくれた。

「オーロラの色は一番高いところが赤で、真ん中が緑になって、一番低いところは紫色なんだよ。地球は丸いから、樺太ぐらいの低緯度では、一番上の赤い色しか見えないんだ。だけど北極の近くで見るオーロラは、全部の色が見えるから、すごくきれいなんだって」

悠里はうっとりした目つきをした。その後口元を引き締めると、思いつめた顔になって、自分の決意を言葉にした。

「僕は絶対、オーロラの研究者になる。ソ連に行って、お父さんに会うんだ」

彼の真剣な眼差しは、ユーリが自分の父親のことを話していた時と同じだった。

忍はこの日、覚悟を決めた。死にもの狂いで働いて、金を貯めてこの子を大学に入れ、オーロラの研究者にしなければ、ユーリを裏切ることになると思った。


空は朝から晴れ渡り、まだ五月の二十三日なのに、昼近くになると初夏を思わせる陽気になった。南東の風が強く吹いて、顔の周りが生暖かい。さっきから消防署の広報車が町内を回り、「火の取扱いには十分注意してください」と火災予防を呼びかけている。湿度が三十パーセントしかなく、風速が二十メートル以上もあるから、異常乾燥注意報が出されていた。

忍はリヤカーに積んだ魚箱の中を覗き込むと、「いつもより氷の減りが早いな」と呟いた。今日は早めに帰りたかったが、氷の減り方とは裏腹に魚の減り方は遅かった。昨日は仕事を終えて家に戻ると、郵便局に行って貯金を全部引き出した。その足で銀行に行きたかったが、閉店時間を過ぎたので、家に現金を持ち帰った。悠里の学資として一円でも多く増やさなければならないから、利率のよい銀行の定期預金への預け換えを考えている。

ようやく魚を売り尽くした時は二時を過ぎていた。忍は大急ぎでまな板と包丁を洗うと、帰り支度を始めた。すぐに家に帰れば銀行に間に合う時間だ。二階の箪笥の引出しに現金を置いたままでは、留守の時に物騒なので、何が何でも今日銀行に行くつもりだった。リヤカーの引き棒に手を掛けると、急ぎ足で歩き始めた。

副港橋を渡った辺りで押し風になったので、さらに足取りが早くなる。元町の一丁目に差し掛かった時、消防署の方角から、これまで聞いたことがないくらいの大音量でサイレンが鳴り響いた。これに被さるようにして、小さなサイレンの音も鳴り始める。音は消防車から出ているらしく、次第に大きくなりながらこちらに向かってきた。

忍は驚いて立ち止まると、顔を上げて辺りを見回した。右手にある大きな建物の裏手から火の手が上がっていた。ここは戦時中に建てられた北船荘という造船会社の工員宿舎だが、木造で柾葺屋根の上、部屋数が多いのに防火設備がないので、消防署からたびたび改善勧告が出されていた。道の反対側には大勢の人間が集まり、北船荘を指差して声高に話している。

背中越しに、けたたましいサイレンの音が聞こえてきた。振り返って向こうを見ると、消防車が五台連なって、サイレンを鳴らしながら、こちらに向かってきた。先頭車が「消防車が通りまーす。道を空けてくださーい」とスピーカーから叫んでいる。

忍が慌ててリヤカーを道の縁に寄せると、三台の消防車が速度を上げてつぎつぎ目の前を通り過ぎた。残った二台はすぐそばに停車した。辺りにはサイレンの音が響き渡り、怒号が飛び交っている。今朝通った町内と、同じ町内とは思えなかった。

再び燃えている建物に目を向けた時、突風が吹いて、背中が前にぐいと押された。北船荘の屋根の端から、柾が煙を上げながら舞い上がると、飛びながら赤黒い炎を吹き出した。屋根のいたるところから、何枚もの柾がつぎつぎに剥がれると、渡り鳥みたいに繋がったまま、燃えながら飛んでいった。忍は飛んでいく柾を目で追いかけた。柾の行く先が海の方だと分かった時、顔から血が失せ、燃えている自宅が目の前に浮かび上がった。元町は北西に向かって、一丁目から五丁目まで道路沿いに続いている。今吹いているのは南東の風だから、中畑商店のある二丁目は風下に当たる。

すぐ前にある沢井商店の中に向かって、「おばさん。リヤカーを預かってね。後で取りに来るから」と声を掛けてから、リヤカーを店の裏に押していくと、そこに停めた。すぐさま二丁目に向かって走り出したが、五分くらいで心臓があえぎ出したので、歩くことにした。大勢の人間がぞろぞろと、こちらに向かって歩いてくる。リュックを背負い、両手で大きな風呂敷包みを抱え、泣きながら歩いている女を見たら、樺太からの避難民を思い出した。一人の女が、忍とすれ違った小学三年生くらいの子供に駆け寄ると、「たけしちゃん、学校は終わったのかい?」と訊いた。男の子は「校内放送で、元町一丁目が火事だから近くの生徒はすぐに帰りなさいって、校長先生が言ったの」と答えた。

〈それなら悠里も家に戻っているはずだ〉

忍は自然と小走りになった。

二丁目の手前まで来ると、ようやく足を止めた。肩で大きく息をしながら、背伸びをして行く手の方を窺うと、中畑商店の辺りに炎は見えなかったが、ずっと向こうの四丁目が燃えている。さっきすれ違った女たちは、この辺から避難してきたらしい。風が強いので、一丁目にある北船荘から舞い上がった火の粉は、二丁目と三丁目を通り過ぎ、一挙に四丁目まで飛んだようだ。二丁目が燃えていないことに安堵すると、また歩き出した。

しかし安心するのは早かった。中畑商店の前まで来た時、隣家の屋根から、大蛇が紅い舌を出すように、ちろちろと火の手が上がった。炎はすぐに何倍にも大きくなると、風に吹かれて、忍の家に流れてきた。

急いで店の中に入ろうとしたが、鍵がかかっていた。上着のポケットから鍵を取り出すと、表戸を開け、店の中に駆け込んだ。悠里には「学校から帰った時、誰もいなかったら、店を閉めてから二階に上がってね」と言ってある。

居間の上がり口に立つと、二階に向かって呼びかけた。

「ゆーりー。いるんでしょう。早く外に逃げなさい」

けれども二階からは、なんの返事もなかった。

一筋の煙が居間から流れ出て、鼻孔につんと焦げ臭さを感じた。奥を見ると、隣家に近い台所から炎が噴き出し、階段の近くまで迫っている。階段の裏側から白っぽい煙が上がっているが、ここから見る限りでは、階段本体は燃えていない。

急いで現金を取ってこようと思い、ズック靴を履いたまま居間に飛び上がった。鼻と口を手で覆いながら、階段に突進して一段目に足を掛けた。

その時背後から「やめろー」という男の声がして、強い力で左手を掴まれた。忍は階段の一段目に片足を掛けたまま、「離してよー。子供の学資が燃えてしまう。私の命より大事なんだからー」と体をよじりながら、大声で叫んだ。

後ろの男は「駄目だ。行くな。命より大事なものなんかないんだぞー」と叱りつける口調で言うと、忍を羽交い絞めにしたまま、一緒に畳の上に倒れ込んだ。その拍子に、忍の足が階段の横に投げ出され、ズボンの裾が燃え上がった。彼女は左足の甲に、痛みにも似た熱さを感じた。

男が素早く立ち上がった。そばにあった座布団で忍の左足を何度も叩くと、炎が消えて、ズボンの裾から煙が立ち昇り、靴底のゴムの臭いが鼻孔を叩いた。つぎの瞬間、忍が上ろうとしていた階段が、火の粉を散らしながら崩れ落ちた。

忍は悲鳴を上げると、上を見上げた。二階の部屋から、巨大なフイゴで吹かれたように、大きな炎がぶわっと吐き出され、熱風が顔に押し寄せた。彼女は絶叫した。

「貯金がー、燃えてしまうー」

上から大量の煙が一挙に流れて、黒幕を広げたみたいに、目の前が真っ暗になった。忍は激しく咳き込んだ。炎が居間に襲いかかり、敷物が燃え始めた。

男は後ろ向きのまま、忍を土間近くまで、ずりずりと引きずり出した。自分が先に土間に下り、彼女に背中を向けると、「早く、早く」と急かせる口調で声を掛けた。首を捻って、忍が肩に両手を掛けたのを確かめると、彼女を背負って立ち上がった。店を突っ切り、表に飛び出すと、人混みを縫いながら、一丁目に向かって走り始めた。

忍は背負われながら、「悠里の学資。悠里の学資」と繰り返した。悔し涙が両目から溢れ、唇まで流れてきた。頬を伝う涙を振り払おうと思って、顔を上げた。

中畑商店ばかりでなく、大きな通りに面している二丁目の家は、ほとんどが燃えていた。焦げた家材がびしょ濡れになって散乱し、辺りにサイレンの音が鳴り響き、悲鳴とも怒声とも分からない声が飛び交っている。道路には豪雨の後のような大きな水たまりができていた。何本ものホースがぬかるんだ地面を這い回っているから、大蛇の巣を連想させる。市の消防車だけでは間に合わず、よそに応援を頼んだらしく、自衛隊の消防車も停まっていた。あちこちから煙が上がり、太陽が出ているのに暗いから、昔見た日食を思い出した。煙がこちらに流れてくると、ひどい悪臭がするので、そのたびに息を止めた。

男は消防車のそばに来ると足を止めた。忍を背中から下ろすと、水たまりの横に座らせた。自分も跪き、忍の左足から焦げた靴をもぎ取ると、その靴で水をすくい取って彼女の足にかけ始めた。左の足は腫れ上がって、焼けた鉄板を巻かれたみたいに熱い感じがしたが、男がかけてくれる水は、濁った泥水でも熱さを和らげてくれた。舎熊の砂浜に打ち上げられた時、海水をかけたのもこちらの足だった。

〈私が死にそうになった時、二度も身代りになってくれた〉

こう思うと、自分の左足に愛おしさを覚えた。

男は水をかけながら、荒い息の間から「あの時僕が倒れたから、火傷をさせてしまった」と言って、

「ごめんなさい。ごめんなさい」と何度も頭を下げた。

忍は男の意外な言葉に驚いた。彼の制止を振り切って二階に上がっていたら、箪笥の中から金を取り出せたかもしれないが、階段が燃え落ちてしまって一階には戻れず、二階で焼け死んだことは間違いない。運よく階段が残っていたとしても、足を掛けた途端に燃え落ちて炎の中に転落していただろう。助けられた人間が礼を言うのが筋なのに、この男は、自分が助けた人間に謝っている。年齢は三十才前後で、真面目そうな感じの男だった。

男はズボンのポケットから、白いハンカチを取り出すと、水に浸して忍の足の甲に巻きつけた。もう一度彼女を背負って立ち上がると、目を真っ直ぐ前に向けて「道を空けてくださーい。この人を病院に運びまーす」と叫んでから、道路の真ん中を、水しぶきを上げながら猛然と走り出した。

忍は背負われたまま、悠里のことを考えていた。

〈あの子は元町の火事を知らされると、家のことが心配になって、おばあちゃんのアパートには寄らずに、学校からまっすぐ帰ったのに決まっている〉

悠里が通う小学校は元町三丁目にあり、中畑商店から一丁しか離れていない。すぐに帰ったとすれば、さっき道で会った小学生より先に家に着いているはずだ。

〈それなのに、どうして名前を呼んでも返事がなかったのだろうか〉

この時ふっと思い出した。

〈今日は体育があった日だ〉

前に一度、悠里は体育授業で疲れてしまって、帰るとすぐに眠り込んだことがある。

〈今日もきっと、急いで帰ってはみたが、家が無事なのでほっとして、眠り込んだのだ〉

息子の寝顔が浮かび上がると、氷柱が背中を滑り落ちた気がした。

〈どうしてあの時、二階に向かって、何度も声をかけなかったのだろうか〉

金のことばかり考えて、息子のことを二の次にした自分を責めた。

忍が顔を上げて「子供が心配なので、戻ります。すぐに下ろしてください」と頼もうとした時、男の足が不意に止まって「着きましたよ」という声が聞こえた。前を見ると、白地に黒い字で竹部外科医院と書かれた看板が見えている。住所が開運町二丁目となっているから、元町から出発すると、留萌駅に行く途中になる。男は体を横向きにすると、ガラスのドアを肩で押し、医院の中に入っていった。玄関で患者を見送っていた看護婦が、こちらを振り向くと、驚いた顔をして「あれー。お久しぶり」と嬉しそうな声を上げた。

男は首を捻り、「ここは知り合いの医院ですよ」と忍に教えた。看護婦に「この人、左足に火傷をしているから、急いで診てあげて」と頼むと、体をくるりと回して、背中の忍を彼女に託した。看護婦が中に向かって「ストレッチャー」と叫ぶと、近くの部屋から「はーい」という元気な声がして、若い看護婦がストレッチャーを押しながら走り出てきた。

忍はストレッチャーに横たわると、真剣な眼差しで看護婦に訊いた。

「松葉杖を借りられますか。小学六年生の息子が心配なので、今すぐ家に戻りたいんです」

看護婦が答える前に、男が厳しい目つきで「駄目です。火傷の手当てが先です」とたしなめた。忍が不満顔をすると、「僕が見てきます。中畑君ですよね。さっき店の看板を見たから分かります」と言ってから、「絶対に無事です」と断言して、玄関を飛び出した。

手当てが終わると、忍は処置室から病室に移された。五人部屋だが、他に入院患者はいなかった。左足に赤紫色をした軟膏を塗られ、油紙で覆われた後、その上から包帯を何重にも巻かれた。忍が訊かなくても、看護婦は軟膏を塗りながら、「この軟膏の色は紫根の色です。豚の脂が入っているから臭いけど、火傷にはすごく効くので我慢しましょうね」と労わってくれた。嬉しかったのは、靴を履いていたので、どちらの足の裏も火傷を免れたことだ。松葉杖を使わなくても、左足を引きずりながら歩くことができる。

医者からは「早いうちに水で冷やしたから、火傷の深さはほとんどが二度くらいです。三週間もすれば治るでしょう。でも、靴から出ていた左の甲と足首の一部は三度くらいですから、ここだけ火傷の跡が残るかもしれません」と言われた。幸いなことに、つま先の部分は靴に護られていたので、火傷の程度は軽く、指が癒着する心配はないという。しかし彼は顔を曇らせると、「火傷が治っても、突っ張った感じがして、左足に力が入らないと思います。ですから、重い物を持つことは難しいでしょうね」と沈んだ口調で言い足した。

この言葉を聞いた時、病室の照明が落ちた気がした。火事に遭って、自分の全財産を失ったばかりか店まで全焼したが、魚売りだけはできると思って、微かな望みを繋いでいた。それなのに、利き足の左足に後遺症の残る火傷を負ってしまい、リヤカーを引いて魚を売り歩くこともできなくなったのだ。

けれども、もっと、もっと心配なのは、悠里のことだった。火傷の手当てを受けている間も、息子のことばかり考えていた。手当が終わって一時間以上経った今になっても、勝子や悠里からは何の連絡もないし、自分を助けてくれた男も戻ってこない。さっき看護婦が病室を出る時、ドアノブを握ったまま振り返ると、「元町の火事で、死んだ人は一人もいなかったそうです。だから息子さんも無事ですよ」と言ってくれたが、自分の目で悠里の顔を見るまで心配は尽きなかった。

忍はベッドの上に上半身を起こすと、首に掛けていたイコンを外し、手に持ってじっと見つめた。線刻された聖母の顔が微笑んでいる。

「悠里が無事なように、ユーリも一生懸命祈ってね」

涙声で、しっかりと彼に伝えた。

六時を過ぎた頃、廊下で話し声がしたので、入口の方を振り向いた。ドアが勢いよく開くと、あんなに待ち焦がれていた声が、茶色の塊と一緒に病室に飛び込んできた。

「お母さーん」

茶色のジャンパーを着た悠里が、両手を大きく広げ、ベッドを目がけて突進してくる。

「ゆうりー」

金切り声で呼びかけると、息子を抱きしめようと思って、左足を床に下ろそうとした。けれども包帯が目に入ると、慌てて足を元に戻した。

悠里は床に跪くと、枕元ににじり寄って、母親の胸に武者ぶりついた。

「家が全部、……焼けちゃった。お母さんを、探したけど、……どこに行っても、いなかった。……

死んだと、思った」

切れ切れに言いながら、背中を震わせて泣きじゃくった。

言いたいことが多過ぎて、忍の口からは何も出てこなかった。「悠里。悠里」と息子の名前を繰り返すだけで精一杯だ。家が燃えたことも、貯金を全部失ったことも、自分が火傷を負ったことさえも、なにもかもが頭から消えていた。意識の中にあるのはただ、両腕に感じる悠里の息づかいと、この世のすべてに対する感謝の気持ちだけだった。

顔を上げた時、視界の隅で動くものがあった。そちらの方を見たら、佐久間と勝子が涙を拭いながらドアの前に立っていた。

第十一章　研一

翌朝、体温を測りに来た看護婦に訊くと、忍を助けてくれた男は黒田研一という名前で、元町に古くからある黒田漁業の社長の長男だと教えられた。黒田社長は竹部院長の幼馴染だから、研一も父親に連れられて、この医院に何度も来たことがある。看護婦たちは彼のことを、「研一さん」と親しみを込めて呼んでいた。

看護婦がいなくなると、病室の中は耳鳴りがするくらいに静かになった。忍はベッドの上で、背もたれに寄りかかって、包帯が巻かれた足を見ながら、昨日佐久間と勝子に聞いた火事の話を思い返した。

元町の通りに面していた家は、二丁目から五丁目まで、ことごとく全焼した。火災は三時間経ってようやく治まったかに見えたが、何か所かで再び燃え上がり、夕方になると港のそばにある石油タンクに火が入った。佐久間は「タンクが、ドカーン、ドカーンと爆発して、ものすごい炎を上げて燃えていたさ」と身をすくませた。三丁目の東端にあった小学校と、そこから道路一本隔てた彼のアパートは、火の粉の通り道から外れていたので延焼せず、放水の水も浴びなかった。この大火で二千六百二十五戸が全焼し、千二百三十五人が焼け出されたが、真昼の火事のため死者が出なかったことが不幸中の幸いだった。

勝子は忍の帰りを待ち切れなくて、店を閉めてアパートに戻ったが、隣人から火事のことを聞かされると、店に引き返すことにした。玄関を出た時、学校から帰る悠里と会ったので、彼と一緒に二丁目に向かった。しかし火の勢いが強くて危険なのに加え、道路が混雑していたので、二丁目から避難する人間を優先的に通すことになり、二人は途中で足止めを食った。

中畑商店の前に着いたのは、火勢が衰えた夕方四時頃のことだった。全焼した自分の店を見て驚き、隣家の住人を見つけて忍の行方を訊ねたら、「風上にある児童公園が避難所になっているから、そこにいるかもしれないよ」と教えられた。急いでそこに行ってみたが、忍はいなかった。仕方なく、もう一度店の焼け跡まで戻ると、さっきはなかった木の立て札を見つけた。そこにチョークで書かれた「中畑君へ。お母さんは無事です。開運町の竹部医院に入院しています」という伝言を見て、アパートに戻り、佐久間のオート三輪に乗せてもらって、竹部医院に飛んできた。

佐久間と勝子は、代わる代わる話し手になって、こんな話を教えてくれた。

忍はこれからの身の振り方を考えると、溜息を漏らした。息子の悠里も無事だったし、自分も火傷をしたけど死ななかったから、全財産を失くしたとは言え、喜ばなければ罰が当たる。昨日勝子は「土地は残っているし、あの家は古いから、焼けても惜しくないよ。二人とも、私のアパートに来て暮らせばいいさ」と慰めてくれた。入院中は悠里を預かってもらうように頼んでいるが、退院した後も彼女の世話になるのは気が進まなかった。佐久間のアパートの別な部屋を借りることも考えたが、現在全部の部屋が塞がっている。まだ五月だから、待っていても、しばらくの間空室が出ることはないだろう。どこか他所で部屋を借りるにしても、先立つものが一円もなかった。

黒田研一が竹部医院に現れたのは、午後二時過ぎのことだった。忍が処置室で包帯を取り替えてもらって病室に戻ると、彼は窓から外を眺めていた。ベッドの横を見ると、サイドテーブルには、パイナップルやバナナが入った果物籠が置かれている。

忍の足音を聞くと、研一が振り向いた。彼の顔は昨日見たより穏やかで、二重の目が柔らかな光を放っている。長目の髪はくせ毛らしく、裾が菊の花弁のようにカールしている。男にしては色白で、魚市場では陽に焼けた男たちを見慣れていたから、彼の顔はとても新鮮に目に映った。

「お邪魔しています。さっきまで院長と話していたんですよ」

研一は笑顔で言った後、突然泣き出しそうな顔をした。両手を膝に当てると、頭が床に着きそうなくらいの急な角度で、腰を折り曲げた。

「昨日は申し訳ありませんでした。私がヘマをしたばかりに、女の貴女に、跡が残るような火傷を負わせてしまいました。本当にごめんなさい」

この言葉を聞くと、忍は手を左右に振って、血相変えて否定した。

「それは違います。私は黒田さんに命を助けていただいたんです。今もこうして生きているのですから、私の方こそお礼を申し上げなければなりません」

言ってから、「私の名前は中畑忍といいます。助けてくださって、本当に、ありがとうございました」と頭を下げた。ベッドの端に腰を下ろすと、弾んだ声で言い足した。

「お陰さまで一週間くらいしたら退院できるそうです。その後通院すれば、ひと月くらいで治ると言われました。これもみんな黒田さんがあの時水で冷やしてくれたからです」

忍の言葉を聞くと、研一の顔に安堵の笑みが浮かんだ。

「そんなに早く退院できるんですか。それを聞いて、ほっとしました。今朝魚市場に行った時、佐久間さんからお礼を言われて恐縮しました。一時間以上も彼と話をしたんですよ」

「まあ、そんなに長い間ですか」

「中畑さんは、今度の火事ばかりでなく、樺太にいた時や、北海道に引き揚げる時も、いろいろと大変な目に遭われたんですってね」

研一はこう言うと、一呼吸置いた後優しい眼差しで忍の目をじっと見つめた。

「貴女の事情は、佐久間さんから全部聞きました。それで、今後のことなんですけど、足の火傷のこともあるから――」

彼はここで言葉を切ると、下を向いた。これから言うことを整理しているのか、口の中で何かを呟いている。その後で、思い切ったように顔を上げた。

「私のところで働いてもらいたいのですが。もちろん重たいものなんか一切持たせません」

予想もしなかった研一の言葉に、忍は驚いた。聞き間違いかと思って、訊き返した。

「働くって、就職するという意味ですか。私のところって、どこのことでしょうか」

研一は「ごめんなさい。焦ってしまって、話が飛躍してしまいました。順序だてて話しましょうね」と言ってから、忍が勧めた椅子に腰を下ろすと、詳しく話し始めた。

黒田研一は昭和二年の生まれで、高校を卒業した後父の会社で働いていた。函館に北大水産学部が創設されることを知ると、働きながら受験勉強をして、昭和二十四年の春、水産学部の第一期生として北大に入学した。彼の父は漁師の親方で、最盛期にはニシンの建て網を五か所も設置し、三百人以上ものヤン衆を擁するほど羽振りがよかった。しかし研一が大学を卒業する前年頃から、道北沿岸のニシンの漁獲量は激減し、父の事業も先行きが怪しくなった。そこで研一は、これからの日本では、魚を外国から輸入する時代になる、と先を読んで、大学を卒業するとアメリカに渡った。シアトルを拠点として、カナダのバンクーバーやアラスカを回り、鮭の養殖や魚の加工などの研究を続けた。

去年の夏に帰国すると、「新たに水産加工会社を興したらいいよ」と父を説得し、倒産しかかっていた梅津水産の建物を居抜きで買い取らせた。今年の一月、父親を社長に据え、自分が副社長になって、「黒田水産」を立ち上げた。昨日火事があった時も、新会社の倉庫にするための物件を探して、元町を歩き回っていた。

彼はこんな経緯を話してくれた。大きく息を吐き出してから、こんどは新しい会社について説明し始めた。

「新しい会社の住所は大町一丁目で、測候所から北西に十分ぐらい歩いた、海が見えるところにあります。貴女には、加工場ではなく、その隣にある事務所で働いていただきます。力仕事はないし、冬も外に出なくてもいいから、左足に差し障ることはないでしょう。佐久間さんのお話によると、中畑さんは魚の種類や調理法にも詳しいし、取り扱いにも慣れているということなので、加工品の原料の仕入れや、会社に来るお客さんとの商談の手伝いなどをやってもらいたいと思っています。退院したら、どうかうちの会社に来てください」

話し終わると、忍に向かって拝む手つきをした。

忍は暗闇の中に一条の光が射し込むのを見た。午前中は不幸なわが身を嘆いていたのに、午後には朗報が舞い込んだ。研一が頭を下げた時、彼の背後にある壁が虹色に見えた。

「私でよければ、是非働かせてください。退院したら、すぐに住むところを見つけて、働く準備をします。命を助けていただいたうえ、こんなにも親切にしてもらって、黒田さんには何回お礼を申し上げても足りません」

鼻を啜りながら、何度も頭を下げた。こうなったら勝子から借金して、それを元手に、どこかで適当な部屋を借り、着るものも買わなければならない。

「でも黒田さんは、初めて会った私に、どうしてそんなに親切にしてくれるのでしょうか」

さっきから訊きたかった疑問を口にした。

「貴女の足に火傷を負わせたのは、この私です。だから中畑さんを助ける義務があります」

研一はためらうことなく答えた後「そうだった」と言うと、「実は大町二丁目に、うちの社員寮があるんですよ。梅津水産の物件と一緒に買い取ったんです。よかったら、そこに入りませんか。部屋は六畳と三畳しかないですが、息子さんとの二人暮らしなら、我慢できると思いますけど。社員になれば、家賃は取られません」と言葉を継いだ。

研一の顔が仏に見えた。彼のお陰で、左足を庇いながら部屋探しをしなくてもよくなったのだ。忍は涙声で感謝の気持ちを伝えながら頭を下げた。


忍が竹部医院を退院したのは、六月初めのことだった。退院の当日、佐久間が運転するオート三輪は、忍を勝子がいるアパートではなく、大町にある黒田水産の社員寮に運んだ。

研一の計らいで、忍たち母子の入居は入社前に許された。ここは以前「梅津水産社員寮」という名前だったが、黒田水産に買われた後は「北海荘」と書かれた木製プレートが掛けられている。北海荘の玄関を入ると、長い廊下に沿って、十部屋が向かい合わせに並んでいる。二階の分も合わせると、一棟当たり二十世帯が入居できる。

部屋のドアを開けると、左側が台所で、右側にはトイレがあり、真正面の左に六畳間が、右に三畳間が並んで配置されていた。風呂だけは共同で、一階の突き当りに、外に突き出た形で造られている。

藤本という六十過ぎくらいの男が、玄関を入ってすぐの部屋に管理人として住みこんでいた。

会社の規則では、若い社員は二階の部屋に入ることになっていたが、足のことを考えて、一階の一番奥の部屋にしてもらった。六畳間を居間兼寝室と決め、三畳間を悠里の部屋に充てた。母親から「三畳間はあんたが使っていいよ」と言われた時、悠里は一瞬ぽかんとしたが、その後両手を上げて「やったー」と叫びながら、部屋中を踊り回った。

悠里の部屋ができたことを聞かされると、研一は昔自分が使っていた座り机を小型トラックに積んで、北海荘に運んできた。三畳間の窓側に置く時「僕は北大を受ける時、この机で勉強したんだよ」と悠里に教えた。

机の上に載っている文房具は、同級生からの贈り物だ。火事に遭わなかった元町の住民たちも、使っていない家具や日用品を持ち寄って、忍に寄付してくれた。全道から留萌市に寄せられた義捐金が、焼け出された全部の家に、家族の人数に応じて分配された。

家の住所が元町から大町に変わったので、学区も変わり、悠里は転校しなければならない。忍が「後一年もしないで卒業だから、子供は卒業するまで同じ学校に通いたいと希望しています」と学校に頼んでみたら、校長は特例扱いでこの申し出を認めてくれた。北海荘に住むと、小学校へは遠くなるが、来年から通う中学校へは逆に近くなる。

第十二章　北黄金

年が明けて昭和三十四年の七月初めを迎えた。ほんのひと月前に東京オリンピックの開催が決まったばかりだから、新聞や週刊誌には「五輪景気」とか「五輪特需」という見出しが溢れ、日本中に活気がみなぎっている。

忍の火傷はすっかり治ったが、医者が危惧したように、左の足首と甲に赤味がかった瘢痕《はんこん》が残った。しゃがんだ姿勢から立ち上がる時や、踏み台から下りる時は、足首の皮膚がこわばって一瞬動作が遅くなる。けれども足を高く上げて全力疾走でもしない限り、日常生活に支障はない。北海荘から会社へは、歩いても七、八分で着くので、徒歩通勤も苦痛ではなかった。

悠里は今年から中学校に通っている。中学校には、酒井みたいな科学好きの教師はいなかったが、北大水産学部も理系だから、研一が酒井の代わりを務めてくれる。彼は休日に北海荘を訪れ、大学で専攻した水産増殖学の研究内容や、練習船で遠洋航海をした話、アメリカでの滞在記を悠里に聞かせた。実家住まいの研一は、青いスバル３６０で通勤している。これは父親の車だが、所有者がまだ免許を取っていないから、専ら息子が使っている。去年忍が竹部医院に通院する時、彼女を送迎したのもこの車だった。

忍は鼻をひくひくさせた。開け放たれた窓から、ライラックの甘い香りが漂ってくる。札幌では六月初めに開花するが、道北の留萌では一か月遅れて開花する。彼女は事務所の中を見回した。男性社員は全員が二階に上がって会議に出ている。二人いる事務の女の子は、一人が会議室に詰め、一人は銀行に出かけて、まだ戻っていない。一階に誰もいないことが分かると、椅子から腰を上げ、両手でスカートを引き上げた。制服の下にはゆったりしたブラウスを着ているが、下はタイトスカートだ。タイトはもちろん、スカートをはいたのが女学校以来だから、腰の回りが窮屈で落ち着かない。本音を言えば、ジャンパーを着てズボンをはき、サンダルではなくズック靴を履きたかった。

黒田水産の加工場で働いている作業員は、全員が梅津水産から移ったパート勤務の社員だ。一方事務所にいる常勤社員のほとんどは、研一が黒田漁業から連れてきた人間で、新規採用は忍の他に事務の女の子が二人だけだった。二階建ての事務所は加工場と棟続きで、忍は一階の奥に座っている。仕事は研一の秘書みたいなものだから、さほど難しくないし、疲れることもなかったが、外で働くのに慣れていたから、一日中事務室に座っているのが辛かった。彼女は再び椅子に腰を下ろすと、「人間なんて勝手なものだ」と呟いて、苦笑いを浮かべた。去年研一から頼まれた時は、楽そうな仕事でよかったと喜んだのに、一年経って仕事に慣れてくると、もう不平を言っている。

その研一だが、面白いことに、「副社長」と呼ばれると、「黒田さんでいいからって言ったでしょ」と社員に注意する。朝会社に着くと、すぐに外に出ることが多いが、出かけない日でも二階にある副社長室には入らない。一階の奥に平社員用の机と椅子を置いて、いつもそこに陣取っていた。自分が副社長として扱われることを好まないようだ。

副社長がそんな言動をすることについて、忍は自分なりの見解を持っている。恐らく研一は、自分が副社長を務めることに自信がないのだ。彼は「よい人」過ぎるから、相手の気持ちを慮る余り、いつまで経っても物事を決められない。自分より年下だから余計に感じるのかもしれないが、傍で見ていると、彼が頼りなく思えて仕方がない。会社の社長や副社長というものは、自分の考えを部下に伝え、「この方針でやるから、俺についてこい」と言って、事業をぐいぐい推し進めるタイプの人間がやるべきだ。

黒田水産の社長は、いわゆる「名ばかり社長」だから、この会社の命運を握っているのは副社長の研一ということになる。しかしどう考えても、彼はそんな大役の器ではない。目を輝かせて悠里と話している彼を見ると、「大学に残って研究者の道に進んだ方が幸せだったのかもしれない」といつも感じる。社員の間でも、「副社長が大学卒のぼんぼんだから、将来この会社もどうなるか分からない」と陰口を叩かれている。彼らも忍と同じことを感じているのだろう。

三時半を過ぎた頃、会議が終わったらしく、二階から人のざわめき声がして、椅子をずらせる音がした。階段を下りる足音が聞こえると、「中畑さーん。このメモを会議録に纏めておいてください」という研一の声が降ってきた。

忍は階段の下まで行くと、上を見上げて「分かりました」と言いながら、手を伸ばしてメモを受け取った。そこに書かれている内容を見ると、議題は前回と同じで「ソ連産ニシンの数の子について」となっていた。留萌沿岸はおろか、北海道全体を見ても、ニシンは全く獲れなくなった。「海水温が上がったからニシンが沿岸に寄りつかなくなった」とか、「これまで乱獲したから個体数が激減した」とか、いくつもの説が流布しているが、本当の理由は分からない。留萌市内の水産加工場はソ連から冷凍ニシンを輸入して、数の子を採ってから、身欠きニシンにして売っていた。

しかし冷凍ニシンを原料にすると、身欠きニシンは上手くできるが、数の子が問題だった。ニシンを解凍した後、すぐに腹を裂いて数の子を取り出しても、変質した胆汁や血液などの体液が付着しているから、卵全体が黒褐色に変色している。何日もかけて、塩水で何十回洗っても、数の子本来の色には戻らない。とりわけ、付着した血液を取り除くのが難しく、黒っぽい色は最後まで抜けなかった。

そこで黒田水産では、数の子を黄色く着色することに挑戦している。もう四か月以上に渡って、「黄色四号」と「黄色五号」を使って試行錯誤を繰り返しているが、今になっても満足する結果は得られていない。この色素は、菓子などの着色では成功しているが、魚卵を着色するには不向きらしく、黄色くなった数の子を塩水に晒すと、一日も経たずに色素が抜けて元の黒褐色に戻ってしまう。スケトウダラの卵を、「赤色三号」や「赤色一〇二号」という色素で着色して、赤いタラコを作ることには成功している。数の子の場合も、別の色素を使えば上手く行くのかもしれないが、黄色の着色料で国が食品添加物として認可しているものは、今試している二つの色素以外にはなかった。

それから四日経った日のことだ。平日ならば、管理人が玄関前を掃除している時間だが、今日は日曜日だから、北海荘の前に彼の姿は見られない。

悠里は朝から出かけていた。英会話の練習のため、アメリカ人のトマス・ヤング牧師の家でアルバイトをしている。前に研一から「英語は科学者の世界共通語だから、英語を話せないと研究者にはなれないよ」と忠告された。牧師の家は通学路の途中にある。いつもなら学校の帰りに寄って、夫人に頼まれた買いものや、メアリーという二才年下の娘と一緒に、庭の芝刈りや花壇の手入れなどをするが、今日は年に一度の親睦野外パーティーが開かれるから、その準備を手伝っている。この会には、留萌市に住んでいるアメリカ人や、米国滞在の経験がある邦人などが参加する。牧師は流ちょうな日本語を話すから、英語の不得手な年配の日本人でも気楽に参加できる。もちろん研一も招待されている。牧師は、研一が暮らしていたシアトルのワシントン大学を卒業したから、二人が話し始めると話題は尽きなかった。

忍は台所に立って、昼食の支度をしていたが、自分一人だから手抜きをして、昨夜食べ残した飯のお茶づけと、サバの味噌煮で済ませるつもりだった。昼食を載せた盆を持って居間に入った時、表の方で何かがぶつかったような音が聞こえると、子供が激しく泣き始めた。彼女は盆をテーブルの上に置くと、急いで部屋の外に飛び出した。

玄関に下りてドアを開けると、玄関前の道路の端で、四、五才くらいの男の子が、両足を投げ出し、地べたに座ったまま、大きな声で泣いている。すぐ横にある側溝の中に、子供用の自転車が落ちていた。忍はそばに行くと、しゃがみ込んで「怪我をしたの？」と子供の顔を覗き込んだ。子供は両手で顔を覆ったまま、泣きながら頷いた。半ズボンから出ている膝小僧から血が流れている。

「すぐに戻るから待っていてね」

部屋に戻ると、箪笥の上から救急箱を取って、子供の所に走り戻った。

オキシフルを浸み込ませたガーゼで、子供の膝を軽く叩くと、傷口から泡が出て、血液の赤い色が消えた。メンソレータムを塗ってから、新しいガーゼを当てて、絆創膏でしっかりと押さえる。最後に自転車を側溝から引き揚げると、子供の前に運んできて「自転車は壊れていないよ。怪我はすぐに治るからね」と元気づけた。

ようやく子供の顔に笑みが零れた。「おばさん。ありがとう」と言って立ち上がると、自転車のハンドルを握り、押しながら道路を帰っていった。

子供が足を引きずりもしないで、ふつうに歩いているのを見届けると、「骨は大丈夫だったか」と呟いてから、救急箱を提げて部屋に戻った。早速テーブルの前に腰を下ろすと、「食べなくちゃ」と言って箸を取り、目をサバ味噌に向けた時だった。サバから他の魚を連想し、黒田水産に繋がり、先日の会議のことを思い出すと、頭の中で「ソ連産ニシンの数の子」という文字が明滅した。直後に耳元で、研一の声が響き渡った。

「胆汁はすぐに無くなるけど、最後まで血が取れないから、黒ずんだ数の子になって、商品価値がゼロなんですよ」

さっき傷口にオキシフルをつけた時の光景が蘇った。彼女は天井の隅に目を向けた。

「発想の転換だ」

はっきりした口調で自分に言い聞かせると、音を立てて箸を盆の上に放り出した。立ち上がって箪笥の前に行くと、手早くエプロンを外し、出かける支度を始めた。

日曜日のせいか、市立図書館の中は子供たちで溢れていた。けれども、真面目に本を読んでいる子供は数人しかいない。ほとんどの子は空いている所に集まって、立ったままで雑談している。図書館の職員が見兼ねて注意しても、席に戻って静かにしているのは十分くらいで、すぐに集まって騒ぎ始める。

忍は、「辞典コーナー」と書かれた書棚に行って百科事典を抜き出すと、手に携えて自分の席に戻ってきた。真っ先に「お」のページを開いて、オキシフルについて調べ始めた。


オキシフルとはオキシドールの商標名で、過酸化水素を三パーセント含む水溶液である。殺菌・消毒のほか、脱色や漂白の目的で用いられる。


彼女は「脱色や漂白の目的」という箇所を読んだ時、両腕に鳥肌が立ったのを感じた。

「黄色く着色するのではなく、脱色してこびりついた血を見えなくすればいいんだよ」

思わず声に出して言った。自分が図書館にいることに気がついて慌てて口を押さえたが、遅かった。向かいの中学生らしい女の子が、気味悪そうな目つきでこちらを見た。

百科事典を棚に返すと、こんどは少し離れた場所にある、分厚い化学辞典を取り出した。両手で抱えて席に戻ると、「過酸化水素」の項目を調べ始める。

［性状］　通常は無色無臭の液体であるが、微かなオゾン臭を伴うことがある。
［取り扱い］　市販品は、三十または三十五パーセントの水溶液になっている。皮膚につくと、軽度の火傷をすることがあるので、取り扱いの際は保護手袋をつけるとよい。
［保存方法］　鉄や銅などの金属に触れると分解反応が進むので、ガラス瓶かプラスチック容器に入れ、冷暗所で保存する。不燃性だが、分解して水と酸素になり、この時発生する酸素に引火して火災が起きる危険がある。なお、六パーセントを超える濃度の過酸化水素水溶液は、消防法により危険物に、また毒物及び劇物取締法により劇物に指定されている。
［毒性］　人体に対する毒性はない。誤って口に入れても、小腸細胞の中にあるカタラーゼという酵素により、分解されて水と酸素になるので無害である。

バッグの中からノートを取りだすと、要点をメモしてから、改めてノートを読み返した。読み終わると、今度は小さな声で「人体には無害である。会社が買うものは過酸化水素水溶液で、市販品の濃度は三十または三十五パーセント。これは危険物扱いだから保管庫も必要だ」と呟いた。

翌朝、忍は勢い込んで、いつもより一時間も早く家を出た。会社に着くと、手早く着替えを済ませ、事務所の奥のドアを開けた。加工場の中に入ると、作業台を洗っていた早番の男に「ソ連の冷凍ニシンで、数の子が入ったのを一匹だけ貰いたいんですけど、いいですか？」と訊いた。

男は手を動かしながら、忍の顔をちらりと見ると、「今晩食うのかい。冷凍室の右側の隅にある大きな箱に入っているから、一匹だけでなく好きなだけ持っていってもいいよ」と言ってくれた。やはりソ連産の冷凍ニシンは、軽く扱われているようだ。

貰ってきた冷凍ニシンを新聞紙に包み、手に提げて加工場の表に出た。車の洗い場に行くと、そこにあったバケツの中にニシンを入れてから、水道の栓を捻った。事務所に戻り、自分のバッグを開くと、家から持ってきたオキシフルの瓶とマキリを取り出し、バケツの所に戻ってきた。地べたに敷いた新聞紙の上に、解凍したニシンを置くと、マキリをニシンの腹に突き刺して、真一文字に切り裂いた。中から数の子を取り出し、片腹分だけ新聞紙の上に置いて、空を見上げて深呼吸をした。

いよいよこれから、数の子の漂白実験が始まるのだ。心臓が口から飛び出しそうな勢いで拍動している。こんなことは、去年の大火以来のことだった。蓋を外したオキシフルの瓶を、数の子の真上に持ってくると、上を向いて目を瞑った。ゆっくり瓶を傾けると、生臭い臭いが立ち昇った。

目を開いて、数の子を見た時、耳がきーんと鳴って周りの音が消し飛んだ。さっきまで全体が黒ずんでいたのに、オキシフルに触れた部分だけが鮮やかな薄黄色になっている。斑模様の数の子を見ていたら、街の花屋で見た斑入りアイビーの葉を連想した。

その一時間後、忍は加工場の片隅で、研一と向かい合わせで座っていた。真ん中にあるテーブルには新聞紙が敷かれ、その上には二本の数の子が並べて置かれている。一本はオキシフルに浸したもので、もう一本は何も処理していないものだ。

研一は二本の数の子を見比べると、困ったように眉間に皺を寄せた。

「確かに漂白されているけど、現在許可されている添加物リストに過酸化水素は入っていないから、国が許してくれないでしょうね」

忍は彼の目を見つめたままで、顔を前に突き出した。

「化学辞典にははっきりと、人体には無害と書いてありました。だから、一度過酸化水素水を買って試してみてください。まだどこも使っていないから、添加物のリストには載っていないんです。うちの会社がやって、製品を審査してもらえば、国も許してくれますよ」

研一の返事を待ちながら、これがきっかけになって、冷凍室に放置されているニシンの数の子が全部商品に変わるのなら、少しは彼に恩返しができると思っていた。

しかし研一は、煮え切らない返事をした。

「うーん。だけど上手くいかなかったら、経費の無駄遣いになるし、時間を割いてくれた加工場の人にも悪いですからね」

忍はさっと立ち上がると、テーブルを回り込んで研一に詰め寄った。口元を引き締めると、揺るぎのない口調で「上手く行かなかったら、損をした分、私の給料から引いてください」と言い切った。

〈昔の自分なら、こんなことを決して口には出さない〉

樺太では吹雪で死にそうになり、大きなヒグマに睨まれたこともある。敷香から引き揚げる時には、ソ連機から機銃掃射を浴びた。大泊から北海道に向かう時には船から放り出されて溺死しそうになり、その後海を漂流した。そして去年は、もう少しで焼け死ぬところだった。こんなに何度も死にそうな目に遭うと、人間の価値観は大きく変わるものだ。自分の命さえ保証されるのなら、恐れるものは何もなかった。

「分かりました。そこまで言うのなら、やってみましょう。過酸化水素水を注文します」

忍に気圧された形で研一は決断したが、彼の言葉に期待感は微塵も感じられなかった。

注文した過酸化水素水が会社に届いたのは、翌週のことだった。研一は早速、加工場の社員に数の子の漂白をやらせてみた。担当した作業員は、半信半疑でやり始めたが、たった一度のテストを終えただけで「こりゃ、すごいよ。染めるより、ずっと楽だな」と驚きの声を上げた。過酸化水素の濃度、処理する時の温度や時間など、漂白に最適な条件を決めるのに一か月ほどかかったが、夏も終わる頃には、数の子の黒褐色を漂白して、鮮やかな薄黄色に戻す技術が確立された。

大まかな工程は、「数の子を冷たい塩水に浸し、汚れ、付着物、雑菌や寄生虫を取り除いた後、過酸化水素水で漂白し、塩水に晒して残留過酸化水素を除いてから、最後に塩固めをする」というものだ。数の子というのは、味よりも食べた時のぷりぷり感が重要だが、この方法で漂白しても、数の子独特の歯ごたえは十分に保たれていた。

忍の見込み通り、過酸化水素を食品に使うことは、何の問題もなく国から認可された。研一は札幌に行き、特許事務所で製法特許の出願を済ませた。審査には一年以上かかるから、この間に販売する製品には「製法特許出願中」と印刷することにした。事務所の社員も動員し、会社一丸で取り組んだら、最も需要のある年末を目がけて、漂白数の子を出荷できた。登録商標名は「北黄金」と書いて、「きたこがね」と読ませる。「漂白数の子という名前では、数の子が可哀そうですよ」と言って、この名前を提案したのは忍だった。

年が明け、正月が過ぎても、物珍しさと洒落た商品名が相まって、北黄金は全国から安定した注文があり、月ごとに出荷数を伸ばし続けた。忍は、北黄金の仕事が片付くと、これまでは単に「黒田水産のタラコ」として売られていた着色タラコを、「えぞ紅葉」という名前にすることを研一に勧めた。紅く着色されたタラコを見た時、その上に紅葉が重なって見えたからだ。さらに彼女は、えぞ紅葉と北黄金を、赤と黄色の市松模様になるようにして詰め合わせ、これを「北海錦」という名前で売り出すことも進言した。これのヒントは、樺太で見た「えぞ錦」というアイヌの家に伝わる錦の礼服だった。赤地に金糸を使って織り出された華麗な模様を見ていたら、赤と黄が混じり合った山の紅葉を連想した。

忍の提案が会議に掛けられると、みんなは賛成し、別の意見をいくつも出した。

「副社長は有能な人材を発掘しましたね。だけど、今の部署のままでは、中畑さんは存分に力を発揮できず、ひいては会社の損失になるのじゃないでしょうか」

「本人が嫌でなければ、新しい課を作って、そこで働いてもらうのがよいですね」

「新卒の部下を、一人か二人つけてやればよいと思います」

研一は、意見が出尽くした頃を見計らって、「私も、彼女をずっと事務所の一階に座らせておくのは本人のためにもよくないと思います」と発言した。最後に全員の意見を集約してみると、忍を別の部署に異動させるという案に対しては、一人の反対者もいなかった。こうして、忍をヘッドとした新しい課を作ることになり、部屋の増築工事が始まった。

それから一年余りが過ぎ、昭和三十六年の四月中旬を迎えた。遠くの山に目を向けると、北側の斜面は冬の名残を留め、白と黒の斑模様になっている。けれども街の道路は雪の白粉をすっかり落とし、半年ぶりにアスファルトの素肌を晒していた。

現在黒田水産の製品の中で、売れ行きナンバーワンの商品と言えば北黄金だ。製法特許は二か月前に認可された。今では「数の子の産地」と言えば「留萌市」となり、「留萌の名産品は何か」と問えば、「北黄金」という答が返るほどのブランド品に成長していた。化粧箱入りの北黄金は「黄色いダイヤ」と言われ、高級贈答品として全国の有名デパートで売られている。国内で販売される数の子の数量を見ると、北黄金が四十六パーセントのシェアを占め、全国トップを走っている。しかしタラコの販売では、辛子明太子の本場である福岡産が手強い競争相手になって、えぞ紅葉のシェアは九パーセントに留まっていた。

忍は「企画・開発課」と書かれたプレートが掛かっている部屋を出ると、加工場の隅に新設された研究室のドアを開けた。萌黄色の作業服とズボンという格好で、足には大好きなズック靴を履いている。事務服とタイトスカートには、去年の秋に別れを告げた。

中にいた若い男が体をしゃきっとさせると、「課長。おはようございます」と挨拶した。彼女は「おはよう、佐藤君。こんな朝早くからやっているなんて、張り切っている証拠だね」と返すと、彼の後ろを通り過ぎる時、慎太郎刈りの頭を軽く撫でた。佐藤幹夫は高校を卒業したばかりの新入社員で、石原裕次郎の大ファンだ。彼は台の上にあるプラスチック容器を押して寄こすと、忍に「中を見て欲しい」と目顔で表した。

忍は容器を覗き込むと、目を大きく見開いて、「おー。いい色になった。佐藤君やったね」と子供みたいに手を叩いた。中に入っているのは現在開発中のスナック風干しタラだ。タラは元々旨味の乏しい白身の魚だ。干物になると、味がほとんどなくなるから、食べた時は、粉砕された木の皮を噛んでいるみたいな気分になる。〈何とかして酒のツマミか子供のおやつとして売れないものか〉と考えて、ぶつ切りにした干しタラを、みりん醤油に漬け込んでいた。この他にも、ホタテの貝柱を取った後に残る「ホタテの耳」や、魚体が小さいので焼いて食べるには不向きな「カンカイの干物」が、忍たちの手に掛かるのを待っている。どちらも商品として売ることができずに、加工場の冷凍室で眠っていたものだ。

先月初めに、他所の水産会社から売られている珍味や味付け干物をいくつか買い求めて味見をしてみたが、どの製品も塩や醤油の味が濃過ぎるうえ、化学調味料を入れ過ぎているため、素材の旨味は消えていた。忍が理想とする味は、オタスに住んでいたニブフが造った加工品の味だった。彼らの目的は、魚や獣肉の保存食品を造ることだが、素材本来の味を犠牲にはしない。後年になると、ニブフたちも醤油やみりんを使うようになったが、魚や肉の旨味が隠れてしまわないように、加える調味料の分量を最小限に抑えていた。

第十三章　夢に向かって

翌年の四月になって、悠里が高校生になったのを潮に、忍たち母子は北海荘と同じ町内にあるアパートに引っ越した。新築ではないが、築三年の物件だから、部屋もきれいで、水回りも傷んでいない。会社から家賃の半額が支給されることも、忍に引っ越しを促した。今度の部屋は、それぞれが六畳間の２ＤＫだから、悠里の部屋はこれまでの倍の広さになった。

悠里が通っている道立留萌高等学校は男女共学で、生徒数が北海道一のマンモス高校だ。校舎は留萌市の東の外れにあるから、西端に位置する大町からでは、歩くと四十分もかかる。去年までとは違い、下校時にヤング牧師の家に行こうとすると、回り道になるが、彼は中学時代と変わらず、毎日真面目に通っていた。

研一は「大丈夫。悠里君はメアリーにラブラブだから、歩く距離が今の二倍になっても、絶対ヤングさんの家に行くのを止めませんよ。前に親睦パーティーの時に気がつきました」と笑いを堪えながら教えてくれた。さらに「英語が上手くなる最良の秘訣は英米人の恋人を持つことですから、とてもいいことですよ」と付け加えた。これを聞いて忍が、「それじゃ黒田さんも、英語が上手なのはアメリカ人の恋人がいたからなんですね」と返したら、研一は急に黙り込んだ。きっと、当たらずといえども遠からずなのに違いない。

九月も中旬を過ぎると、海風が冷たくなり、朝晩は上着無しでは外にいられなくなった。その日忍は、六時過ぎに会社から帰宅した。最近では、こんなに早く帰るのは珍しいことだ。今日は悠里も早く帰ったと見えて、靴箱の上に彼のスニーカーが載っている。玄関ドアを閉めながら、中に向かって声をかけた。

「ただいま。今日は早いんだねー」

悠里が自室のドアを勢いよく開けて、玄関に飛んできた。笑いを堪えた顔をしている。

「そんな嬉しそうな顔をして、どうしたの？」

スリッパに足を入れながら訊くと、悠里は「お母さん。これを読んで」と手に持った物を前に差し出した。彼の手にあったのは、ベージュ色をした二枚の便箋だった。忍は部屋着に着替える前に、「それじゃ、今読むからね」と、立ったままで読み始めた。

親愛なる悠里君

ヤング牧師から送られてきた手紙を、しっかり読ませてもらいました。まだ顔を見たことがないお父さんに会うために、オーロラの研究者になりたい、という君の願いはよく分かりました。

また、いきなりソ連に行くよりも、アラスカ大学でオーロラの研究を始め、その後でソ連の研究所に行く方がよい、という君の考えも、正しいと思います。

けれども、どんな分野の研究でも同じですが、「研究者になりたいから」というだけで、研究は続きません。とりわけオーロラの研究には、過酷な状況下でのフィールドワークが欠かせません。オーロラを見るには、根気と忍耐が必要です。一晩中寒さに震えながら見張っていても、出現しないことなど、しょっちゅうあります。こんなことが何日も続きます。君はこれを、何年間も続けられますか。もしも続けられると思うのなら、是非オーロラの研究者になってください。

ヤングさんの手紙には、「悠里君は今すぐ渡米しても困らないくらいに英語が上手です」と書かれていました。それでも、私には心配なことがあります。それは日本とアメリカの文化の違いです。前に英語が堪能な大学院生が日本から来ましたが、一年経たずにノイローゼになって帰国しました。彼はカルチャーショックに打ちのめされたのです。毎日大学で討論する学生や研究者の国籍が様々ならば、スーパーマーケットでの買い物の仕方、そして食堂で出される料理の種類なども、みんな日本とは大きく違います。君がこちらに来ることになれば、そんな異文化の下で、何年間も一人で暮らさなければなりません。

そこで私は、君に提案します。それは、交換留学生としてアメリカの高校に入り、半年でもよいから、異国の人間に囲まれて暮らしてみることです。それを経験した後でも決心が変わらなければ、北海道大学に入って、理学部にある地球物理学科の中島教授の研究室に進み、四年目になったら、大学院試験を受けて、これに合格してください。中島教授は私の友人で、オーロラの研究をやっています。彼の研究室の大学院生なら、私は喜んで迎え入れます。君の英語はヤング牧師の折り紙つきですから、後は北大の大学院に合格すれば、君はアラスカ大学の大学院に編入となり、オーロラの研究をすることができます。

これが、私の研究室に入るための一番確実な方法です。日本とアメリカ間の旅費については、私の研究費から出せるので、心配には及びません。私もその昔、東北大学理学部の大学院から、アラスカ大学の大学院に移りました。

別のやり方として、日本の高校を卒業した直後にアメリカに渡り、こちらの大学を受験する方法が考えられますが、受験科目、試験方式、試験の時期などが日本とは全く違うため、この方法でアラスカ大学に入ることはとても難しいです。

アメリカでは、優秀な学生には、必ず奨学金が支給されるので、学資のことは心配ありません。こちらに来てから試験を受けて、これにパスしたら、君は大学院終了まで、返済義務のない奨学金を受け取ることができます。

それでは、健康に留意して勉学に励んでください。君と一緒に、オーロラを見る日を楽しみにしています。

アラスカ大学地球物理学研究所所長　赤塚俊介

忍は読み終わるのと同時に息子の顔に鋭い眼差しを向けると、厳しい口調でたしなめた。

「悠里。一人で勝手に決めて駄目じゃない。どうしてお母さんに相談してくれなかったの。ソ連のことは知っていたけど、アメリカに行くなんて、一度も聞いていないよ」

叱りつけてはみたが、心の中には「こんなに何年も先を見据えて、自分の進路について決められるほど大人になったのだ」と喜ぶ気持ちもあるにはあった。

悠里は母親の顔から視線を外すと、下を向いて釈明した。

「僕は七月から今月初めまで、何度もお母さんに、話があるけど、って言ったよ。でもお母さんはいつも、今会社のことで忙しいから別の日にして、と言って聞いてくれなかった」

息子の言葉は、忍の胸にぐさりと突き刺さった。言われてみると、思い当たることはいくつもある。七月に入ってからというもの、新入社員の研修や新製品開発の会議などで、遅く帰る日の連続だった。母子で会話らしい会話も交わさず、かき込むようにして夕食を済ませると、後は自室に籠り、書類を広げてばかりいた。たった一人の子供に対して、そんな冷たい態度を取っていたなんて、自分は母親の資格がないと反省した。

「お母さんが悪かった。今夜は夕食の後で、悠里の話を聞くから、なんでも話してね」

息子に向かって頭を下げた。

少しだけ開いている窓から心地よい夜風が入り、頬をくすぐって通り過ぎた。この辺りは住宅街だから、まだ九時半を回ったばかりなのに、虫の声が聞こえるほどの静寂に包まれる。悠里が風呂に入っている間、忍はダイニングキッチンで紅茶を飲みながら、息子から聞いた話を思い返していた。こんなに時間をかけて話したのは久しぶりのことだった。

悠里は、高校の図書館の本にあった「自国領に北極圏を持つ大国であるアメリカも、ソ連と並んでオーロラ研究が盛んで、とくにアラスカ大学にある地球物理学研究所が優れた業績を上げている」という記述を読むと、オーロラの研究者になるのなら、いきなりソ連の研究所に行くよりも、初めは英語圏にあるアラスカ大学に行った方がよいかもしれない、と思い始めた。そこでヤング牧師に相談すると、「アラスカ大学の研究所には、日本から行って教授になった赤塚博士がいますから、彼に手紙で訊くといいですよ」と勧められたので、赤塚教授への手紙を牧師に託したのだった。悠里は牧師を尊敬し、心から信頼していたので、自分の父親について、名前はもちろんソ連軍の諜報機関で働いていたことなど、包み隠さず教えていた。

返事が届いたのは、八月初めだった。手紙を読んだ牧師は、早速交換留学生について、アメリカの知人に問い合わせた。すると、シアトルにあるノースウェスト私立高校の校長から、「本校に通っている日系二世の生徒が、日本に行きたがっています。この生徒と交換に、生徒を一人引き受けることが可能です」との返事が来た。

牧師は留萌高校の鮫島校長に相談した。校長は「日系二世なら、日本語が通じるから、引き受けてもよいですよ」と快諾した。さらに日本からの交換留学生については、「二年生の一学期が終わった時、休学届を出して出発してもらいます。翌年の夏休み中に帰って復学届けを出してくれれば、三年生の二学期からの復学を認めましょう。但しこれには、アメリカの高校での成績がよかったら、という条件が付いています」と約束してくれた。

ヤング牧師は悠里に、「こんな機会は二度とありませんよ。君は絶対に行くべきです」と強く勧め、「アメリカから来る生徒のホストファミリーは私が引き受けます」と請け合った。一方、日本から行く生徒を引き受けるアメリカのホストについては未定だが、牧師は「何人かの知り合いに口を掛けるつもりですから、年内には決まるでしょう」と楽観視している。けれども、渡航費用を捻出することが、最後の問題として残っていた。


以上が、忍が知らなかった話の詳細だ。

悠里は赤塚教授から返事をもらうと、その後何度も忍に手紙を見せようとしたが、多忙続きの彼女が手紙を読んだのは、一か月以上も経った今日のことだった。その間にも、話はどんどん進展していた。それにしても、せっかちで積極的な悠里の性格には驚かされた。両親のどちらに似てもせっかちになるから、これについては文句を言う気はないが、なんでも一人で考え、どんどん前に進む性格はユーリから来ている。さっき息子の話を聞いた時、自分の知らない話がつぎからつぎへと出てきて、叱るのも忘れて唖然としていた。

忍は赤塚教授の手紙に目を向けると、大きな溜息をついた。アメリカのホストファミリーについては、いずれは誰かが引き受けそうだからよいのだが、問題は悠里の渡航費だった。アメリカ西海岸までの航空運賃は最安でも片道が三十万円以上もかかる。一ドルが三百六十円の固定相場で、大学卒の初任給が一万七千円くらいのご時世に、こんな大金は宝くじにでも当たらない限り手にできない。

それならば船の定期便を利用しようと思っても、長年日本人移民を運んでいた氷川丸は、去年限りで運航を止めていた。唯一の実用的な渡航方法は、研一が日本に帰国する時利用した、横浜とシアトルの間を往復する貨物船に乗ることだ。それでも、片道運賃は九万円もかかる。アメリカに入国する時は往復のチケットを見せなければならないから、合計十八万円を用意しなければならない。しかし、貯金を全部引き出して、家にある現金を全部かき集めても、この金額にはほど遠い。去年までは家賃が無料だったことを思い出すと、北海荘から出たことが、とても軽率な行動だったと悔やまれた。


それから一週間経った日の午後、忍は新製品の企画書を持って自分の部屋を出ると、事務所に向かった。研一に見せて、決済をもらわなければならない。彼はいつも、企画書の場合、ろくに中を読みもしないで押印するから、今日もそうなることは分かっていた。

事務所に入って、奥の席に目を向けると、研一の姿は見えなかった。

「副社長は外出中なの？」

事務の女の子に訊くと、「今来客中です。さっき竹部医院の院長先生が見えられて、二階の部屋に行かれました」と返事が返ってきた。

「へー。副社長室に入るなんて、珍しいね」

「急ぐのでしたら、お電話で――」

女の子が受話器に手を伸ばしたのを見ると、忍は片手を出してそれを制した。後からまた来ようと思い、事務所を出ると、自室に戻った。企画書を机上に置き、椅子に腰を下ろして、にやにやしながら「雪が降るかもしれないよ。今日は副社長が自分の部屋に入ったんですって」と佐藤に教えた。彼は読んでいた水産新聞を、音を立てて畳むと、「本当ですか。よほど大事な来客なんでしょうね」と目をまん丸にした。

忍が「竹部院長ですって」と教えると、佐藤は訳知り顔で頷いた。

「それなら、縁談の話だ。だから、人に聞かれたくなかったんだ」

言ってから、忍の顔に目を向けると、人差し指を自分の唇に当てた。

初めて聞く話だった。

「縁談って、副社長の縁談？」

「そうですよ。最近加工場では、よく話題になっています」

彼が工場長から聞いた話によると、相手は今年二十八才になる竹部院長の末娘だった。彼女は東京にある外資系の会社に勤めていたが、今年の春に退社して留萌に戻ってきた。五月に院長が研一の父親と会った時、縁談が持ち上がった。院長が「娘が三十才になる前に結婚させたい」と言ったから、挙式は来年だろう、というのが、工場長の意見だった。

佐藤は知っている限りの話を披露すると「副社長も今年で三十六才だから、そろそろ結婚してもいいですよね。男にも結婚適齢期がありますから」と自説を述べた。その後真顔になると、「竹部院長で思い出したけど、課長は知っていますか。竹部医院の駐車場になっている土地を一部利用して、黒田水産の製品を扱う土産物店を開くそうですよ。あそこは駅にも近いから、いい場所ですよね。僕は、副社長の奥さんが店のオーナーになるのでは、と睨んでいます」と付け加えた。

その日の夕食後、忍はテーブルに頬杖をついて、焦点の定まらない視線を宙に彷徨わせていた。悠里は夕食を食べずに、友だちの家に遊びに行った。今頃は誕生パーティーで盛り上がっているはずだ。彼が渡米したら、毎晩こんな風に一人で過ごすのかと思うと、背筋がざわざわして、レースのカーテンが黒っぽく見えた。さっきから思案しているのは悠里の渡航費用のことだ。前に「オーロラの研究者になるためなら、お母さんはなんでもするからね」と約束していたので、「家にお金がないから、留学は諦めて欲しいの」とは死んでも言えなかった。今日の午前中までは、給料の前借りを研一に頼もうと思っていたが、午後になって彼の結婚話を聞いた途端、そんな気持ちは煙のように消え去った。

研一に対しては、異性としての特別な感情を抱いたことはないが、それでもアパートを訪ねられると心が弾む。話題が元町大火の話になると、忍は饒舌になる。研一に背負われて病院に行ったことは、会社の連中は誰も知らない。副社長との間に、二人だけの秘密を持っているようで誇らしかった。けれども結婚したら、研一はアパートを訪ねてはくれないだろう。悠里が落胆するのはもちろんだが、忍だって気の置けない話し友だちがいなくなる。火事場の救出劇を話せなくなると思ったら、彼の結婚相手に憎しみを感じた。

〈この先もずっと、黒田水産で働き続けるのが一番よいことなのだろうか〉

研一の結婚話を知った時から、心に迷いが出ていた。考えれば考えるほど分からなくなり、何も決められなかった。箪笥の前に行くと、引き出しの中からイコンを取り出した。掌に載せると、聖母の顔を見ながら考え始める。ほどなく宙の一点を見据えると断言した。

「二人の未来はイコンに任せる」

悠里はイコンの持ち主の子供だから、息子の夢に向かって進めば、イコンが導くところに到達できる。海を漂流した時、天は忍だけではなく、腹の中にいた悠里も助けてくれた。この先も母子は、運命を共にするのが、至極当然なことだと思われた。

〈会社を辞めて、退職金を貰い、それを悠里の旅費の足しにする。その後は、どこかの水産加工場で働けば、飢え死にすることはない。悠里の夢を叶えるのが、一番大事なことだ〉

勤続五年の退職金はたかが知れているが、彼女にできる方法はこれ以外に思いつかなかった。足りない分は佐久間から借りるつもりだ。退職願いを出すと、会議で諮られた後決済され、勤続年数を基にした退職金の計算が始まる。来年になって申し出たのでは、悠里の出発に間に合わないかもしれない。心配だから、明日研一に話すことにした。ふっきれたように明るい顔になると、イコンに向かって「ユーリも反対しないよね」と話しかけた。

研一から「この前の返事を伝えたいので、明日の六時に副社長室に来てください」と告げられたのは、初雪が降った十一月初めのことだった。忍の辞意を聞いて、初めは声も出せずに驚いた彼も、赤塚教授の手紙を見せられ、退職金を渡航費の足しにするしか他に方法がないことを聞かされると、「分かりました。みんなと相談します」と退職届けを受け取った。その日から一か月以上も経っての呼び出しだった。

初めて入った副社長室は、梅津水産から買った後でリフォームされたと見えて、室内は真新しく、全体がベージュ色の落ちついたレイアウトになっていた。研一の部屋らしく、壁にはセザンヌの複製画が掛けられ、はめ込みの書棚には百科事典や水産関連の洋書が並んでいる。忍が茶色のレザー張りのソファに腰を下ろすと、それまで腕組みをして黙想していた研一が顔を上げた。彼女は、胸をどきどきさせて、彼の唇を見つめていた。

研一の唇がゆっくり開くと、予想もしなかった言葉が部屋の中に響き渡った。

「退職金は出せません。この一か月の間、たくさんの人に相談して得られた結論です」

忍は自分の目と耳を疑った。今聞いた言葉は聞き間違いか、そうでなければ、目の前に座っているのが、研一以外の人間だと思った。

彼女は腰を浮かせると、声を震わせた。

「退職金は出せないって、少しも出ないのですか？」

足に力が入らず体が少しよろめいた。卓に両手を突いて、倒れそうになるのを必死で堪えた。

「そうです。一円も出せません」

研一はここで一旦言葉を切ると、ふっと頬笑みを浮かべた。

「その代わり、会社が北黄金の開発に対して、手取り三十六万円の報奨金を払います。それと、ヤング牧師と相談の結果、アメリカのホストファミリーはシアトルの徳島屋に決まりました。ここは、昔私がお世話になったことのある日本人が経営する食料品店です」

彼の眼差しは、火事の翌日竹部医院で見た時のように柔らかだった。

忍は中腰のまま、口を半開きにして黙っていた。質問したいことはたくさんあったが、頭が混乱して、何から訊けばよいのか分からなかった。

研一は口元を引き締めると、忍の目をじっと見つめた。

「但し、条件があります。報奨金が、ちょうど二人の往復旅費分になりますから、貴女も悠里君に同行して、徳島屋に住み込んで、店のみんなに魚の捌き方を教えてください。しかし貴女のビザでは、アメリカで働けないから、給料を貰うことはできません。そこで、黒田水産から北黄金やえぞ紅葉を定期的に送ることで、貴女の滞在費をチャラにしてもらいます。向こうにいる間、黒田水産から給料は出ませんが、今借りているアパートの家賃は全額会社が払いますから、家財道具を置いたままで出発できます」

ようやく忍にも彼の言うことが理解できた。涙が歓喜を一挙に押し出した。

「ありがとうございます。ありがとうございます」

両手で顔を覆うと、くぐもった声で礼を述べた。言いたいことは沢山あったが、これ以外は言葉にならない。

「早速帰って悠里に知らせます。あの子は私が帰るのを待っているんです。この話を聞いたら、飛び上がって喜びます」

泣き笑いの顔で何度も頭を下げると、ドアに向かって歩き出した。しかし途中で立ち止まると、さっと振り向いた。

「先日佐藤君から教えてもらったのですが、黒田さんは来年結婚されるそうですね。でも、私は日本にいないので、結婚式には出られません。申し訳ありません」

両手を膝に当てて、丁寧に頭を下げた。

忍が頭を上げる前に、研一は声を上げて笑うと、真相を話し始めた。

「噂というのは恐ろしいものですね。でも、張り切っているのは、親たちだけですよ。彼らの顔を立てて、一応お見合いはしましたが、縁談は九月にお断りしています」

忍は、「それじゃ、黒田さんは結婚しないんですね」と弾んだ声で念を押した。

研一は立ち上がって、忍の目の前まで来ると、彼女の目をじっと見据えた。

「私は結婚しないで、貴女を待っています。怪我をしないで、病気にもならずに、必ずこの会社に戻ってきてください」

彼は言い終わると、にやりとして目を瞬かせた。両手を背中に回して人を背負う仕草をしながら、

「今度はアメリカにいるから、何かあっても、僕は忍さんをおぶって逃げられませんからね」と言い足した。

忍は驚き、胸が熱くなった。彼から「忍さん」と言われたのは、この時が初めてだ。

〈私はこの人から頼りにされている〉

涙がほとほとと流れ落ち、レースのカーテン越しに見るように、彼の顔が朧に見えた。同時に心の中で、もう一人の自分が「頼りにされているだけじゃない。彼はお前と結婚する気でいるのだ。しかしお前には、そんな気はないのだから、これからもユーリを待ち続けることを、改めてはっきりと言うべきだ」と忠告した。

第十四章　シアトル

翌年の七月三十日の朝、忍たちが乗った日令丸は横浜を出港した。船客の定員は十二人だったが、乗船時間になっても他に乗客は現れなかった。船が岸壁を離れて三十分ほどすると、年配のパーサーが客室にやって来て、「この航海のお客様は、お二人だけです。でも去年は、シアトル万博があったので、期間中いつも船室は満室でしたよ」と教えてくれた。忍は「アメリカに行くのが今年で、ラッキーだったね」と悠里の手を取って喜んだ。

忍たちの客室は四階にあって、同じフロアーには、船長、機関長、通信長、パーサーの部屋もある。下の階には大きな浴場があったが、二人は一度も使わず、専ら船客用のシャワーを利用した。毎日の食事は上級船員用の食堂を使い、みんなと歓談しながら楽しく食べた。船長が過去の航海の話をすると、船員たちが話を補足して、時には突っ込みを入れる。そのやり取りが、漫才を聞いているようでとても面白い。食事のメニューは毎日変わり、ステーキ、カレーライス、トンカツのほかに、天ぷら、寿司、刺身などの和食も出て、食後には果物やケーキなどのデザートまで運ばれる。忍は「アメリカに着いた時は、二人ともおデブになっているね」と言いながらも、せっせと口を動かした。

悠里は出港前に「一週間以上も船の上なんて、退屈で死んでしまうよ」と心配していたが、これは取り越し苦労に過ぎなかった。初日の昼過ぎには、船と並行して泳ぐクジラを見つけて歓声を上げ、二日目には通信士と仲良くなり、モールス電信の打ち方を教わった。三日目には船長にブリッジ内を見学させてもらい、太陽や星の高さを測る「六分儀」という器具の使い方を練習した。彼は客室に戻ると、興奮した口ぶりで「昔の船乗りは勇気があったね。昼は太陽の高さを測り、夜は星座を見るだけで、後は磁石を頼りにして世界中を航海したんだって」と聞いたばかりの話を披露した。

晴れた日には、二人は甲板に置かれたデッキチェアに横になり、潮風に吹かれて、昔話を語り合った。これに飽きると、最上階にある運動コーナーで、学校の友達同士のようにはしゃぎ声を上げ、輪投げや卓球を楽しんだ。夜は夜で、甲板に出て夜空を見上げ、自分たちの知っている星座を探し求めた。白い帯になった天の川を見ると、悠里は「天の川のことを英語でミルキーウェイって言うけど、全くその通りだね」と感動した声を上げた。悠里が誰かの部屋に遊びに行った時、忍は娯楽室に入って、本を読んでいた。日本や外国の小説が並んだ書棚を見ると、女学校に通っていた頃を思い出し、懐かしさを覚えた。

船は予定通り、八日目にシアトル沖に差し掛かった。日本を出て四日目に大しけに遭い船酔いに悩まされたが、これを除けば穏やかな航海だった。シアトル港は太平洋から二百五十キロも入った湾の奥にある。船は左右に舵を切りながら、島々の間を巧みに縫って、オリンポス山を望み、港を目指して航行した。悠里は陸に向かって甲板に立つと、行く手に現れた巨大なビル群と高さ一八四メートルのスペースニードルを見ながら、「アメリカはすごいね。こんな国と戦争をしたら、日本は勝つわけがないよ」と母に向かって嘆息した。

シアトルは樺太の大泊より高緯度にあるが、海洋性の穏やかな気候に恵まれ、夏は快晴の日が多く、快適な日が続く。日照時間が長く、夏至の頃には夜の十時まで戸外は明るい。冬になると雪はほとんど降らないが、雨や曇りの日が多く、日照時間も夕方の四時くらいにまで短くなる。シアトル市は、アメリカ太平洋岸北西部における最大都市として発展した。市の全体が豊富な常緑樹で覆われているので、エメラルドシティと呼ばれている。

日本人がシアトルに定着したのは明治二十年頃からといわれ、ピーク時には人口が七千人を超え、日本人経営の店が並ぶ「日本人町」が出現した。この中には病院、劇場、新聞社、写真館、和洋飲食店、銀行、ホテル・旅館、食料品店や雑貨店、はては銭湯まで軒を連ねていた。ここを利用したのは、日本から船で来て職探しをしていた人や、近くの町で漁業や製材業などに従事していた日本人労働者たちだった。

大正十二年に四国の徳島から移民した川口吉松は、昭和三年にシアトルに近いタコマで商店を開き、魚の練り製品の移動販売を始めた。その後シアトルに移り、妻の富子と共に、日本人町に、「徳島屋」という店を開いた。昭和二十九年に渡米した研一が、二年間働いたのが徳島屋だった。この店が扱う商品は青果物や精肉の他、日本から輸入した食品・飲料・雑貨類まで多岐に渡っている。品揃えも年々充実し、日系人が開いたアメリカの店としては最も成功した店と言われている。

成功の鍵はいくつもあるが、太平洋戦争の後、早い時期から日本人だけを相手とせずに、白人やアジア系アメリカ人も対象として、日本食材を中心にバランスよく品揃えをしたことが第一に挙げられる。第二に、この店が川口夫妻と子供たちによる家族経営であったことだ。昭和三十四年に吉松が七十才で病死すると、長男の勝男が父親の跡を継いで二十九才で社長になった。彼はワシントン大学の機械工学科を卒業した後、ボーイング社に入社して、航空機エンジニアとして勤務していたが、父親の最期を看取ると、急きょ退社した。今では妻のキャシーの協力を得て、母親の富子も加え、徳島屋を切り盛りしている。もちろん、これだけでは人手が足りないから、店では学生アルバイトも雇っていた。

徳島屋に転機が訪れたのは、去年のことだ。この年開催されたシアトル万国博覧会に出展した店が大盛況で、徳島屋の知名度が一挙に高まり、年間売り上げは四十万ドルを突破した。お陰で今年の四月には、港のそばにあるパイクプレイスマーケットという市場の中に別の店を開店できた。この市場は全米最古の公設市場だが、太平洋戦争が始まり、農産物を販売していた日本人や日系人たちが強制収容所に入れられると、市場は閉鎖された。しかし昭和三十五年に民間団体が市場の存続運動を開始すると、二年後のシアトル万博を経て、パイクプレイスマーケットは完全に復活した。今では農産物ばかりではなく魚介類や日用品なども売られ、レストランまで併設された一大観光地になっている。

このマーケットにある新しい店の名前は、身内の間では徳島屋鮮魚部門で通っていたが、看板には英語で「トクシマヤ・フイッシュ・マーケット」と書かれ、頭文字であるＴＦＭという文字が入ったマグロのロゴが描かれている。こちらの店は、三十才になる二男の勇作と、二十八才になる長女の美子、それに二十五才になる三男の明夫が受け持っている。本家の徳島屋が忙しい時は、三人のうちの誰かが助っ人として馳せ参じることになっていた。忍が研一から頼まれたのは、この三人に魚の扱い方や捌き方を教えることだった。徳島屋には、寿司や刺身などを出す和食レストランの開店計画がある。レストランのシェフは三人の中から選ばれ、料理に使う食材はＴＦＭから仕入れる予定になっていた。

川口家の実質的な家長である勝男は、学生時代にアメリカンフットボールの選手だったというだけあって、大柄で声もよく通る。しかし決して無骨ではなく、読書好きで思いやりのある優しい男だ。額が広くオールバックの髪形で、黒ぶち眼鏡をかけているから、弁護士か学者のように見える。落ちついた話し方をするので、研一より五才以上も上に見えたが、実際は二才しか違わなかった。研一と並んでバーのカウンターを背にして撮った写真を見せながら、「研ちゃんと一緒に、ベルタウン中飲み歩いたものですよ」と懐かしそうに目を細めた。そんな彼も若い頃は苦労したらしく、こんな内輪話を教えてくれた。

「戦後になって来た日本人は冷たいですよ。戦前の日本人移民は貧乏人の食い詰めもの、と思っているから、私の若い頃は、なんだ移民の子供かと言われて、兄弟みんなが蔑まれました。ただ一人の例外は、ソニーの社長です。こちらに会社を立ち上げた時、徳島屋の店まで挨拶に来て、父の苦労話を聞いてくれました」

忍は、異国にいる同胞同士だから助け合うのが当然だ、と思っていたので、日本人が日本人を差別するという話を聞いて、ひどく驚いた。

勝男の妻のキャシーは、アメリカ人の父親と日本人の母親を持つ日系二世だ。髪こそ黒髪だが、背が高く、顔立ちも完全にアメリカ人だから、「シノブー、英語は綴りなんか気にしないで、耳で聞いた通りに話すこと。シアトルじゃなくてシアローと言った方が通じるよ」と言われたりすると、日本語吹き替えの洋画を見ているようで不思議な気がする。子供がいないせいか、大学生みたいに若々しく見え、性格もヤンキー気質で、陽気で快活だ。徳島屋という漢字のロゴの入ったTシャツを着て、下はブルージーンズという格好で、朝から晩まで忙しそうに働いている。

富子の性格を一口で言うならば、古風な日本女性という表現がぴったりだ。有名な日系商店の社長を父親に持つアメリカ生まれだが、いつも他人に一歩譲って行動する。研一は彼女に好かれていたらしく、「研ちゃんが会社の副社長さんにおなりだなんて、夢のようですわね。私は嬉しゅうございます」とか「本当によく働く方でした。日本に帰ることを聞かされた時、主人は落胆して泣き出してしまったんですのよ。子供たちを可愛がってくださって、明夫や美子は何度も映画に連れていってもらったものです」と聞かされた。

富子は川口家で一番日本語が上手で、移民日本人に特有な丁寧な言葉を使う。初めて会ってから一か月以上経った今も、会話には、「ございます」とか「ございましょう」が頻繁に出てくる。彼女と話すようになってから、忍は自分の使う日本語が心配になって、返事をする時、口に出す前に一度呟く癖がついた。勝男の弟妹たちは英語で話すことを好んだが、日本人であることに誇りを持っている富子が、家の中では英語を話すことを許さなかった。そればかりか、子供たちがおかしな日本語を使おうものなら、何度でも言い直させた。川口家の全員に日本語が通じることは、忍にとってはありがたいことだった。

忍は朝食を済ませると、キッチンで洗い物を終えてから二階の部屋に戻ってきた。窓を開けて頭上を見ると、底の見えない深い青空が広がっている。両手を上げて思い切り深呼吸をしたら、芝生の匂いを道連れにして、冷涼な外気が鼻孔を訪れた。もう九月の初旬だから、樺太ならとっくに紅葉しているはずだが、ここではカエデの葉も緑のままだ。今日は月曜日だから、悠里は早起きをすると、「朝食は、みんなと一緒に向こうで食べるから」と言って寄宿舎に戻っていった。ノースウェスト高校の寄宿舎は校舎の裏にあり、ここから歩いても三十分しかかからない。留萌高校までは毎日四十分かけて歩いていたから、彼にとっては苦にならない距離だ。入学手続きをする時、毎日川口家から通学することを希望したが、「学校の方針で全員寄宿舎に入ってもらいます」と言われ、許可されなかった。それでも特例として、土曜日と日曜日の夜は自宅に泊まることを認めてくれた。このことを勝男に話したら、「公立高校なら絶対に認められませんよ」と驚いていた。

忍のビザは付帯ビザで、未成年の子供が留学する時、帯同する保護者のために、学生ビザに添付されて交付されるものだ。このビザでは就労は認められない。出発前に「徳島屋では無給で働きます」と言ったら、研一から「それも駄目です。有給や無給に関係なく、店で働くことはできません。客に見られて、移民局に通報されたら面倒なことになりますよ」と釘を刺された。さらに「魚の捌き方を教える時も、客に見られとまずいから、店の奥でやるとよいですよ」とも忠告された。

こんな経緯もあったから、忍は徳島屋の店舗に出ることはあきらめ、専ら家の中で働いた。川口家の女中になったつもりで、一、二階の部屋の掃除、食事の後片づけ、庭の草花の手入れや芝生刈りを引き受けた。いくら研一から「滞在費分は黒田水産の商品で支払うから、気にしないでください」と言われても、川口家の人間が全員働いているのに、自分だけが何もしないでいることはできなかった。

忍は壁の時計に目を向けると、テーブルの上からバッグを手に取った。これから、明夫の車に乗せてもらい、ＴＦＭに行くつもりだ。ＴＦＭは、感謝祭、クリスマス、元日以外は年中無休だから、彼女の「魚教室」は、客の少ない月、火、水曜日に開かれていた。

ところでその魚教室だが、最近になって、これは自分をアメリカに行かせるための口実だったのだ、と気がついた。というのは、ＴＦＭで働く三人は揃って魚の扱いに慣れていて、下ろし方にしても、刺身作りを始めとした一通りのことはやってのけたからだ。もちろん忍の方が上手だったが、彼らの魚捌きも、研一から聞いていたほど下手ではなかった。これについては、日本を出発する前に、勝男も研一から相談を受けていたことは間違いない。川口家の全員にも「話を合わせるように」と勝男から指示があったのだろう。

研一のこんな押し付けがましくない好意は、過去にも経験していた。留萌で大火に遭った時も、社員寮の入居日について会社に問い合わせたら、「中畑さんの場合は、採用前に入居を許可するようにと副社長から言われました」と返され、驚いたものだ。先週忍は、研一に改めて感謝の気持ちを伝えようと思い、久しぶりに便箋に向かった。しかし結局は、魚教室の話題には触れず、母子の近況報告だけで手紙を終えた。魚教室の真相については、これからもずっと気づかない振りをしている方が彼は嬉しいだろう、と思い直したからだ。

第十五章　聖金曜日

生まれて初めてアメリカでクリスマスを過ごすと、年も改まって昭和三十九年を迎えた。今年は東京オリンピックが開かれるが、シアトルではこの話より、ニューヨーク万国博覧会の話題をよく耳にする。博覧会には、日本も東海道新幹線の車両を展示するという。

去年の秋に勝男から、「シアトルの冬は暖かく、気温は東京と同じか、むしろ高いくらいですよ」と教えられた。実際に一冬を過ごしてみると、雪は少なく風も弱くて、一、二月の厳冬期でも、めったに零下にはならなかった。留萌では、道を見失うくらいの大吹雪や頬を突き刺す寒さを体験していたから、北海道より高緯度の都市に暮らしているとは思えなかった。しかし雪の代わりに、毎日のように雨が降り、降らなくてもどんよりした曇り空が続く。一日中霧雨か小雨程度の雨が降り、たまに陽が出ても、いつの間にかまた降り出してくる。こんな時は、冷え込んではいるが雲ひとつなく晴れ上がった樺太の冬空を懐かしく思った。面白いのは、雨が降っても傘をさす人がいないことだ。男も女も、コートのフードを被っただけで、外を出歩いていた。

研一からは「シアトルでは冬になると極端に日が短くなりますよ」と聞かされていたが、実際に経験すると驚いた。夕方薄暗くなると、三十分もしないで真っ暗になる。夜に入る前の黄昏時というものがなく、回り舞台のように、昼と夜がさっと入れ替わる。夜は翌朝になっても続き、辺りが明るくなるのは八時を過ぎた頃だった。

そんなシアトルも、三月になると、めっきり雨量が少なくなる。日中晴れ間が出ることも多くなり、もうすぐ冬が終わることを匂わせる。今日は三月の二十七日で、復活祭前の金曜日だから、聖金曜日に当たる。高校の春休みは先週で終わり、授業は今週から始まっているが、この日悠里はオーロラ・プログラムの研修に参加するためアラスカに行くことになっていた。

このプログラムは、毎年アラスカ大学が全米の高校生を対象として実施しているもので、アラスカ大学の地球物理学科を志望する高校生に、オーロラ研究に関する最新の動向を紹介する企画だ。これに参加したければ、学校長の推薦を受け、アラスカ大学にレポートを提出しなければならない。参加人数は限られていて、レポートの評価の高いものから順に百人だけが選ばれる。シアトル市からは、悠里の他に公立高校の男子生徒二人が選ばれた。研修中の食費や宿泊費は全額アラスカ大学が持ってくれる。旅費は各自が払わなければならないが、自校の生徒がこのプログラムに参加することは非常に名誉なことだから、私立、公立の区別なく、高校が旅費の面倒を見てくれる。

アラスカ大学は、アンカレッジから北に五百七十キロ離れたフェアバンクス市にある。研修は四日間に渡って、市の郊外にあるスキーランドのロッジを使い、合宿形式で行われる。この周辺では、一年間の内、実に二百四十日以上もオーロラが出現する。九月から四月中旬が観測に適した時期なので、悠里は「本場のオーロラを見られるよ」と楽しみにしていた。赤塚教授を筆頭にした地球物理学の研究者が講師になるが、高校生でも質問しやすいように、大学院生も何人か参加するという。

悠里が研修生に選ばれたことを聞くと、勝男は「忍さんも同行し、フェアバンクスのホテルに泊って、オーロラ見物をするとよいですよ」と提案した。さらに「これまでよく働いてくれたので、ボーナス代わりに旅費と滞在費を出させてください」とも言ってくれた。忍は彼の心遣いを嬉しく思ったが、「有難いお話ですが、母親が身近にいたら悠里は研修に集中できませんから、遠慮させていただきます」と断ると、代わりの希望を言ってみた。

「アラスカに行くのなら、昔黒田さんが働いていた水産加工場に行ってみたいと思います」

彼女が言う水産加工場とは、川口吉松の友人の城間守吉が興した「城間水産」のことだ。守吉もその昔、単身沖縄から渡米した。彼が他界してからは、長男の正秀が跡を継いでいる。この水産会社はアンカレッジからさらに車で三時間ほど南に行った、キナイ半島のスワード市にある。アメリカでは、市の設置は州政府に一任されているから、スワード市のように人口が二千人を切る小規模な市も存在する。忍の希望を聞き入れた勝男は、川口家の家族全員の意見を聞いて、一番年下の明夫に案内役を申しつけた。明夫は三年前に、勝男から頼まれた祝いの品を持ってスワードに赴き、正秀の快気祝いに出席したことがある。


シアトル・タコマ空港を飛び立ったアラスカ航空の飛行機は、昼過ぎにアンカレッジ空港に到着した。明夫が気を利かせて、窓側の二人席を予約してくれたから、母子にとっては、生まれ初めての空の旅が、アラスカの大地を眺めるハッピーフライトになった。目に染みるような青空を背景に、雲の上に聳え立つマッキンレー山を見て、「すごい。富士山より、ずっと高いね」と二人同時に歓声を上げ、機内食を分け合って食べたりもした。

　飛行機を降りると、悠里は全米からやって来た他校の生徒たちに合流し、空港を二時に出るチャーターバスでフェアバンクスに向かった。夕食は途中で寄るレストランで済ませ、ロッジに着くのは夜中近くになる予定だ。

　忍は息子と別れると、明夫と一緒に空港内のレストランに入った。アラスカ名物と書かれたシカ肉のミートローフを頼んだが、獣臭くて食べられず、一口食べただけで皿を脇に押しやった。遅い昼食を済ませると、明夫の運転するレンタカーでスワードに向けて出発した。この町までは、アラスカ鉄道が通っているが、貨物専用で人は乗車できない。スワードの港は細長いリザレクション湾の最奥にあり、アラスカ海流のお陰で真冬でも凍らないから、古くから船の補給基地として利用された。昭和二十七年に日本がアメリカ・カナダと漁業条約を結ぶと、日本の北洋サケマス船団も頻繁にスワードを訪れるようになった。北洋船団は、最低限の米を積んで日本を出発すると、スワードの港でカリフォルニア米を大量に積み込んだ。米をアメリカで買うと、日本に比べて価格が十分の一になるからだ。

　しかし昭和三十一年に日ソ漁業協定が締結されると、北洋船団の主な漁場はベーリング海へ移り、アラスカに立ち寄る日本の船は半減した。スワードの人口が減り始めたのもこの頃で、最も多い時で二千百人あった人口も、今では千四百人に減っている。町にはこれと言った産業もないから、年に一度開かれるシルバーサーモン・ダービーという釣り大会やマラソン山マラソン大会で訪れる観光客を当てにするしかなくなった。こうしてスワードの町は、年寄りばかりが目立つ、淋しい町に変貌した。

城間水産加工場も、水産加工場とは名ばかりで、規模も小さく満足な冷凍施設も備えていない。ここで作られる製品と言えば、近くの川で採れる鮭を原料にした土産物のジャーキーと燻製が主だった。

忍は行く手に広がるリザレクション湾の風景に度肝を抜かれ、言葉もなく車の窓から外を見ていた。湾の中には、巨大な雪のピラミッドが重なり合って浮かんでいる。樺太でも北海道でも、これほどの高山が海面から直にそそり立っているのを見たことはなかった。山から流れてきた氷河が行き場を失い、雪煙を立てて海に落下する。その横にある断崖絶壁を、雪解け水が滝になって流れている。海面までの落差は、百メートル以上はあるだろう。沖に目を移すと、松の木を生やした大小の岩が海面から顔を出し、絵ハガキで見た東北の松島を連想させる。ところどころに白い斑点が付いているのは、海鳥の糞に違いない。明夫の「クジラがいますよ」という声に驚いて、彼が指さした方に目を向けると、一瞬だったが天に突き出た巨大な尾が見えた。

もうすぐ四月になると言っても、道路の横を見ると、除雪された雪が山になっている。それでも、南側斜面の雪はところどころ消えていて、黄色いクロッカスが咲いていた。ときどき道路の脇に、皮が剥がされている木が見えた。明夫に訊くと、「ムースという大きな鹿が食べた痕です」と教えてくれた。その後正面に目を向けたままで、「さっきレストランで出てきたミートローフはムースの肉です」と付け加えた。忍は一瞬吐きそうになり、顔をしかめると、「聞かなければよかった」と呟いた。

明夫が助手席の方を振り向いた。

「母から渡された鰹節は、車に積みましたよね」

その鰹節というのは、出発間際に富子から「忍さん。これを守吉さんの御仏前にお供えしていただきたいのですが。日本から届いたばかりです」と託されたものだ。

「白い紙袋ですよね。よく覚えていませんが、アンカレッジで車を借りた時、明夫さんがトランクに積んだと思います」

忍は自信のない返事をした。アンカレッジでは、悠里と話すのに夢中で、明夫の行動をよく見ていなかった。

それから五分くらい走った頃、海側に退避スペースが現れた。明夫は車を減速させると、そこに入って停車した。

「気になるので、調べてみます」

こう言って彼が車外に出たのを見ると、忍もドアを開けて道路に足を下ろした。湾の風景を見ながら、両手を上げて深呼吸をした時、背中越しに「トランクの中にありました」という嬉しそうな声が聞こえた。

忍が後ろを振り返って、「よかった。これで安心しましたね」と言った時だった。突然大地の底が抜け、体がすごい勢いで地面と一緒に引き込まれた。彼女は転びそうになったので、慌てて地面に膝を突くと、両手を広げて四つん這いになった。すぐに地面が突き上がり、体が勢いよく跳ね上がった。地面に着地すると、両手に力を込めて上半身を起こし、顔を上げて辺りを見回した。

車が上下に激しく揺れていた。車が跳ね上がるたびに、タイヤと地面の隙間から湾に浮かぶ雪山が見えた。どどーっという轟音が聞こえたので、音がした方を見ると、さっき通り過ぎた道路の上に、斜面の雪が何十メートルもの幅で崩れ落ちた。車の後ろでは、明夫が地面に伏せていた。忍を見ると、掌を下に向け、身ぶりで伏せるように合図した。

忍の体が前後に揺れ始めた。前に行ったと思ったら、すぐに後ろに戻される。頭と足を二人の巨人に掴まれて、弄ばれているようだ。両手に力を入れて堪えていたら、地面の上に長い爪跡ができた。永遠に続くのかと思うくらい、体は長い間揺れていた。

大地の揺れが収まっても、忍はすぐに立ち上がれなかった。心臓が皮膚を突き破る勢いで拍動し、額から脂汗が流れ落ちた。いつコートのポケットから取り出したのか覚えていないが、しっかりとイコンを握り締めていた。

ようやく立ち上がって前を見ると、明夫が車のドアを開け、ラジオのニュースを聞いている。

彼は両手を大きく広げると、天を仰いだ。

「オーマイガー」

「明夫さん。明夫さん。悠里がいるところは大丈夫でしょうか」

忍がせっつくような口調で訊くと、明夫は眉間に皺をつくって、「黙ってニュースを聞くこと」と言うように、自分の唇に指を当てた。ラジオからは、アナウンサーの絶叫する声が聞こえてくる。明夫に教えられた情報によると、「アンカレッジ近くの海底で、マグニチュード八・四の地震が起き、アンカレッジのダウンタウンに大きな地割れができたから、おそらく死者が出ているだろう」ということだった。

「悠里は大丈夫でしょうか」

重ねて訊くと、彼は腕時計を見ながら「今は夕食を食べている頃ですね。レストランがアンカレッジから離れているのならよいのですが、近くだったら……」と顔を曇らせた。

明夫の言葉を聞くと、忍は肩を落とした。彼に訊いて、かえって不安が増した。

「オー、ツナミー」

明夫の甲高い声が、辺りの空気を震わせた。

湾の入り口に、真っ黒い水の壁が進んできた。高さは四階建の建物を優に超えるくらいだ。先に来た水の壁が湾の中に入ると、その後ろをもっと高い壁が追ってきた。リザレクション湾はハイソックスに似た形をしている。スワードの町は、爪先の部分に位置しているから、ソックスの裾口から押し寄せた海水は、細い湾内を進むうちに一か所に集められ、最後は濁流になって一気に町を襲うことは間違いない。

二人は路肩から下りると、道路際の草むらに足を踏み入れた。そこに突っ立って、湾に入る津波を呆然と眺めていた。

「オー、スワードが全滅する」

明夫が悲痛な声で叫んだ。ここからでは、スワードの町は見えないが、津波に直撃されることは明らかだった。

忍は息を詰め、両手で頬を抑えていた。膝にも力が入らず、やっとの思いで立っていた。二つ目の津波が湾に入った時、全身に震えが走った。振り返って、背伸びをすると、車の後ろに目を向けて、諦めた口ぶりで呟いた。

「ああ、駄目だ。もう戻ることもできなくなった」

さっき通ってきた道路を見たら、目の届く範囲でも、三か所もの崖崩れが起きていた。一番近くの崖崩れが最も大きく、雪だけではなく、土砂に混じって何本もの大木が道路を塞いでいる。スワードとアンカレッジを結ぶ道路は、これが一本だけだ。津波で港は使えないから、船で町に近づくことも不可能だ。スワードの町は完全に陸の孤島と化したのだ。「行くも地獄。戻るも地獄」という言葉を思い浮かべた。津波に襲われた町に入るのが、恐ろしかった。

〈逃げ遅れた人間が大勢水の上に浮いていることだろう〉

小笠原丸から投げ出されて、海に浮いていた避難民の遺体が目の前に浮かび上がった。

明夫は草むらから出て道路の中央に立つと、道の行く手に向かって、手庇をつくった。

「大変だー。この先も道路に土が落ちていますよー」

彼が背中越しに、忍に教えた時だった。彼女が立っている草むらの真ん中に、道路に沿って亀裂が入ると、見る見るうちに広がった。地震で緩んだ地盤の上に、二人同時に立ったことが、地滑りを誘発したらしい。

忍は異変を察知すると、足元に目を向けた。草むらがゆっくり海側に動いていた。両手を広げ、体のバランスを取ろうとしたが無駄だった。足を取られて膝をつくと、両手を前に投げ出した。草の上に這いつくばったまま、ずるずると崖を滑り落ちた。

ユーリが振り向くと、手を振った。

忍の横にいた悠里が駆けだすと、父親に飛びついた。小学生の頃の悠里だった。

二人はこちらに背中を向けると、手をつないで歩き出した。

「ユーリ。待ってよー。私を置いていかないで」

忍は大声で呼びかけた。

しかし二人は一度も振り返らず、どんどん離れていく。

忍は駆け出すと、二つの背中に向かって声を張り上げた。

「待ってー。待ってよー」


自分の声に驚いて、忍は目を開いた。木の葉の隙間から、夕暮れの空が見えている。鼻腔に青臭さを覚えると、くしゃみが出そうになった。手で触ってみたら、鼻の頭に灌木の葉がついていた。木の枝か何かにぶつけたらしく、後頭部に鈍い痛みが残っている。体の下がふわふわして、落ち着きがない。片肘をついて起き上がろうとしたが、肘に手ごたえを感じなかった。足首が痛かったので、手を伸ばしたら、スラックスの裾の中に折れた小枝が入っていた。

忍は夢の続きを見ている心地で、両脇を見回した。体は密生した灌木の上に載っていた。体を動かすと、背中の下から土砂が零れ落ちた。口の中にも土砂が入り、舌の周りがじゃりじゃりしている。首を捻って下を見たら、薄闇の中に磯浜が見え、白い波が砕けていた。

「あそこまで落ちていたら……」

最後まで言えずに、体を震わせた。コートのポケットに入っているイコンを、布越しに確かめると、自分に言い聞かせた。

「イコンが守ってくれたんだ」

灌木に引っかからずに落ちていたら、今頃は死体になって海に浮いていただろう。

〈とにかく助けを呼ぼう〉

しかし仰向けのままでは声を出し難かった。頭の横に出ている灌木の枝を左手で掴むと、上半身を持ち上げた。途端に尻の下にあった枝が折れて、両足がすとんと落ちた。腰から下がずるずると灌木から落ち始めた。

慌てて体の向きを変えると、崖から斜めに伸びている松の根元に右手を掛けた。足元からは、岩に打ち寄せる波の音が、これまでよりはっきりと聞こえてくる。右足を動かし、崖の表面を探ったら、つま先が灌木の幹に触れた。そこに足を掛け、体重をかけてみると、木の幹は少し上下に動いたが、折れはしなかった。曲がりなりにも片足が固定されたので、両手が楽になった。

「助けてー。助けてー」

忍は思い切り顎を持ち上げ、明夫に呼びかけた。何度も呼びかけたが、上からは何の返事も返ってこない。辺りはもう暗くなっていた。

〈彼はもう、上にはいないのだ〉

最悪の事態を考えた。

〈彼は道路の下を覗き込んだが、密生する木の枝に邪魔されて、私を見つけられなかったのだろう。まっすぐ海に落ちたと思い、車に乗って助けを呼びに行ったのに違いない。このままの状態で、余震が来たら土砂と一緒に海に落ちてしまう〉

不安が煽られて大きくなった。枝を握っている指の先から、宙ぶらりんになった左足までを冷気が一気に駆け下りる。彼女は恐怖心を追い出そうと思い、記憶の中から勝子の言葉を取り出した。

「そうだったのかい。ひんどい目に遭ったんだね。あんたの父さんや母さんは、自分の命を娘に預けたんだ。だから忍ちゃんは、人の三倍も運が強いのさ。船が沈んでも、助かったのは、お父さんとお母さんのお陰だよ。本当によかったね」

それから佐久間の言葉も思い出した。

「引き揚げ船が全部で三隻もやられて、大勢死んだのに、忍ちゃんはよく生きていたもんだなー。きっとあんたには大事な仕事が残っているから、神様が命を助けてくれたんだよ」

忍は自分にしっかり言い聞かせた。

「私は強運の持ち主だ。私には大事な仕事が残っている。ユーリに会って、イコンを返さなければならない。イコンが守ってくれるから、誰も私を殺せない」

口に出して言ったら気力が湧いてきた。枝を握っている両手に力を込める。

「絶対に死なないぞー。ユーリに会うんだー」

忍は空に向かって絶叫し、運命の神に戦いを挑んだ。

長期戦を覚悟して、時々片手だけで枝を掴み、左右の手を代わる代わる休ませた。それでも掌が痛くなり、手首も痺れてきた。下から聞こえる波の音が、悪魔の声になって「さあ、両手を離して飛び降りるんだ。たったそれだけで、楽になるぞ」と誘っている。

それからどれくらい時間が経っただろうか。忍がうとうとし始めた時、目の前で不意に光の輪が走った。驚いて見上げたが、強い光をまともに浴びて、眩しさの余り目を閉じた。

「忍さーん。そのままで、動かないでー」

待ちに待った明夫の声がした。天上から聞こえる神の声だった。

「明夫さーん。助けてー」

忍は上に向かって声を張り上げた。その後は胸が一杯で何も言えなくなり、赤子になって泣いていた。涙がはらはらと唇に流れてくる。涙を拭こうにも、両手は塞がっていた。

何かが頭をくすぐると、顔の前に白いロープが下りてきた。ロープの端はつま先を越えると、そこで動きを止めて、照明に照らされて左右に揺れた。量販店で見るふつうのロープだったが、忍にとっては、御釈迦様が下ろしてくれた銀色に輝く蜘蛛の糸だった。

再び明夫の声がした。

「ロープを腰に巻いて、縛ってくださーい」

忍は左手で松の根元を掴んだまま、右手だけで、腰の周りにロープを一周させた。時間はかかったが、最後はしっかり駒結びにした。上に向かって「いいですよー」と叫ぶと、両手でロープを固く握り締めた。

「上げますよー」

明夫の声が聞こえると、ロープがぴんと張り、体がぐいと引き上げられた。忍はつま先を崖に擦りながら上がっていった。

その一時間後、二人は道路の真ん中に腰を下ろし、焚火を囲んでいた。今夜はここで野宿をして、明るくなったらスワードに向かう予定だ。余震が起きることを考えて、車は待避スペースから道路に移された。

「本当によかったです」

明夫が心底安堵した口ぶりで言った。さっきから、この言葉を何度も繰り返していた。

「ありがとうございます。明夫さんに見つけてもらわなかったら、今頃は生きていなかったでしょう」

忍は深く頭を下げると、改めて礼を述べた。

それから二人は黙り込んだ。忍は自分に振りかかった災難のことはそっちのけで、炎を見つめながら悠里のことを考えていた。明夫も疲れたらしく、じっと目を瞑ったままだ。焚火が爆ぜると火花が飛んで、松ヤニの匂いをまき散らした。

車のトランクには、毛布のほかに非常用品が入ったプラスチックの箱があった。これを開いたら、マッチに発煙筒、救急箱、非常食の袋が入っていた。袋には、ビスケット、干しブドウ、ナッツ類、飲料水や缶入りの野菜ジュースなどが詰められていた。

非常食の夕食を食べ終わると、忍は車の中でシートを倒して毛布にくるまった。しかし目を瞑っても、悠里の顔が浮かび上がり、ほとんど眠れなかった。夜中に何度も余震があり、彼女はそのたびに、上半身を起こして外を見た。三度目の余震が一番激しかった。この時は、焚火のそばで横になっていた明夫も飛び起きた。

朝になって辺りを調べたら、待避スペースに大きなひび割れができていた。亀裂の幅は二メートルを超えていたから、車を停めたままだったら、悲惨な結果になっていただろう。八時になると明るくなったので、二人は残りの食料を食べてから、焚火の後始末をして出発した。途中で聞いたラジオのニュースは「アンカレッジに近い国道三号線に大きな地割れができた」と報じていた。国道三号線は、アンカレッジからフェアバンクスに行く時、必ず通るハイウェイのことだ。この情報を聞かされた時、「悠里の乗ったバスは、アンカレッジを出てすぐに、地震に遭ったかもしれない」と思い、ひどく心配になった。

昼を過ぎた頃、車はようやくスワードの町に通じる橋の手前に到着した。こんなに遅くなったのは、途中で何か所も、土砂が道路に崩れていたからだ。そのたびに車を停めて、土砂の間に道を造り、忍が車を押さなければならなかった。

明夫は橋の真ん中まで進むと、車を停めた。外に出ると、車のボンネットに片手を置いたままで、突っ立っていた。忍も彼と並んで立っていた。二人は声も出せずにスワードの町を見つめている。行く手を見ても、障害物は見当たらず、道路は真っ直ぐ町に続いていたが、どうしても先に行けない理由があった。

町の中には、数え切れないほどの人工物が見えるのに、人影は一つも見えなかった。人の声はもちろん、車の音も聞こえず、町の背後にある山からは鳥の声も聞こえてこない。耳鳴りがするくらいの無音の世界が二人を取り巻いている。目を大きく開き、何度見直してみても、眼前の光景が現実のものとは思えず、白昼夢を見ている気がした。

二本の防波堤が、両腕で恋人を抱くみたいな格好で港を作っている。けれども港には一艘の船もなく、代わりに何軒もの家が浮かんでいた。赤や青い色をした三角屋根が潮に流され、沖に向かってヨットみたいに移動している。その間には、両端がきれいに削られて、長さが揃った丸太が何本も見え隠れしている。貯木場から流された原木と思われた。

岸壁の上を見ると、津波が運んだ土砂が堆積し、水が引いた後も、いくつもの大きな池ができていた。鉄道ターミナルに目を移すと、連結されたままの貨物列車が横倒しになり、線路がジェットコースターの軌道そっくりに、丸くなって浮き上がっている。商店街と思われる一角には、屋根に看板を掛けた大きな建物があったが、その両隣の建物は櫛の歯が抜けたみたいに無くなっていた。スーパーマーケットの屋上には、白い漁船が瀕死の動物になって横たわっている。

山に近い建物は流されずに残っていたが、水を被ったらしく、軒下まで泥水の痕跡があった。燃えた家も何軒かある。ほとんどの家は煙を上げているだけだったが、一番左側の家は今でも赤黒い炎を上げている。津波の時には火事も起きることを、忍は初めて知った。見ていたら、目の前の光景に、艦砲射撃で破壊された敷香の町と、留萌で見た火事の焼け跡が重なった。

それまで死んだ貝のように閉じていた明夫の口が、ようやく開いた。

「誰もいない。みんな海に流されたのだろうか」

忍は明夫の声を聞くと我に返った。初めは彼の顔を見たが、すぐに視線を海の方に移すと、「あれは何だろう」と呟いた。明夫の肩越しに見える海面に、小さな波紋がいくつもできている。波紋は小さな波になり、連鎖して港一杯に広がると、何匹もの魚が水面に跳ね上がった。

忍が「魚の大群ですよ」と明夫に教えると、彼は橋の横にある階段を下りて、海岸に向かって歩き出した。ぬかるみを気にもせずに進んでいくと、しゃがみ込んで水の中に手を差し入れ、さっと魚を掴み上げた。忍に向かって片手を差し上げると、水から出した魚を見せながら何度か叫んだ。

「ヘリン、ヘリン」

忍は、彼が何と言っているのか理解できなかったので、何も返さなかった。しばらく経って、戻ってきた明夫が、手にした魚を見せてくれた。

見るなり忍は、目を輝かせた。

「ニシンじゃないですか」

四、五年生の成魚らしく、魚体が三十センチ以上もあって、腹に卵を持っている。こんな立派なニシンを見たのは、樺太にいた時以来だ。

「ふつうならこの湾には入ってこないのですが、きっと津波で運ばれたのでしょうね」

明夫が忍に言った時、誰かが遠くから「明夫さーん」と呼びかけた。

声がした方を見ると、黒いジャンパーを着た小柄な男が、手を振りながらこちらに向かって小走りで来るのが見えた。

「正秀さんだ」

明夫は嬉しそうな声で言うと、ニシンを足元に置いてから、男に駆け寄った。正秀には、今回の訪問を一週間前に電話で伝えていた。

正秀は「いやー。無事でよかった。昨日から今朝にかけてずっと待っていたんだけど、来なかったので、心配になって来たんだよ。よかった。よかった」と言って、明夫の肩を何度か叩いた。その後忍に歩み寄ると、さっと手を差し出して、「私は城間正秀です」と自己紹介をした。彼のぐりっとした目と太い眉毛を見た時、忍は西郷隆盛を連想した。

正秀は立ったままで話し始めた。

城間水産は高台にあるので、黄色く塗られた加工場は、入港する船にとって格好のランドマークになっている。アラスカ沿岸に大津波警報が発令されると、市長は緊急放送で「何も持たずに、直ちに城間水産の駐車場へ避難してください」と住民に呼びかけた。住民たちはコートを着ただけの手ぶらで、行列を作って、整然と避難した。独居老人に対しては、災害時に世話をする人間が一人一人決められていた。地震の発生が夕方だったことも幸いして、数名が軽い怪我をしただけで、死者・不明者は一人も出なかった。

彼はこんな経緯を一気に話すと、「だけど、食品スーパーの倉庫が海に流されてしまって、食料の在庫がほとんどなくなったんです。小麦粉もないからパンも焼けないし、肉の貯えも少ないから、救援物資が届くまで何を食べればよいのか困っています」と言って顔を曇らせた。

明夫の横にいた忍が海の方を指さすと、探しものを見つけた目つきになって、笑顔で叫んだ。

「あそこ。あそこ。食べ物なら、あそこに沢山泳いでいます」

明夫もぱっと顔を綻ばせ、「そうでしたね。忘れていました」と返したが、何も知らない正秀は、きょとんとした顔をしていた。

第十六章　スワードの人々

　ニシンはいくらでも獲れた。大勢の住民が家からバケツや木箱を持ってくると、防水ズボンに長靴という格好で、夢中になって手掴みで集めた。知らない人間が遠くから見たら、人に隠れて海面が見えないから、そこは陸地だと思ったに違いない。辺りが暗くなっても、車のライトや船のランタンで照らしながら獲り続けた。

　大漁の後は忍の出番がやって来た。城間水産の加工場をキッチンにして、彼女が手ほどきすると、住民たちがニシンを捌き、野菜を切って、三平汁をこしらえた。水道が使えなくても、加工場の裏には大量の雪解け水が流れている。裏山に行けば、燃料にする木もふんだんに手に入る。みんなは料理教室の生徒になって、嬉々として夕食の支度をした。湾の中にはまだまだニシンが泳いでいるし、今日獲った分の残りも沢山あるから、明日は身欠きニシンを作る予定だ。

　スワードには、日本の北洋船団に食料品を売る「大和屋」という日本食品店がある。この店は、正秀の友人である山下保が経営している。港の店舗は、毎年日本からの船が来る五月に合わせてオープンする。閉店中、山下はアンカレッジの自宅にいるから、城間水産の隣にある倉庫の鍵は、正秀が預かっている。中に備蓄されていた、米、味噌、塩、醤油、コンブ、ジャガイモ、ニンジンなどは住民のために使われた。正秀と山下は「まーちゃん。たもっちゃん」の仲だから、持ち出した分は五月までに補充しておけば問題はない。

その夜城間水産の駐車場は、賑やかなキャンプ場に様変わりした。家を流されなかった住民も、余震を恐れ、ここで夜明かしするという。あちこちに大きな焚火が燃やされると、みんなはその周りでカリフォルニア米の雑炊を食べ、獲れたばかりのニシンが入った「サンペイスープ」に舌鼓を打った。ヨーロッパではニシンを酢漬けや燻製にして食べるが、アメリカでは食卓に上らない。けれどもこの夜ばかりは、初めて食べたニシンの味に、スワードの住民たちは感涙した。家を失ったものも少なくなかったが、あんな大津波に遭っても無事に生き延びたのだから、この日の夕食は生涯忘れられないほど美味かっただろう。

この日はスワード全域が停電し、電話も不通だったので、船舶用の発電機を使い、漁業無線を経由して、勝男宛てにメッセージを送った。一時間後に「二人とも無事でなによりです。悠里君も無事なので安心してください」という返信があった。忍はイコンを握り締めると、「ユーリ、あの子を守ってくれてありがとう」と涙声で感謝した。

夜も更け渡って、時刻は十一時を過ぎている。忍たち三人は、城間家のダイニングルームで、長い間話し込んでいた。この家は加工場の隣に立っているから、津波の被害をまったく受けなかった。ランタンの炎が揺らめくと、壁に映った人影も揺れる。駐車場に張られたテントの方から、人々の笑い声が風に乗って聞こえてくる。みんなは焚火に当たりながら、眠らずに夜明けを待つつもりらしい。

「済みません。さっきからずっと、私ばっかり、話していました」

忍は悪そうな顔をして頭を下げた。

正秀が「そんなことはありません」と言いながら、片手を左右に振った。忍の顔をじっと見つめると、堪え切れずに叫ぶように言った。

「城間正秀は感動しました。そして元気が出てきました。こんな話を聞いたのは生まれて初めてです。忍さんの災難に比べたら、地震や津波くらい、何でもありません。それにしても、今日まで、よくぞご無事で——」

正秀はここまで言うと、言葉に詰まり、下を向いて目頭を抑えた。彼は研一と同じ年齢だが、涙もろくて感激しやすく、忍が話している間中ずっと鼻を啜っていた。毛ガニを連想させる毛深い手の甲で目を拭うと、泣き笑いの顔になって言い直した。

「これまで何度も死にそうになったのに、今日までよくぞご無事で生き延びられましたね。忍さんには、天から与えられた重大な使命があるのでしょう」

正秀の大仰な言葉を聞くと、前に佐久間から「きっとあんたには大事な仕事が残っているから、神様が命を助けてくれたんだよ」と言われたことを思い出した。

明夫は表情をこわばらせたまま、黙って話を聞いていた。忍は川口家の誰にも、自分の災難を話していないから、彼は初めて聞いた話に、言葉も出せないくらい驚いたのだろう。

正秀が急に真顔になると、上半身を乗り出した。

「忍さん。お願いがあります。もっと短くてもよろしいので、加工場で働いている連中に、今の話を聞かせてやってください」

忍は人魂を見たような目で正秀を見返した。彼が何を考えているのか分からなかった。すぐさま同意できない理由を口にした。

「私の話を聞いても、何にもなりません。それに、町のみなさんは後片づけで忙しくて、私の話なんか聞いてくれないと思います。だから——」

その後を話そうとしたら、正秀が掌をこちらに向けて遮った。

「元気が出るビタミンですよ。みんなは今度の地震と津波で、弱気になっています。私がいくら引き留めても、道路が復旧したらすぐに町を出ていく、と言うので困っています。でも、貴女の話を聞いたら元気になって、ここに留まって町を復興させる気力が湧いてきます。急で申し訳ないのですが、明日にでもお願いします。津波に遭った直後の方が、ビタミンはよく効きます。必ずみんなが聴きに来るようにしますから、その点は大丈夫です」

余りにも思いがけない話なので、忍は何も言えず、黙って彼の顔を見つめていた。

正秀が自分の鼻を指さし、その後指を忍に向けると、意味不明なことを口走った。

「イチャリバ、チョーデー」

忍と明夫がぽかんとしていると、正秀がにやりと笑って解説してくれた。

「沖縄の言葉で、行き会えば兄弟、と言ったのです。だから今日、私と忍さんは兄弟になりました。そして明日、城間水産の従業員たちに会えば、彼らとも兄弟同士になります。元気がない妹や弟たちを、姉である忍さんが励ましてください。どうかお願いします」

彼は両膝に手を置いて深々と頭を下げた。

それまで黙っていた明夫が「グッドアイディアですね」と正秀の意見に賛成した。忍の方に向き直ると、「忍さんが話したことを私が英語に直してみんなに話す、というのはどうでしょうか」と提案した。続けて「でも、話すのはゆっくりお願いします。それと、僕が知らない難しい言葉を使わないでくださいね」と言い足し、小学生みたいに舌を出した。

翌朝、城間水産の加工場の中に、忍のために臨時のステージが設けられた。ステージと言っても、逆さにして並べられた十個の魚箱の上に、大きな木の板が置かれているだけだ。正面の壁に貼られた横長の紙には、「逆境が人間を強くする」という意味のスピーチタイトルが英語で書かれている。正秀が港湾事務所からディーゼル発電機を借りてきたので、二本のスタンドマイクも用意されていた。

昼を過ぎると、ステージの前に並べられた椅子に、従業員たちが腰を下ろした。顔ぶれを見ると、白人らしい顔は一人も見えない。正秀から「うちで働いているのは、全員がインディアン、エスキモー、アリュートなどの先住民で、その八割が女です」と聞かされていた。ざっと数えてみると、九十人くらいもいる。これほど多くが参加したのは、正秀が町の掲示板に出した「スピーチを聴いたら、いつもの二倍の時給を払う」という張り紙のお陰だ。家の後片づけをやっている従業員も、これを読んで、「金が出るのなら、一休みすると思って聴きに行くか」と思ったようだ。会社は休業中だから、みんなは私服だった。

こんなに大勢の前で話すのは初めてだから、忍は緊張した。留萌では、漁業組合から頼まれて「留萌を数の子の町にしよう」というテーマで講演したことがあるが、その時の聴衆は五十人くらいだった。

時間になると、ステージに上がってスタンドマイクに向かった。一礼して顔を上げた時、最前列の女と目が合った。まだ二十代前半らしいが、日本人そっくりの顔をしている。忍は軽く咳払いすると、ゆっくりした口調で話し始めた。

「私は中畑忍という日本人です。私は樺太で両親を亡くしました。自分も、何度も死にそうになりましたが、親切な人々に助けられて、無事に生き延びることができました。お陰さまで、北海道で息子も生まれ、彼と一緒にアメリカに来ることができました。アラスカの地で、こうしてみなさんにお会いできるのも何かの縁だと思っています。社長さんから、これまでの体験を話すように、と言われました。私の話が少しでもみなさんに元気を与えることができたら、嬉しく思います」

ここで話すのを止めると、ステージの横にいる明夫の顔に目を向けた。明夫は頷くと、手元のメモを見ながらマイクに向かって英語に直して話し始めた。

彼が話している間、忍は聴衆の顔を前から順に観察した。初めは緊張していたが、一度話すと冷静になって、今では心臓もふだん通りに拍動している。さっき最前列の若い女と目が合った時、誰かに似ていると思ったが、今になって気がついた。

〈昔の写真に写っていたアナスターシアの顔だ。切れ長な目がそっくりだ〉

みんなの顔を見ていたら、オタスの杜を思い出した。

〈後ろで、顔を横に突き出している老人がウィルタのワシライカ爺さんなら、その隣はニブフのシャーマンを務めていたアコン爺さんだ。真ん中の窓側に座っている女はニブフのウズルクシに生き写しだ。あの母娘はウィルタのナプカおばさんと長女のオリガみたいだ〉

従業員の顔に、懐かしいオタスの住民の顔を、つぎからつぎへと重ね合わせた。

「忍さん。お願いします」

明夫の声に、忍は我に返った。手に持っていたメモにちらりと目を落とすと、続きを話し始めた。苫小牧から樺太に渡ったことから始め、父が製紙工場で事故死したこと、町を出てオタスの杜で暮らし、そこで少数民族の人々と仲良くなったことを話した。大吹雪で凍死しそうになって、ヤクート人の男に助けられたこと、クマに遭遇した時助けてくれたのも、この男だったことを話した。

これを明夫が英語に直して話すと、最前列の若い女が両手を胸の前に持ってきて、音がしないようにそっと拍手をした。この頃から、それまで詰まらなそうな顔をしていた従業員たちも、横向きだった体を真っ直ぐ前に向け、忍の話を熱心に聴き始めた。母が艦砲射撃で死んだことを話した時、「オー」という悲しみの声が沸き起こり、行方不明だったユーリと三年振りに再会できた話には、加工場中に笑顔が広がった。敷香から大泊に脱出する途中で機銃掃射を浴びた話では、みんなの視線は一つになって、話の先を促した。

小笠原丸が魚雷攻撃を受け、海を漂流した話では、前列の端に座った女が、両手を頰に当て、口を大きく開き、声にならない叫び声を上げた。砂浜に漂着して、勝子に助けられ、やがて子供が生まれた話になると、みんなはようやく安堵の表情を浮かべた。魚売りを始め、大火で死にそうになった時、研一に助けられたことを話し、自分たち母子が渡米できたのは彼のお陰だ、と結んで、体験談を話し終わった。

最後に忍はみんなの顔を一渡り見回すと、纏めの言葉を言い添えた。

「人間誰でも一生のうちに、悲しみと苦しみを足したのと同じ数だけ幸せと喜びが来る。だから辛い目に遭った人には、いつか大きな幸福が訪れる。……私はこう思っています。私も、さんざん辛い目に遭い、何度も死にそうになりましたが、北海道で新しい母ができ、息子も生まれ、今はとても幸せです。ですから、大地震と大津波に遭ったみなさんにも、これから必ず大きな幸せが来ます。未来を信じ、この町を建てなおすために、力を合わせて頑張りましょう」

これを明夫が英語に直して伝えた時、一斉に拍手が沸き起こった。辺りの空気が震え、窓ガラスがびりびりと音を立てた。すぐに拍手は「シノブ、シノブ」という、シノブコールに合わせた手拍子に変わった。

忍は予想もしなかった反響に驚いた。嬉しかったが、恥ずかしい気もしたので、照れたような笑いを浮かべて、ステージの上に突っ立っていた。

従業員たちが、がやがやと話しながら加工場を出始めた。みんなの顔は、スピーチを聴く前とは別人みたいに輝いている。さっきまでは出口の見えないトンネルを覗いていた目も、今ではしっかりと目標を捉えていた。

忍がステージから下りた時、最前列にいた若い女がこちらにやって来た。上気した顔をして、明夫に何かを話しかけた。彼女が話し終わると、明夫が忍に通訳してくれた。

「忍さん。この人はリリアという名前で、お父さんがヤクート人で、お母さんがアラスカのエスキモーなんですって。スピーチを聴いてとても感激した、と言っています」

彼が話し終わる前に、リリアは忍に握手を求めてきた。忍はアナスターシアの顔を思い浮かべながら、彼女と堅い握手を交わした。

スピーチが終わった頃、災害派遣の州兵が陸路で町に入ってきた。彼らが夜を徹して復旧作業をしてくれたお陰で、アンカレッジからスワードまでの道路が全通したのだ。港の中央にテント張りの本部が設営されて、住民に救援物資が配られた。暗くなる前に仮設の電線が張られ、町の主だったところは電気が復旧した。住民たちは、家の窓に灯る明かりを見て、「明日も頑張るぞ」と自分に言い聞かせた。


その翌朝、忍がダイニングルームに行くと、部屋の入口で待ち構えていた正秀が、満面の笑みで迎えてくれた。

「昨日はありがとうございました。一度聞いていた話だけど、また泣いちゃいました」

彼はその後で、声を潜めて教えてくれた。

「昨夜工場長がこっそり教えてくれたんですけどね、スピーチを聴いた後、ここに残ることを決めた人間もかなりいるみたいです。みんな忍さんのお陰です。私、嬉しくて、何とお礼を言ってよいものやら……」

彼の瞼に涙が膨れ上がって、今にも落ちそうになったので、忍は慌てて片手を振った。

「いいえ、いいえ。城間さんがよい社長さんだから、みんな考え直したんですよ」

本当の理由はどうあれ、彼らがこの町に残ることは、喜ばしいことに違いなかった。昼過ぎになって、明夫だけが帰ることになった。彼はアンカレッジで借りたレンタカーのことが気になっていた。約束の日に返却できなかったからだ。けれども、事情が事情だから、きっと許してくれるはずだ。それに、早くシアトルに戻って、勝男たちに、スワードの被害状況を報告しなければならない。

忍が残ったのには理由があった。干したばかりの身欠きニシンも心配だったが、それ以上に城間水産のことが気にかかっていた。雪解けの季節になると、リザレクション湾の外には獲り切れないくらいのニシンが来るが、ニシンを獲っても、アメリカでは商売にならない。日本に向けて出荷するにしても、城間水産には、水揚げされたニシンを保存するための、大規模な冷凍設備が備わっていなかった。

しかし忍には考えがあった。それは、獲れたニシンを城間水産で加工してシアトルに送り、徳島屋で売ることだ。冷凍設備がなくても、身欠きニシンや干し数の子にすれば、徳島屋に出荷するくらいの量なら、冷蔵室での保存で十分だ。博覧会の頃から、シアトルに住む日本人が急増したので、店に置けば客は喜ぶに違いない。将来徳島屋が出店する和食店でも、ニシンの甘露煮や数の子を使った料理を、メニューに加えることも考えていた。

城間水産では、鮭の卵を内臓と一緒に捨てていた。アメリカ人の食べない筋子やイクラにしても商品価値がないからだ。釣り具屋に行くと、鮭の卵は釣り餌として、ただ同然の安値で売られている。日本人から見れば、宝物を捨てているのと同じだった。さすがに「イクラ丼」や「イクラの醤油漬け」

をこの町のレストランで出すように勧める気はなかったが、工夫次第ではアメリカ人が喜ぶイクラのレシピを作れるはずだと思っていた。

忍は今朝、港の周辺を調べてみた。防波堤下の岩の隙間には、十センチくらいもあるムラサキウニやバフンウニが、ぎっしりと張り付いていた。よいダシが取れそうな太いコンブが幟のように揺れ、その間には大きなムラサキイガイやサザエに似た貝も見え隠れしていた。こんな海の幸を見ても、町の住民は、獲ることはもちろん話題にすることもない。みんなは鮭鱒以外の魚介類や海藻には目もくれなかった。彼女は、町の豊富な水産資源が有効利用されていないことに、目を瞑ることができなかったから、「しばらく残って城間水産の人たちに、いろいろアドバイスしたいと思います。そうすれば、新鮮なウニ、身欠きニシン、数の子、干しコンブなどを徳島屋で売ることもできるようになります。よろしいでしょうか?」と電話で勝男に頼み、滞在期間を一か月ほど延長することの許しを得た。

こうして翌日から、加工場の従業員を相手に、忍の講習が始まった。正秀は「鮭が上るまでまだ一か月以上もあるから、この間に新しいことを勉強するといいさ」と言って、いろいろ便宜を図ってくれた。ニシンの捌き方、身欠きニシンや干し数の子の作り方は前に教えたから全員が知っていた。ニシンの燻製も、紅鮭と同じようにやると、予想以上に上手くできた。試食した正秀は「これは美味い。城間水産で売る品目が一つ増えたよ」と言って喜んだ。みんなでワイワイ騒ぎながら、ニシンを使った料理をあれこれ試してみた。これの材料は、生のニシンではなく、保存の効く身欠きニシンを選んだ。身欠きニシンを柔らかくするには米のとぎ汁を使うが、アメリカではパンを主食にしていることを考え、大和屋で入手できる米糠を使った。酢漬けニシンを作って、これをサラダに添えてみると、意外と美味だった。フランスパンやライ麦パンに載せて食べるのもよい。ニシンのシチューは正秀の好物になった。保存の効く甘露煮の作り方も披露した。好評だったのは、甘露煮の身をほぐして入れたチャーハンだった。お菓子作りにもニシンを使ってみた。みんなが喜んだのは、中にニシンの身を詰めた、かぼちゃのパイだった。

一方、イクラのレシピ作りは簡単には行かなかった。この辺りでは、どんなに早くても五月にならなければ、鮭の卵が手に入らないからだ。しかし町にある釣り具店のオーナーが、釣り餌として売る目的で、昨秋獲れた銀鮭の卵を塩蔵していた。正秀が頼み込むと、全部を無料で提供してくれた。オーナーは「震災の直後だから、当分は釣り人がこの町を訪れることはない。後ひと月くらいしたら鮭が川に上ってくるから、去年の分は捨てようかと思っていたので、ちょうどよかった」と喜んでいたそうだ。

北海道でも秋になると、留萌に近い舎熊や増毛《ましけ》の川に鮭が上るから、忍は生鮭を貰う機会が多かった。イクラを作ることには慣れている。正秀が貰った卵は塩蔵品だったが、それほど傷んでいなかったので、一晩冷水で塩抜きをした後、これを使ってみんなにイクラの作り方を教えた。彼女がやっている方法は「やっと手を入れられるくらいの温度の湯に、卵を入れて十分くらい木ベラで軽くかき回してから、卵を包んでいる皮膜を手で丁寧に剥がし、卵を一粒ずつばらばらに離す。その後水を切り、湯通しすることを三回繰り返し、最後に冷蔵庫で一時間ほど寝かせる」というものだ。イクラができ上がると、アメリカ人でも食べられそうな、イクラレシピをあれこれ考えた。酢漬けニシンのことを思い出し、ピラフやドリアなどの米料理に使ってみたら、これは思ったより美味だった。スパゲティーなどのパスタ料理に添えてもよい。パンを使ったものでは、ほぐしたタラバガニの身にイクラを混ぜて、マヨネーズで和え、サンドイッチにしたら大好評だった。
一週間ほど経った頃、城間水産の加工場に、港にある何軒かのレストランから人が来て、熱心にメモを取る姿も見られるようになった。講習が終わると、正秀は彼らの意見を聞いて回った。採用されそうなメニューの食材をリストアップした表を忍に見せて、「今度これを城間水産の新たな商品に加えようと思っています」と打ち明けた。

時計は夜の十時を回っていた。忍は加工場の中で、たった一人で試作品の開発に大わらわだ。今取り組んでいるのは、ミズダコやムラサキイガイの乾燥品を原料にしたワインのおつまみだった。タコは港の漁師から貰ったものだ。大きいものは二メートル以上にもなるらしいが、忍が貰ったものは一メートルくらいだった。頭部を切り開いて足を広げた状態で、身欠ニシンの棒に掛け、十日以上も乾燥させた。アメリカでは、タコを食べないから、漁師に頼んでおくと、混獲された時には加工場まで持ってきてくれる。ムラサキイガイは十センチくらいの大きさで、彼女が海岸の岩場で見つけたものだ。タコも貝も、素材の味を損なわないようにして塩風味に仕上げてみたが、これをアメリカで売っても、買ってもらえる自信はなかった。アメリカ人は、日本人に比べると味覚が大雑把で、薄味のものを好まない。ポテトチップ、白身魚のフライ、果てはシチューに至るまで、味に物足りなさを感じると、すぐにケチャップやマヨネーズで味付けをする。忍ならそのまま食べても十分味を感じられるから、「舌の構造が日本人とは違っているのだ」としか思えなかった。

忍は後ろに人の気配を感じて、振り返った。立っていたのは正秀だった。

「あれ。まだ残っていたんですか。明かりが点いていたから見に来たんです」

「済みませんでした。知らせておいた方がよかったですね」

正秀は、頭を左右に振って、忍の懸念を打ち消した。

「それにしても、本当に仕事熱心な人ですね」

「私、アメリカに来て久しぶりに加工場で働いたから、嬉しくて仕方がないんです。自分が楽しいと思っていることを勝手にやっているだけですから、どうかお気遣いなく」

勝男が聞いたら気を悪くするかもしれないが、シアトルよりもスワードにいる方が断然居心地がよかった。この町では、自分の居場所があるし、誰かの役に立っていることを実感できる。

「そうですかー。この熱心さが、漂白数の子を生み出したというわけですね」

思いがけない彼の言葉に、忍は驚いた。

「そんなこと、どうして城間さんが知っているんですか？」

まさかアラスカの人間が、日本にある水産会社の出来事を知っているとは思わなかった。

正秀は得意げな顔をすると、「ここに寄った日本船の船長から聞きました。うちの連中に、世界で初めて数の子の漂白方法を考え出したのは忍さんだよ、と教えたら、みんなビックリしていたさ」と続けた。

彼は忍の前にあるポリ容器の中を指さした。

「ところで、今何をやっているんですか？」

「タコとムラサキイガイの素干しを作ったんですが、味見していただけますか」

忍は小皿の上に、試作品を何個か載せると、正秀に差し出した。

正秀は輪切りになったタコの足を口に入れると、しばらく噛んだ後で「いい味だ」と感心したように言った。つぎにムラサキイガイの身を口に入れると、噛む前に「うーん。これは……」と言っただけで、言葉を濁した。忍が「不味いですか。味が少しくどいかもしれませんね」と言うと、彼は「そうですよね」と同意した。続けて「貝は駄目ですが、タコは売れると思います。でも、あっさりし過ぎているから、鮭ジャーキーとミックスにしたら、いい味になると思いますよ」と言って、激励の目を忍に向けた。

彼の言葉を聞くと、忍は笑顔になった。「そうですか。それじゃ明日にでもタコの方をもう少し頑張ってみますね」と返して、帰り仕度を始めた。

城間水産の従業員は忍の言うことをよく聞いてくれた。社長から「あの人は漂白数の子の考案者だ」と聞かされているから、一目置いてくれるとも思ったが、オタスの住民と同じで、もともと純朴で争いを好まない性格がその理由らしい。加工場での講習は「忍が手を動かしながら正秀に説明すると、彼が英語に直してみんなに教える」というやり方で進められる。彼が不在の時は、リリアが代役を務めた。忍が片言の英語を話し、身ぶりも交えてリリアに手ほどきをすると、リリアは自分が習得した技術をみんなに教える。その後忍が加工場の中を巡回して、やり方を修正するだけで、技術はみんなに伝わった。ユーリと同じヤクート人の血が混じっているから贔屓目に見てしまうのかもしれないが、リリアは利発で屈託がなく、本当に可愛い娘だった。一日一緒にいただけで、〈私に男女の双子が産まれるとよかったのに〉と思うほど、彼女のことが好きになった。

晴れた日にはみんなと一緒に加工場の外に出て、ベンチに座り、湾の風景を見ながら昼食を食べる。食べ始めると、干し肉や胡瓜のピクルスが、右から左から手渡しで忍の手元に届けられる。サンドイッチを食べ終わると、リンゴやプラムが飛んできた。エスキモーとアリュートは、日本人と見分けがつかない顔をしているが、インディアンは違っていた。とりわけ年配の男は、鼻筋が通って、高く盛り上がった鷲鼻をしている。リリアと仲良しのアニタはインディアンだが、彼女の顔は樺太で見たアイヌの娘とよく似ていた。忍の毎日は、幌内川の河口がリザレクション湾に置き換わったことを除くと、オタスで暮らしていた頃と何も変わらない。片言の英語しか話せなくても、忍はみんなと仲良くやっていけた。正秀が言っていた「イチャリバ、チョーデー」という言葉は、まさにその通りだった。

四月三十日になって、とうとう忍が町を去る日を迎えた。本当はもっとこの町にいたかったのだが、勝男との約束もあるし、悠里が通う高校の父兄面談日も迫っていた。アンカレッジ空港までは、正秀が車で送ってくれることになっている。忍はバッグと土産物の袋を手に提げたまま、玄関の前で辺りを眺めていた。約束した八時まで十五分も時間があるが、リザレクション湾の風景を頭に焼き付けておきたかったから、早目に出てきた。

夜通し降っていた雨は、さっき上がったばかりで、庭に植えられたメイフラワーの若葉から、雨の滴が陽光を反射させながら滴り落ちている。湾に目を向けると、快晴の空の下に、いくつもの雪山が浮かんでいた。山の雪は、先月より少なくなったことは分かるが、それでもまだ中腹より上は真っ白だった。波がないから海面が鏡になって、雪山の数を二倍にしている。しばらく見ていたら、子供の時に覗いた万華鏡を思い出した。

忍は上着のポケットからイコンを取り出すと、掌に載せてじっと見つめた。

〈ここに来たきっかけは、悠里がオーロラの研究者になることを決めたからだ。その悠里はこのイコンの持ち主であるユーリの子供だ〉

ユーリがヤクート人であり、同じ民族を父に持つリリアに会えたことを考えると、ユーリが自分たち母子をアラスカに導いてくれたのだ、と思えてならなかった。リリアやアラスカの先住民たちと過ごしたお陰で、オタスの杜にいた頃と同じくらいに元気になれた。

八時ちょうどに正秀が現れて、「空は晴れたが、心は雨さ。土砂降りだよ。別れはいつでも悲しいねー」と言いながら、浮かない顔で車に乗り込んだ。車が町外れにさし掛かった時、彼は背伸びをするようにフロントガラスの向こうを見ると、急にブレーキを踏んだ。

「あららー。橋が通行止めになっているよ。おかしいな。昨日は通れたのに」

正秀は、信じられないという口ぶりで言うと、ドアを開けて車の外に出ていった。

忍も車を下りると、前方に目を向けた。行く手には通行止めを知らせる赤いパイロンがずらりと並んでいる。しかし橋の欄干や橋の上を見ても、どこが壊れているのか分からなかった。正秀がパイロンの前に着いた時、海岸に下りる階段から、大勢の人間がばらばらと飛び出してきた。先頭にいたのはリリアだった。その後ろにはアニタがいる。城間水産の加工場で一緒に働いていた懐かしい顔が、横にずらりと並んで、橋を塞ぐバリケードになった。みんなは手に持っていた白いボードを高く掲げた。

「いくな。しのぶ」

「すわーどに、いてくれ」

「しのぶ。まちにもどれ」

ボードの面には、金釘流のたどたどしい平仮名が躍っていた。恐らく、事務所にあった簡易英和辞典を見て、必死になって写し書きをしたのだろう。それは、上手に書かれた漢字の言葉よりも、百万倍の強さで忍の心を揺さぶった。

「みんな。ありがとう。私、嬉しい、嬉しい」

忍は言葉にならない言葉を言いながら、リリアに抱き付いた。背後から「私だって、みんなと同じ気持ちさー」という正秀の涙声が聞こえてきた。

第十七章　極光水産

忍が川口家に着いたのは夕方五時過ぎのことだった。タクシーを下り、顔が霧雨で濡れた時、シアトルに戻ったことを実感した。朧月に似た門灯の光を見ると、他人の家なのに、自宅に帰った気持ちになった。玄関に入って、バッグと土産物を足元に置き、「しのぶでーす。ただ今帰りました」と奥に向かって声をかけると、富子が小走りで飛び出してきて、上ずった声を張り上げた。

「あらまー、忍さん。大変、大変。今勝男を呼んできます」

彼女がこんなに慌てた口調で話すのは初めてだった。忍がコートを着たままで立っているのに、「お帰りなさい」と言うのも忘れている。

〈悠里がどうかしたのだろうか〉

忍は家の中に走り戻る富子の背中を、不安気に見つめていた。

スワードが大津波に襲われた五日後の夜、市長は町の有力者たちを集めて、町の再建について協議した。市長から相談を受けたのは、観光、港湾、漁業、製材に携わっている会社のトップたちだが、メンバーには正秀も入っていた。議題は「町の再建と活性化に繋がる新たな産業の振興」というものだった。夜遅くまで議論を戦わせたが、結論は出なかった。翌朝、正秀は勝男に電話で「スワードに本格的な設備を備えた水産加工場を建設したいと思います。そうすれば新たな雇用にも繋がり、人口も増えて町を復興する弾みがつきます。それでなんとか、勝男さんのお力を貸していただけないでしょうか」と相談した。これは市長から頼まれたことではなく、正秀自身がこれまでずっと抱いていた夢だった。前夜の会議がきっかけになって、ついに行動を起こしたのだ。

勝男は早速、日本の国会議員に手紙を書いた。その議員とは三木武之だ。三木は勝男の父親である川口吉松と同じ徳島の出身で、これに加えて、三木の長女がシアトルにあるワシントン大学に留学した時、親身になって世話をしたのが吉松の妻の富子だった。こんな引繋りがあったから、川口家と三木家は昔からずっと懇意にしていた。

相談を受けた三木は「スワードには日本の船も大変お世話になっているから、政府としても全面的に復興を援助したいと思います。つきましては、このプロジェクトの中心になる人間を、川口さんが推薦してくださるとありがたいのですが」と電話を寄こした。

この時勝男が白羽の矢を立てたのは、英語が堪能で、昔スワードで暮らしていたことがある黒田研一だった。彼は人柄がよいので、町のみんなに好かれ、人望も厚かった。なによりも、城間水産で働いていたから、スワードの水産物について熟知している。それに、彼が副社長を務めている黒田水産は北黄金で全国的に有名になり、今では日本を代表する水産会社になっていた。スワードに日系水産会社を創設する時、リーダーとしてこれ以上相応しい人物は他にいない。研一の名前が挙がった時、この人選に誰も文句を言わなかった。来月にも研一が、佐伯正和という国会議員一名と水産庁の職員二名に同行して、飛行機でシアトルに来ることになり、この知らせが届いたのが今日のことだった。

急いで店から戻った勝男は、エプロンも外さず、立ったままでこんな経緯を話してくれた。その後背筋を正すと、忍に向かって頭を下げた。

「済みませんが、研一さんたちが着いたら、一緒にもう一度スワードに行っていただきたいのです。当日は、アンカレッジ空港に市長たちが車で迎えに来ることになっています」

勝男の話は余りにも意外だった。忍は何も返せず、黙って彼の顔を見つめていた。たった今スワードから戻ったばかりで、一階の床にバッグと土産物を置いたまま、まだ自分の部屋にも入っていない。

少し経って、勝男が返事を待っているのに気がつくと、慌てて口を開いた。

「分かりました。みなさんに同行させていただきます。日程が決まり次第教えてください」

心中では、〈自分が行くと、みんなの足手まといになるかもしれない〉という不安も感じたが、勝男には母子共々一方ならない世話になっているので、断る理由は何もなかった。

忍の返事を聞くと、勝男は胸に手を当てて安堵の息を吐き出した。

「ああ、よかった。実は、正秀さんからも、必ず忍さんを同行させてくださいと強く言われているんです。研一さんも、中畑忍はスワードの魚介類に精通しているから調査には絶対に不可欠な人間である、と書いて、水産庁に旅費を申請しています」

忍が城間水産の加工場で、リリアたちと一緒にニシンやイクラと戦っていた頃、話はどんどん進展していた。しかし正秀は、アンカレッジ空港で別れる時も、この件については何も教えてくれなかった。

勝男が「それじゃ私は店に戻ります」と言った時、忍はようやくコートを脱ぎ始めた。

車が大きくカーブすると、向こうの方に懐かしいリザレクション湾が見えてきた。先月ここを通った時から、まだ半月しか経っていないが、あの時灰色に見えていた山の麓も、今日は若々しい新緑の色に変わっていた。

「前方をご覧くださーい。向こうに見えますのは、忍さんの故郷でーす」

正秀はおどけた口調で言うと、助手席にちらりと目を向けた。

忍は彼の言葉に反論しなかった。スワードで過ごした期間はたったの一か月余りなのに、目の前に広がる風景を見た途端、住み慣れたオタスの杜や樺太の海を思い出したからだ。

「忍さんが来てくれたので、私はすごーく嬉しいです。どうせ旅費が出るんだから、忍さんも一緒にお願いします。こう言って勝男さんに頼み込んだのは、この城間正秀でーす」

とうとう正秀が本当のことを白状した。彼は「アンカレッジに用事があるから、私は先に行きます」と言って、市長たちより二時間も前に町を出た。しかし本人がこっそり教えてくれた話によると、アンカレッジに来たのは忍を出迎えるためで、みんなに言った用事というのは、わざわざ出向くまでもない、電話で済ませられるものだった。

正秀は悪戯っ子みたいに、目をぐりぐりさせた。

「だけど、悠里君から殺し屋を送られるかもしれないね。お母さんがやっとシアトルに帰ったのに、すぐに連れ戻したからさ」

彼の言葉を聞くと、忍は笑いながら片手を振った。

「そんなことありません。悠里は一か月ぶりに会ったというのに、無事でよかったね、だけしか言ってくれなかったんですよ。小学生の頃は泣きながら飛びついてきたのに、高校生になると、母親よりも学校の友だちの方が大事になるみたいで、少し淋しい気がします」

正秀の心配を払拭しようと思って大げさに言ったが、最後の言葉は本音だった。

顔を上げてバックミラーを覗き込むと、後ろをついてくる二台の車が見えた。市長が乗る公用車には研一と国会議員が、漁業組合長の車には水産庁職員が同乗している。研一は他の三人と一緒にシアトルに着くと、空港の外に出る暇もなく、飛行機を乗りついでアンカレッジまでやって来た。乗り物の外にいたのは、空港レストランで食事をした時だけだ。研一たちは疲れていたので、迎えの車がアンカレッジを出発すると、すぐに眠ってしまった。町に着くまで、アラスカの景色を自慢しようとしていた市長は、ひどく落胆した。

忍はシアトルの空港で研一を出迎えたが、彼と二人きりで話すことができず、議員や水産庁職員がいる前で、他人行儀の挨拶を交わしただけだった。その後アンカレッジまで、一行と同じ飛行機に搭乗した。研一の座席は忍と同じ列の窓側で、通路を挟んで隣り合っていた。会うのは十か月ぶりだから、留萌のことや会社のことをいろいろ聞きたかった。けれども彼は隣の佐伯と話すのに忙しく、忍が目を向けても気づいてくれなかった。議員と話している研一が、見ず知らずの他人のような気がした。

　やがて車の行く手に、スワードの町と港が見えてきた。瓦礫の撤去はだいぶ進んだようだが、アラスカ鉄道の線路はまだ無残な姿を晒したままだ。

　町に入る橋の手前に差し掛かると、正秀は急に車を徐行させた。

「そろそろだな」

　顔を突き出し、フロントガラスの向こうに目を向けている。

「いましたよー」

　彼は嬉しそうな声で言うと、ゆっくり車を停めた。

　車が停まるのと同時に、海に下りる階段から、リリアが飛び出してきた。彼女の後ろにアニタの姿も見えている。人数はつぎつぎに増え、最後は橋の上に三十人以上が横一列に並んだ。みんなは加工場を抜け出してきたらしく、会社の作業衣を着けていた。

「シノブ、シノブ、シノブ」

　両手を上げて、飛び跳ねながら、大声でシノブコールを繰り返している。

「忍さんが来ることは、今日まで内緒にしました。電話をしたのはアンカレッジ空港を出る時だったから、歓迎のボードは間に合わなかったみたいですね。でもその方がいいのです。ボードに忍さんの名前しか書かれていなかったら、後ろの人たちが面白くないからね」

　正秀の言葉が終わる前に、忍は車の外に飛び出していた。両手を大きく広げると、両目から涙の滴を飛ばしながら、橋を目がけて走っていた。

市庁舎の三階にある会議室は津波の被害に遭わなかったから、ここが会場になって、その夜一行の歓迎会が催された。大津波からまだ二か月も経っていないから、家を失った被災者のことを慮って、飲み物はビールとワインだけで、食べ物はサンドイッチとオードブルだけの質素なパーティーだった。

始まって一時間ほど経った頃、忍はトイレに立った。トイレから出ても、会場には戻らず、玄関から外に出た。ゆっくりした会話しか理解できない身としては、早口の英語を聞いていても仕方がない。庭の芝生は枯葉や泥にまみれていたが、庭園灯の下には白塗りのベンチが置いてあった。五月中旬と言っても、海のそばは夜になると寒いくらいにひんやりする。彼女はベンチに腰を下ろすと、上着の襟を立てて体を縮こませた。庁舎は港の真ん前にあるから、夜の海がよく見える。流れゆく雲の間から、月が顔を覗かせると、海の上に月光の道が現れた。港から沖に向かって一直線に、黄金色の反物が延べられている。

しばらくすると、玄関の方から人の声が聞こえてきた。振り向くと、こちらに向かう二つの人影が見えた。前を歩く人間がこちらを指さした。

「あそこ見て。忍さんがベンチに座っているよ」

声の主は正秀だった。彼の後ろにいるのは研一らしい。

「まーちゃんは、彼女がここにいること、よく分かったね」

感心した口ぶりの、研一の声が聞こえた。彼らは昔から「まーちゃん」に「けんちゃん」と呼び合っている。忍がベンチから立ち上がって待っていたら、正秀が研一の背中を押しながらやって来た。外灯を反射した大きな目が、番の蛍みたいに煌めいている。彼は研一に向かって、子供を叱る父親みたいに言った。

「忍さんに訊きたいことを、正直におっしゃい」

研一は拳を振り上げると、「こんなところで言わなくてもいいのにー」と抗議した。

正秀はこちらに体を向けたまま、素早く何歩か後ろに下がると、片手をひょいと上げた。

「御両人様。私は戻るね。二人のことを訊かれても、上手く言っておくからご心配なく」

言い終わると、回れ右をしてすたすたと玄関の方に戻っていった。

忍があきれ笑いをしながら正秀の後ろ姿を見ていたら、研一がそばに来て頭を下げた。

「中畑さん。長らく御無沙汰していました。お会いできてうれしいです」

忍のことを「中畑さん」と呼ぶ時は、彼はまだ他人行儀だ。

忍も両手を膝に当てて、丁寧に辞儀をした。

「私も、黒田さんの元気そうなお顔を見られて嬉しいです。勝男さんから、突然こちらに来られることを聞いた時は、本当にびっくりしました」

「私も驚きましたよ。突然三木さんから電話が来て、アラスカに新しい水産会社を作るから、そこの社長になってくれませんか、と言われた時は、卒倒しそうになりました」

研一は大げさに顎を上げると、体をのけ反らせて、後ろに倒れる真似をした。

忍はさっきから訊きたかったことを口にした。

「私たちは八月に帰国しますが、黒田さんはそれまでに、もう一度ここに来られますか?」

「残念ながら、入れ違いになりますね。今度来るのは多分九月頃でしょう。その後も工場ができるまで、年に二回くらいは来なければなりません」

彼は言った後で、急に真面目な顔になると、口調をがらりと変えた。

「アラスカ地震の時は、おっかなかったでしょう？」

子供を案ずる父親みたいな目で、忍の顔を覗き込んだ。二人きりになると、安心したのか北海道弁が飛び出した。

「留萌の大火の時より、おっかなくなかったですよ」

忍も北海道弁で返事をした。二人を取り巻く堅苦しい空気を、一秒でも早く和らげたかったから、意図的に火事の話題を持ち出した。

「あの時はねー。ドジをして忍さんに火傷をさせてしまった」

ようやく研一の口調が柔らかくなり、「忍さん」と言ってくれた。

「火傷の話はもういいです。こちらでは、おぶって病院まで連れていってくれる人がいないから、私は地震の時、地面に伏せて、必死で耐えていましたよ」

忍は「こんな風に」と言って、指を直角に曲げて地面に爪を立てた様子を再現した。

研一は目を海の方に向けると、遠くを見るような目つきをした。

「忍さんを背負って走ったのは、今から六年も前のことなんだなー」

この時とばかりに、忍は訊いた。

「さっき正秀さんが、正直におっしゃい、と言っていましたが、何のことですか？」

研一はぎくりとした顔をすると、下を向いた。しばらく無言でいたが、顔を上げると教えてくれた。

「忍さんは一生結婚しないつもりなのかなー。……正秀さんにこう言ったんです」

彼は忍の顔をじっと見つめた。今の言葉に対する彼女の反応を、見逃すまいとしているように、視線を逸らさない。大きく見開いた目が、外灯の光を反射して鋭く光っている。

忍は言葉を失った。い。二人が黙り込んだので、防波堤を叩く波の音がここまで聞こえてきた。

しばらく経って、ようやく忍は話し出した。

「お母さんはこれからもずっと、お父さんのことを待っているの？　……シアトルに来る船の中で、悠里からもこんなことを訊かれました」

研一が首をぐいと突き出した。

「それで、忍さんは何て答えたんですか？」

「すぐには答えられなかったので、黙っていました。すると、あの子はこんなことを言ったんですよ。……僕に義理立てすることはないよ。お母さんは好きな人ができたら、いつでも結婚していいからね。お母さんが誰と結婚しても、僕の父親は変わらないから」

聞くなり、研一が目をまん丸にした。

「そんなことを言ったんですか」

「そうなんです。私も驚きました。子供って、親が見ている以上にしっかりしていて、割り切った考え方をするものなんですね」

忍は答えてから、海の方に目を向けると、突然泣き出しそうな顔をした。

「でも、でも、この頃、夢に現れる彼の顔がだんだんぼやけていって、最後には誰の顔なのか分からなくなるんです。そのことがとても恐ろしくて」

外灯の光が醸し出す雰囲気のせいなのだろうか。それとも相手が久しぶりに会った研一だからだろうか。今夜の忍は、自分の気持ちを正直に打ち明けた。これまで心の奥底に溜め込んでいたことを、何のためらいもなく、口からすんなり吐き出した。

研一が、聖地を目指す巡礼者に似た、思いつめた目つきになると、忍の目を覗き込んだ。

「僕は待っています。忍さんの夢に現れる顔が黒田研一の顔になるまで、何年間でも待っています。忍さん。このことをしっかり覚えていてください」

彼が言い終わった後も、言葉の余韻がしばらく辺りに響き渡っている。やがて心地よく震えながら、海の方へ消えていった。

忍はやにわに研一の胸に飛び込むと、声を上げて泣き出した。背中を震わせ、泣きじゃくった。こんなに泣いたのは行方知れずになっていたユーリと再会した時以来だ。泣きながら、「今となっては、自分の涙を見せてもいいのはこの人だけだ」と思っていた。両目から涙が零れるたびに、彼女を抱いている研一の腕が力を増した。

五日間に渡る調査も終わり、研一たち一行が帰国する日を迎えた。新会社の設立計画は大部分が煮詰まった。社長の人事に関しては、三木は勝男の意見を取り入れて、初めから研一に決めていた。しかし副社長は決まらなかった。研一が電話で三木に相談したら、「社長が決まっているんだから、副社長の方は慌てなくてもいいですよ。新工場が完成するのに間に合わせて、ゆっくり時間を掛けて、よい人を選んでください」との返事をもらった。

肝心の工場については、初めは城間水産の加工場に新しい設備を導入することも検討されたが、結局最後にはもっと広い新工場を建てることに決まった。工場用地は城間水産に隣接する草地が選ばれ、ここを整地してから使うことになった。全域がスワード市の所有地で、無期限無償貸与という特別措置が取られる予定だ。

こうしてスワード市に、日米合弁の新会社が誕生することになった。社名は「極光水産」に決定した。この名前は忍が提案したもので、極光というのは彼女たち母子が大好きなオーロラの和名だ。英語の名称は「キョッコウ・フィッシュ・カンパニー・オブ・アラスカ」となった。アラスカには、水産物をアメリカやカナダに向けて出荷している会社はいくつもある。後発となる会社が競争に参入しても勝ち目がないから、極光水産は、最初から日本にターゲットを絞り、冷凍鮭、筋子、イクラ、身欠きニシン、無漂白数の子などを主要な製品として輸出することを決めていた。

第十八章　国境の海

忍と悠里がアメリカから帰国して、三年目の夏を迎えた。悠里は現役で北大の理類に合格し、学部の三年目になっている。赤塚教授に言われたように、今秋から理学部の地球物理学科に進むつもりだ。

極光水産の新工場は今年の一月、ようやく完成した。投資額のうち、五十万ドルは日本政府による災害復興支援無償資金によって賄われた。残りの三十万ドルについては、黒田水産が十万ドルを出資し、二十万ドルをアラスカ銀行が出資した。正秀が忍と一緒にアンカレッジに行って、銀行の頭取を説得したお陰だった。

極光水産の社長には、予定通り研一が就任した。副社長については、研一は正秀に頼んだが、その正秀は忍が適任だと言い張った。彼の言い分は「新工場でも、働き手の主力は先住民族の女たちが担います。忍さんが副社長なら、彼女たちは喜んで一生懸命働きます。なによりも、アラスカ銀行が出資を決めたのは、私が、副社長は忍さんの予定です、と言ったからです」というものだった。結局、アラスカ銀行の副頭取を務めるジェームス・ワーナーと共に、忍が副社長に推薦された。それでも忍は「副社長が二人いるのはおかしいです」と固辞したが、正秀に「アメリカでは副社長が二人いる会社は珍しくありません」と押し切られた。

その正秀のことだが、研一を助けて不眠不休で働く彼を見て、当初町の住民たちは、「城間社長が極光水産の副社長になる」と噂していた。しかし正秀は、初めから新会社の副社長になる気はなく、忍を副社長にするように研一を説得した。忍には「沖縄から来た父は、海岸で拾った海藻を食べて、苦労の末に会社を興しました。この城間正秀は死に際の父に、城間水産を絶対に手放さない、と約束したんですよ」と固い決意を話してくれた。極光水産ができた今も、彼が城間水産の社長を務めている。

忍が副社長になることを知ったリリアは、極光水産に移りたいと工場長に願い出た。工場長は、初め彼女を慰留したが、本人の意志が固いことを知ると、最後はあきらめて、「リリアならどこに行っても立派にやれる。向こうでも頑張れよ」とエールを送った。彼女と仲がよかったアニタたち十四人の女も、後を追いかけるように、極光水産に移っていった。

忍は一月に、副社長として新工場のオープニングセレモニーに出席すると、すぐに日本に戻り、その後はずっと留萌で暮らしていた。黒田水産では新しいプロジェクトが進行中だから、これが終わるまで日本を離れるわけにはいかなかった。後しばらくは、日本の会社とアラスカの会社を兼務しなければならない。

七月も末になり、短い留萌の夏は終わろうとしていた。そんなある日の夕方、忍宛てに一通の手紙が届いた。メールボックスの前で封筒の裏を見たが、差出人の名前は書かれていなかった。改めて封筒の表を見ると、根室汐見郵便局の消印が押されている。根室に知り合いはいなかったので、首を傾げながら部屋に戻った。

ダイニングルームに入ると、立ったままで手紙を開封した。中には便箋が二枚入っていた。真っ先に手紙の最後を見ると、「川本春男」と書かれている。忍の手が震え出し、便箋が落葉みたいな音を立てた。悠里が小さかった頃、ユーリの消息を知るために、川本にロシア語で手紙を書いてもらったことがある。その時を最後に、彼とは会っていなかった。

〈ユーリの情報に違いない。よい知らせだろうか。それとも……〉

忍は手紙を読むのが恐ろしかった。しばらくは読むのをためらっていたが、気を落ち着けようと思い、目を瞑ると、大きく深呼吸をした。それから目を開くと、思い切って手紙を読み始めた。

中畑忍様

忍さん、お元気ですか。長らくご無沙汰して、申し訳ありません。

私は家内と死別したのを機に、留萌から根室に引っ越しました。子供はいないので、気ままな一人暮らしです。今はレポ船のまとめ役をやっていて、根室港と北方四島の間を自由に行き来しています。「レポ船とは何ぞや」については、話すと長くなるので、今日は割愛して用件のみをお伝えします。

どうか喜んでください。そして安心してください。ユーリ君は今も元気で、ユジノサハリンスクにあるソ連極東軍の情報部に勤務しています。今春歯舞《はぼまい》諸島の志発《しぼつ》島に上陸した時、私は国境警備隊の兵士を買収しました。その兵士のお陰で、これまで何回も電話でユーリ君と話すことができました。以下に、その時に聞いたことを報告します。

ユーリ君は終戦の年の十月に、北海道潜入の命令を受け、北見枝幸《えさし》に上陸しようとしました。けれども悪天候で船が難破し、目的を果たさないまま帰還しました。そのひと月後に、「中畑忍は小笠原丸に乗船したが、船が沈んだので死亡したと思われる」という情報を軍から入手しました。私が、「忍さんも息子の悠里君も元気で暮らしている」と知らせると、彼は泣いて喜んでいました。すぐに休暇願を軍に出し、来月国後《くなしり》島に来ることになりました。この島までは、ユジノから飛行機が飛んでいます。そこで私は、彼が忍さんと悠里君に会えるように、手筈を整えました。僅かの時間ですが、三人は船の上で会うことができます。

そんなわけで、忍さんは悠里君と一緒に、根室駅前にある錦旅館に来月五日の夜から四泊連泊してください。二人は滞在中に、ユーリ君に会えるはずです。彼と会う日がいつになるのかは、ソ連の国境警備隊や日本の巡視船の動向を調べてから決めるので、今は未定です。日時が決まったら、前日に連絡し、当日の朝私が車で旅館に迎えに行きます。旅館には、電話で宿泊予約をしてください。忍さんから電話があれば、宿の主人が私に知らせることになっています。宿の主人は奥田浩二といって、私の親友で、信用のおける男です。

それでは根室で会いましょう。

川本春男

忍は読み終わると、何度も何度も自分に言い聞かせた。

「ユーリに会えるんだ。ユーリに会えるんだ。……」

初めは、驚きが喜びに勝っていたのか、嬉し涙は出てこなかった。けれども、ユーリの顔が浮かび上がり、オタスの思い出が蘇ると、涙が瞼に膨れ上がって一気に唇まで流れ落ちた。

〈これは夢の中の出来事だ。だから手紙は消えてしまうかもしれない〉

不安になったので、目を瞑ると、便箋を胸にしっかり抱き締めた。

しばらく経って目を開いた時、便箋が消えずに残っているのを見たら、窓を全開して留萌中の人間に知らせたくなった。

レポ船とは「レポートをする船」の略称だ。この船は日本の港湾施設や海上保安庁の情報、主要な新聞や雑誌を、定期的にソ連の国境警備隊に提供している。時には警備隊の兵士が要求するテレビ、ラジオ、ステレオセット、果てはオートバイまで与えることもある。その見返りとして、ソ連領海内での操業や北方四島に上陸することを認めてもらっている。

忍はレポ船のことを何も知らなかったが、そんなことはどうでもよかった。川本を信頼していたから、彼が「ユーリに会うための手筈を整える」と言っただけで充分だ。以前手紙でソ連軍に問い合わせてもらった時は、ユーリの情報は得られなかった。それから十年も経っているのに、川本は忍のことをずっと気にかけていたのだ。妻に死なれて、辛い境遇のはずなのに、自分のことを脇に置いて、他人を気遣っている。そんな彼の思いやりが心底身に染みた。

「まず、悠里に電話をする。それから錦旅館にも電話をする」

急いでやるべきことを、口に出して言いながら、メモ帳に力強く書きこんだ。昔悠里に、「いつか必ずお父さんに会わせてあげる」と約束したことがある。この約束を果たせることが何より嬉しかった。

あっという間に一週間が過ぎて、八月五日を迎えた。早朝に留萌を出たのに、途中列車の連絡が悪く、根室に着いた時は夕方になっていた。しかし二人にとっては、短いくらいの汽車旅だった。忍はずっと、オタスの思い出やユーリのことを息子に聞かせていた。悠里は初めて会う父親のことを、いくつも質問した。

根室の駅舎から出て、旅館の場所を誰かに訊こうとしたら、悠里に腕を引かれた。息子が指差す方を見ると、道路の向こうに錦旅館の看板が見えている。二人は顔を見合わせると、大きく頷いた。

奥田浩二は六十才くらいで、目元に温かみを湛えた温厚そうな男だった。卓を挟んで、二人の向かい側に腰を下ろすと、労いの言葉をかけてくれた。

「遠いところ大変だったねー。忍さんのことは、川本さんから聞いているよ。お父さんもお母さんも、樺太で死んだんだってね。いやね、わしがびっくりしたのは、あんたは小笠原丸に乗っていたのに、死なかったことさ。あんたには強い神様が付いていて、いつも守ってくれているんだよ」

　これを聞くと、忍は「はい。私もそう思って、感謝しています」と言いながら、上着のポケットに入っているイコンを布越しに握り締めた。

　奥田は茶を淹れると、卓に載っていた菓子と一緒に二人に勧めた。

「川本さんに任せておけば安心だよ。根室の人間は、川本さんを神様のように思っているからね。彼の命令だったら、みんなは自分の命も差し出すんでないかい」

　彼は言ってから、川本の活躍を教えてくれた。


　レポ船の数が何隻なのか、正確な数を誰も知らない。恐らく三十隻は下らないと思われる。ロシア語のできる川本は、ソ連警備艇の兵士と頻繁に連絡を取り合っている。川本の指示に従うと、レポ船は根室港と北方四島の間を何の制限もなく行き来できるから、ソ連の領海内でも自由に操業できる。レポ船の水揚げ高は他の船の四倍から九倍にもなる。しかし川本は、レポ船だけで利益を独占するのを許さなかった。年老いて遠くに行けない漁師や、世帯主が怪我や病気で出漁できない家庭に、利益の一部を分与させている。だからレポ船の船長はもちろん、他の船の漁師たちも、川本のことを「根室のドン」と呼んで敬愛していた。

　根室市民の誰もがレポ船の存在を知っていたが、当局に密告するものはいなかった。レポ船が水揚げする水産物のお陰で、根室市内にはタラバガニやズワイガニが溢れ、これを目当てに来る観光客が金を落としてくれる。何より重要なことは、根室市民で被害を被っているものが、誰一人としていないことだ。それに、違反操業をしたと言っても、現場がソ連の領海内では、当局が検挙しても立件するのは困難だった。だから警察はレポ船を取り締まらなかった。

その一方で、川本は人助けもやっていた。ベトナム行きを拒否して脱走した反戦米兵を、レポ船に乗せて国後島まで運んでいる。脱走兵はこの島からサハリンに行くと、大陸に渡りモスクワを経由して、中立国のスウエーデンに入国する。これまで川本が逃した脱走兵は十一人にも上っていた。

奥田はこんなことを話し、最後に目をまん丸にして話を締めくくった。

「みんながたまげているのは、川本さんが脱走兵から一円の金も受け取っていないことさ。……日本もアメリカも国の面子ばかり考えて、国民のことをないがしろにしている。俺は、弱いものの味方だ。国境なき助け人だ。……あの人はこんなことを言っていたねー。男の中の男とは彼のことを言うんだなー」

奥田が川本のことを称賛したので、忍は身内が褒められた気がして嬉しくなった。悠里の手を握って「川本さんなら、必ずやってくれるよ。もうすぐお父さんに会えるからね」と声を弾ませた。

翌朝起きて、窓の外を見たら、重たげな黒ずんだ雲が空を覆い隠していた。いつ降り出しても、おかしくない空模様だ。奥田からは「川本さんから連絡があった時困るから、遠くへは行かないでね」と釘を刺されている。天気が悪いことも手伝って、二人は一日中部屋に籠って話し込んでいた。話題は専らユーリのことだ。悠里の近況報告や研究テーマを話し始めたのは三時を過ぎた頃だった。今度は息子が話し手になって、つぎつぎに質問する母親の相手をした。

この日は、川本から何の連絡もないまま日が暮れた。夕食には、朝獲れたばかりの花咲ガニが二ハイも出て、母子を驚かせた。毛ガニやタラバガニなら留萌で何度も食べていたが、花咲ガニは見るのも食べるのも初めてだった。外観はタラバに似ているが、毛ガニとはまったく違っている。大きさはタラバよりも小さいが、甲羅にある刺はより長かった。茹で上がると、色が鮮やかな赤色になり、オレンジ色のタラバに比べると、ずっと美味そうに見える。実際に食べてみると、タラバより濃い味がして、甘みも強く感じられた。しかし忍は「味が濃くて、くど過ぎるね」と言って、足を二本食べただけだった。悠里は「僕は美味いと思うけどな。美味さの順序は、毛ガニ、花咲ガニ、タラバガニだと思うよ」と結論した。

二人はこれまでの疲れが溜まっていたので、食事を済ませると、風呂に入ってから早寝することにした。忍が部屋の灯りを消した時、先に布団に入っていた悠里が話しかけた。

「お母さん。川本さんって、すごい人なんだね。昔おじいちゃんの工場で働いていたんでしょ。前からそんな親分肌だったの？」

「そうだったみたいだよ。……そうだ。おじいちゃんから聞いた、面白い話を教えてあげるね」

忍はこう前置きして、悠里の隣に敷かれた布団の中に体を入れると、昔佐久間から聞かされた川本の武勇伝を話し出した。

川本は勤勉なうえ人を束ねることが上手いので、佐久間のカニ缶工場では工場長を務めていた。昭和十八年になって日本の戦局が厳しくなると、臨時の招集があり、工場で働く二十二才の男にも赤紙が届けられた。この時ばかりは川本も覚悟をしたが、とうに三十才を過ぎていたからなのか、運よく招集を免れた。そのまま終戦を迎え、佐久間たちを北海道へ送り出し、自分は樺太に残留した。侵攻してきたソ連軍は川本に操業の続行を命令した。敷香の町は焼け野原になったが、町から離れていたカニ缶工場はほとんど無傷で残っていた。

九月になると、川本は突然配置転換を命じられた。驚いたことに、異動先は敷香から列車で十四時間以上もかかる、能登呂村の菱取漁港にある水産加工場だった。サハリン島を「北を向いた鮭」に例えるならば、能登呂村は左側の尾鰭に位置するから、北海道に最も近い村と言える。転勤の理由は「有能な川本に菱取の加工場を任せ、生産性を上げる」というものだったが、本当の理由は川本をカニ缶工場から引き離すことだった。人望の厚い川本が部下たちに命令すれば、ストライキやサボタージュを起こすのは簡単なことだ。それればかりか、軍施設に対する破壊活動を指揮するかもしれない。ソ連軍はこのことを恐れていた。

ある日川本は、加工場で働いている高見という男から「私は村長から、船を操縦できる責任感が強い男を探してくれ、と頼まれています。川本さんを男と見込んでお願いします。どうかこの役目を引き受けていただけませんか」と懇願された。高見は菱取から七キロ南にある芳内という漁村の出身だ。詳しく話を聞くと、「村長が村を捨てることを決断して、女や子供だけでも漁船に乗せて北海道へ脱出させようと計画しています。船はもう村長が用意して、秘密の小屋に隠してあります。脱出希望者は百人以上もいますから、乗せられるだけ乗せて北海道に行って欲しいそうです」と説明した。ソ連占領下の樺太では、残留婦女子は地獄の日々を送っていた。毎日のようにソ連兵が家に押し入り、若い女は家族の前で強姦された。あるものは連れ去られ、二度と家には戻らなかった。女はみんな髪の毛を切り、坊主頭になって、胸に晒しを巻いて身を守っていた。それでもソ連兵は、昼間のうちに女のいる家に目星をつけて、暗くなると押し入った。

話を聞いた川本は「よし。分かった。日本の国はまるで頼りにならない。待っていたらいつまで経っても、日本へは帰れない。俺が命に賭けてもみんなを北海道に運ぶから、安心しろ。このことを村長に伝えてくれ」と引き受けた。彼は漁師の息子だったから、十才頃から一人で船を操っていた。高見は感涙して、村長から預かった謝礼と支度金を差し出した。けれども川本は「みんなの涙と汗を吸った金を受け取るわけにはいかない」と言って、きっぱりと拒絶した。

計画は十月初めの夜に実行された。川本は暗くなるのを待って、秘密の小屋から船を砂浜に出すと、浅瀬に浮かべた。当時の船は焼玉エンジンを使う発動機船だから、準備が大変だった。重油バーナーを使って、真っ赤になるまで焼玉を熱しなければならない。しかしバーナーの炎がソ連の監視兵に見つかると、直ちに銃撃される。川本は船を筵で覆うと、自分も中に入って、油煙で目を真っ赤にし、せき込みながら作業を続けた。やがて焼玉が真っ赤になると、川本は外にいる高見に「もういいぞ。みんなを連れてきてくれ」と知らせた。

高見が走って小屋に行き、引き戸を開けると、待っていた女たちが中から飛び出した。暗闇の中、船を目がけて転がるように砂浜を走った。全員が女だけで、小さな子供の手を引くものや赤ん坊を抱いているものもいた。船が小さいから、甲板はすぐにぎゅうぎゅう詰めになった。ほとんどが中腰のままで、自分の膝に他人の尻を乗せている。それでも、全員を乗せるのは無理だった。川本は「まず病人、年寄り、赤ん坊や子供を連れた人が先だ。稚内に着いてみんなを下ろしたら、すぐに迎えに来るから、乗れなかった人は小屋に隠れて待っていてくれ」と言って、二十数人を船から下ろして、高見に引き渡した。出港した後、上手く監視船の目を逃れても、人数が多過ぎて船が沈没したら元も子もない。

船が芳内の浜を出発した時は、八時を過ぎていた。二時間くらいすると、雨が落ちてきた。風も出て波が高くなり、船の揺れがひどくなった。赤ん坊は母親の背中にしっかり帯で括られ、子供は紐で船の金具に結びつけられた。女たちは船縁にしっかり掴まっていたが、船が大きく上下すると、体が持っていかれそうになる。そのたびに、あちこちから悲鳴が上がった。みんなは筵を被って、雨と波しぶきから身を守っていた。波の間から、ソ連の監視船の灯りが見えた時、誰かが「見つかったー。殺されるよー」と泣き叫んだ。

数時間が経って、空がぼんやり明るくなると、行く手に陸地が見えてきた。川本が「北海道だぞー。北見枝幸の海岸だ」と教えると、すぐ後ろにいた女が「わー。日本が見えたよー。助かったよー」と嬉しそうに叫んだ。船の後ろを見ても、監視船は見えなかった。夜通し追いかけてきたが、途中であきらめて引き返したようだ。それとも、こんな荒海では、北海道に着く前に途中で沈むと思ったのかもしれない。脱出成功を祝福するかのように、雲が晴れて、朝日が船に射し込んだ。みんなの顔にようやく笑みが零れ、万歳の声が湧き起こった。

陸地を左手に見ながら北上すると、昼過ぎに稚内港に入港した。川本は全員を下ろすと、握り飯を食べた後、燃料を積み込み、船のエンジンを始動した。燃料を届けに来た男が「少し眠ればいいのに」と勧めると、「みんなが待っている。俺はすぐに戻ると約束した。あの小屋がソ連兵に見つけられたら、みんなは殺される。寝ている暇なんかないべ」と反論し、そのまま芳内の浜に取って返した。

翌日の夜、川本は乗り損ねた女たちを連れて無事に稚内に戻ってきた。こうして二度の大役を果たすと、その週末に彼は実家のある留萌へと列車で向かった。

忍は話し終わると、横を向いて息子に声をかけた。

「ね、悠里。川本さんって、清水の次郎長親分みたいでしょ。義理がたくて、弱いものを助け、強いものには反抗するから。そう思わない？」

忍が訊くと、少し遅れて悠里が返事をした。

「……そうだね。だけどそんな人、……この頃少なくなったよね。政治家になったらいいかも……」

彼の話し方は間伸びして、言葉の最後はよく聞こえなかった。

忍は天井から下がっている常夜灯を見つめながら言い足した。

「川本さん、奥さんが亡くなって可哀そうにね。……あ、そうだ。今、思い出した。彼の奥さんになった人は、船で逃げた百三十四人の中の一人なんだよ。命がけで脱出させた女と結ばれたなんて、映画みたいだと思わない？」

言い終わると、悠里の返事を待っていた。

しかしいくら待っても、何も返ってこなかった。彼女は上半身を起こすと、悠里の顔に目を近づけた。深い寝息が聞こえてきた。すっかり寝入ってしまったようだ。無理もなかった。彼は出発の前日に、札幌から留萌に着き、その夜はほとんど徹夜をして、父に渡す手紙を書いていた。

翌日は、前日とは打って変わって快晴になった。ラジオの天気予報が、「これから二、三日は晴天が続くでしょう」と報じている。二人は朝食を終えると、散歩に出ることにした。出がけに奥田から、「根室の名物は花咲ガニだけじゃないよ。エスカロップも有名だよ。ちょうどいいから、昼になったらニューモンブランに寄って食べてくるといい。いいかい。絶対に食べるんだよ」と念を押された。忍が「エスカロップって、どんな食べ物ですか?」と訊いても、彼は人差し指を唇に当てて、「ヒ、ミ、ツ。食べてからのお楽しみ」と言って教えてくれなかった。

忍は一度玄関を出たが、思い直して、カーディガンを取りに部屋に戻った。根室は港町だから海風が強く、八月初めなのに、半袖では肌寒さを感じる。

先に出て待っていた悠里が提案した。

「港まで行ってみようか。さっき奥田さんから、道順を教えてもらった」

「私もそう思っていたところ」

忍は言ってから、悠里と並んで歩き始めた。

根釧国道を東に向かってしばらく進み、左折して花咲町通りに入ったら、ずっと向こうに海が見えた。港町に坂道はつきものだが、留萌や小樽と違って、急坂ではなく緩やかな下り道で港につながっている。根室半島は、オホーツク海と太平洋の二つの海に挟まれている。根室市は半島の内陸に位置するから、どちらの海にも港を持っている。オホーツク海側の根室港と太平洋側の花咲港の直線距離は、わずかに五キロ程度だ。

雑談しながら歩いたら、二十分ほどで港に着いた。岸壁に立って沖を見ると、すぐ前に扁平な弁天島が浮かんでいた。周囲が一キロ少しの小さな島だが、立派に防波堤役を果たすので、根室港は天然の良港となっている。島の真ん中には、高田屋嘉兵衛にゆかりのある市杵島《いちきしま》神社の赤い屋根が見えている。

港には三隻のサンマ船が係留され、出漁の準備をしていた。甲板を見ると、海に向かって突き出た何十本もの棒に、集魚灯がぎっしり装備されている。悠里が「七夕飾りみたい」と呟いた。サンマは、今太平洋側で獲れているが、後五日もすればオホーツク海にも回遊してくる。

忍はカーディガンの胸元を合わせると、ぶるっと身震いした。

「さすが根室だよね。晴れているのに、寒くなってきた」

「それじゃ、駅の方に戻ろうか。ニューモンブランは駅のすぐそばだよ」

忍は頷くと、回れ右をした。

歩き始めてすぐに、悠里が忍の顔を見た。

「あ、そうだ。途中で、リンドバーグの歓迎会が開かれた所を通っていこうか」

「えっ。リンドバーグって、あのリンドバーグのこと？」

息子の言葉に、忍は驚いて足を止めた。世界初の無着陸大西洋横断をした飛行士と根室の地名が、どうしても結び付かなかった。

「そうだよ。チャールズ・リンドバーグのこと」

「へー。知らなかった。その話教えてよ」

催促すると、悠里は歩きながら話し始めた。

「昭和六年の八月に、彼は奥さんと二人で、ニューヨークを出発して、アラスカ、アリューシャン列島、千島列島を通って、根室に来たんだよ。前の日は霧が深かったから、国後島に下りたんだって」

「そうだったの。だけどその頃、根室とか国後島に飛行場があったの？」

「乗ってきたのはシリウス号で、水上飛行機だから、港に着水したの。見物人が沢山で、すごかったんだって」

「悠里はよく知っているね。誰から聞いたの？」

「中学生の時、学校の図書館にあった本で読んだ」

忍は会話しながら、別のことを考えていた。例え船上で短時間でも、年に一度ユーリに会えるのなら、アラスカに行かないで、このまま北海道で暮したくなった。極光水産の話を断り、黒田水産も辞め、根室の水産加工場に就職するのが一番だ。今となっては、根室がユーリに最も近い場所だった。

「お母さん。着いたよ」

悠里の声に、忍は我に返った。右手を見ると、ときわ台公園の芝生が広がっていた。

彼は公園の中を指差した。

「昔ここにあった公会堂の中で、リンドバーグ夫妻の歓迎会が開かれたんだって」

「ここでやったのー。きっと大騒ぎだっただろうね」

それから二人は黙り込んで、公園の中を見ながら当時のことに思いを馳せた。

しばらく経って、悠里が腕時計を忍の顔に近づけた。

「もう十一時半だよ。そろそろニューモンブランに行こうか。お腹がすいた」

二人は駅に向かって歩き始めた。

昼食を済ませ、喫茶店を出ると、二人は宿に戻ることにした。正直言って「エスカロップ」にはがっかりさせられた。デミグラソースのかかったビーフカツが、ナポリタン風のスパゲッティの上に載っているだけの料理だった。悠里が「へー。これが根室名物なの。これなら、別々に注文しても変わらないよね」と小さな声で言った。忍は苦笑いしながら、「そんなこと言ったら駄目。奥田さんに悪いから、訊かれたら、美味しかったです、って言うんだよ」と注意した。

二人が旅館に着いて、玄関で靴を脱いでいたら、奥田が「やっと戻ったかー」と言いながら走り出てきた。

「さっき、川本さんから電話があったよ。明日の朝八時に迎えに行くから、準備をして待っていてくれって」

忍は片方の靴を脱いだままで、顔を上げた。

「明日ですか？」

「そうだよ。海の上は寒いから沢山着込んでくるように、って言っていたよ」

忍たち母子は急に話を止めた。動作が慌ただしくなり、靴を揃えるのももどかしく、小走りで部屋に戻った。

八月八日の朝も、根室の空は快晴になった。忍は一晩中ユーリに会うことばかり考えていたから、眠った記憶がなかった。一番の問題は、オタスで預かったイコンをユーリに返すか否かということだった。彼は別れ際に、「今度会った時に返してもらう」と言っていた。あの時二人は、「留萌で再会し、そのまま結婚して、新たな人生を歩み出す」と信じて疑わなかった。しかし明日は、同じ「会う」と言っても、船上で短時間会うだけで、その後すぐに別れなければならない。イコンが家族の絆であることを考えると、イコンを返してしまったら、この先ユーリには二度と会えなくなる気がした。明け方まで悩んだ末、今回はイコンを返さないことに決めた。

悠里もよく眠れなかったらしく、起きた時は腫れぼったい瞼をしていた。ありがたいことに、奥田は気を利かせて、朝食の時間を三十分早めてくれた。

食事を終え、支度を済ませて待っていたら、八時少し前に川本が現れた。短い挨拶を交わした後、早速三人は出発した。今日のことは手紙に書いてあったからなのか、彼は詳細を語らなかった。迎えに来た車は青色のトヨタ・ハイエースバンだ。運転席の横に二人分の座席があり、後ろは貨物室になっていて、ここには無線機を始めとした、各種機材が積み込まれていた。これを使って、海上の船と連絡を取り合っているのだろう。

出発してすぐに、根室港が見えてきた。直進すると思ったら、車は港の手前で右折するとスピードを上げた。

忍は怪訝な目つきで川本の顔を見た。

「根室港じゃないんですか？」

「根室港には日本の巡視船がいるから駄目。もっと淋しい小さな漁港から出るんだよ。そこなら、絶対に見つからない」

川本は前を向いたまま、自信たっぷりな口調で答えた。もう五十代の半ばになっているはずだが、見かけは四十代後半にしか見えない。顔は潮焼けして、留萌にいた時より精悍な面構えになっている。これまで何度も危ない目に遭ったことのある、冒険家の顔つきだった。

信号が赤になった時、川本は忍の頭越しに悠里に話しかけた。

「悠里君。お父さんに会ったら、一番先に何を話すのさ」

「時間がないと思ったので、手紙を渡すことにしました」

悠里は顔いっぱいに笑顔の花を咲かせると、手紙が入っているジャンパーの胸ポケットを叩いて見せた。

川本は前を向いたままで、大きく頷いた。

「それはいいね。船の上では三十分くらいしか話せないだろうから、手紙を渡すのはいい考えだよ」

車は市街地を出ると、左手にオホーツク海を見ながら海岸沿いの道をひた走った。朝の九時前だとは言っても、対向車がほとんどいないことに驚いた。水平線の上には、国後島が知床連山と重なって見えている。沖に白波は見えず、風もほとんどないから、船を出すには絶好の日和だった。

〈あの島から、もうすぐユーリの乗った船が出発する〉

国後島を見ていたら、ユーリと結ばれた時のことが思い出されて、忍の胸は全力疾走した後のように高鳴り始めた。心臓の音が隣の二人に聞こえているかもしれない。

十分くらい走った頃、川本は速度を落とすと、前方を指差した。

「この辺りが北方原生花園だよ。今はエゾカンゾウと菖蒲だけしか咲いていないけど、七月には、もっと一杯花が咲いていたよ」

川本の言葉が、場違いなくらいにのんびりして聞こえた。レポ船の上で離散家族を会わせることなど、彼にとっては特別なことではないのだろう。ひょっとしたら、二人の緊張をほぐすために、意図的に花の話題を出したのかもしれない。

窓の外を見ると、海側一面が花畑になっていた。草原をカンバスにしてオレンジと紫の絵の具が塗りたくられている。いつか日を改めて再訪し、花に埋もれて弁当を食べたい気がした。道路の南側は牧場になっていて、何頭もの牛が草を食んでいる。走っても、走っても、牧場の棒杭は続いていた。こんなにたくさんの牛を見たのは初めてだった。

「人の数より牛の数の方が多いのかな」

「その通りだよ。根室は漁業だけと思ったら大間違い。酪農もすごいんだよ」

悠里の言葉を聞き付けた川本が、少し誇らしげに言った。

雄大な風景を見ながら、川本の話を聞いていたら、三人でドライブしている錯覚を覚えた。これから船に乗って、国境の海でユーリに会うことが現実のことだとは思えない。

それからしばらく走ると川本が道路の右手を指差した。

「あれが、トーサムポロ沼。あの沼の入り口が小さい港になっているんだよ」

「トーサムポロって、アイヌ語なんですか？」

「そう。沼のそばの広い場所という意味らしいよ」

彼はすぐに、忍の疑問に答えてくれた。

トーサムポロ沼は周囲が三キロくらいで、川の途中にできた沼ではなく、直接海とつながっている汽水湖だ。海に面する部分がカギ状で、船を泊めるのに好都合だから、ここを護岸して小さな漁港ができている。

車は橋を渡ると、左折して砂利道に入り、大きく回り込んで岸壁で停止した。港には十数隻の小型の漁船が係留されていた。車を下りると、川本は二人を一番海側に係留されていた第八和光丸に案内した。船には漁師らしい二人が乗り組んでいた。彼らは川本と打ち合わせをした後、忍たちの前に来て挨拶をした。


第八和光丸は港を出ると、北西に向けて全速力で航行した。国後島が次第に近くなってくる。さっきからずっと川本は操舵室に入って、無線のマイクを片手に、連絡を取り合っている。一時間半ほど進むと、日ソ中間ラインぎりぎりでエンジンを止めた。波がないから、船の揺れは小さく、船酔いの心配はない。

忍と悠里は並んで甲板に腰を下ろし、船の舷側を掴んで、国後島を見つめていた。これからのことを考えると、緊張の余り、言葉が出てこなかった。

やがて真正面に白い船が現れると、白波を立てて近づいてきた。川本がそばに来ると、「レポ船の日照丸だ。あれに乗っているんだよ」と教えてくれた。忍は悠里の手を取ると、無言で強く握りしめた。

日照丸は真っ直ぐこちらに向かってくると、中間ラインの向こう側で停止した。その真横百メートルくらいのところでは、黒色のソ連警備艇が監視している。第八和光丸は再びエンジンをかけると、中間ラインを越えて日照丸に近づいた。ソ連の領海内に入ることは事前に知らせてあるらしく、警備艇は停まったままだった。

第八和光丸がエンジンを止めた。その後は惰性で日照丸に近づくと、二隻の船は古タイヤを挟んで舷側を接触させた。川本がロープを手にして日照丸に飛び移ると、二隻の船を結びつけた。

日照丸の後ろ甲板に座っていた男が、さっと立ち上がった。黒っぽいジャンパーを着て、フードを被っている。男はフードを取って、こちらに顔を見せると片手を上げた。

忍は男の顔を見ると、一声大きく叫んだ。

「ユーリー」

彼女は立ち上がった。

悠里も一緒に立ち上がると、「お父さーん」と呼びかけた。彼の声は余韻を残したまま青空に吸い込まれた。

ユーリは足を開き気味にして、バランスを保ちながら甲板に立っていた。息子の顔を見て、白い歯を見せた。忍の真正面に来ると、船の舷側に足を掛け、第八和光丸に乗り移った。二人の顔を交互に見ると、「元気だったか。会いたかったぞ」と言いながら、忍と息子を力一杯抱きしめた。両手が塞がって瞼を拭えないから、目から口元に向かって、涙の筋ができている。

忍は抱かれながら、ユーリの胸から顔を上げると、彼の目をじっと見つめた。そろそろと片手を上げると、骨董品を扱う手つきで、彼の顔を愛撫する。昔より日に焼けて、目元に皺ができていたが、こちらに注がれる眼差しは、オタスにいた時と同じだった。

それまで聞こえていたカモメの鳴き声が遠くなり、目の前の海がオタスを流れる幌内川に置き換わった。忍の喉元目がけて、二十二年分のやる瀬なさが言葉になって押し寄せた。けれども言いたいことが多過ぎて、どれも口まで届かない。手を動かしながら、泣いているだけで精一杯だった。

〈こうやって親子三人が抱き合えるのなら、悠里を連れてソ連に亡命しても構わない〉

忍は大それたことを考えた。離れ離れの境遇では、ユーリのことを百万回想っても、たった一度の抱擁にも敵わない。

突然乾いた銃撃音がして、日照丸の船尾近くに水柱が上がった。驚いて海上を見たら、警備艇が猛速でこちらに向かってきた。

「戻れー。戻れー」

日照丸から、切羽詰まった声がした。けたたましいエンジン音がすると、船から勢いよく黒煙が上がった。

ユーリは慌てて二人から離れると、腰をかがめたまま日照丸に飛び乗った。

忍は何が起きたのか分からなかったので、悠里の手を握って呆然としていた。

川本が素早い動作でロープを解きながら叫んだ。

「二人とも、伏せろー」

忍たちは倒れるようにして甲板にひれ伏した。その上を何発かの弾丸が風を切って飛んでいった。一発が反対側の舷側にあたり、ビーンという音を立てて横に弾け飛んだ。

忍は悠里の手を握り締め、全身を震わせていた。樺太から脱出する時、ソ連の戦闘機から機銃掃射を受けたことを思い出した。

第八和光丸はエンジンをかけ、急旋回すると、全速力で日本の領海に戻り始めた。日照丸も、白い航跡を残して、国後島に向かっていた。その後ろをソ連の警備艇が追っている。

漁港に戻って、船から下りると、川本が忍の前に来て頭を下げた。

「申し訳ない。ユーリ君が短時間だけ第八和光丸に乗り移って、家族との対面を果たすという話が、うまく伝わっていなかったんだねー」

双眼鏡で監視していたソ連兵は、ユーリが日本の漁船で逃亡を図ろうとした、と思ったのだろう。そうなればソ連軍の機密情報が日本に漏れるから、このことが上に知られたら、軍法会議にかけられる。別の可能性としては、川本から受け取った賄賂の取り分を巡って、兵士たちが仲間割れを起こしたことが考えられる。真相はどうなのか、川本にも分からなかった。

翌朝、忍たちは奥田に見送られ、錦旅館を後にした。期待が大きかった分、落胆も激しかった。二人は汽車の中で、ずっと押し黙ったままだった。

留萌に戻り、長くて重苦しい夜が明けると、悠里は寝不足のまま列車で札幌に向かった。忍も会社に行ったが、四六時中根室で見たユーリの顔が目の前に現れ、仕事に集中できなかった。帰宅して夕食の支度をしていたら、思いがけなく悠里から電話があった。

「お母さん。僕はもう立ち直ったよ。ほんの少しの間でも、お父さんに会えたんだ。僕が想像していた通りの、男らしい親父だったよ。自分の目で父親の存在を確かめられたから、根室に行ったことは価値あることだった。……こんな風に割り切ったら、気が楽になってさ。だからお母さんも、元気出しなよ。僕がオーロラ研究者になったら、お母さんをサハリンに連れていって、お父さんに会わせてあげるから、その日を楽しみにして、病気にならないように体に気をつけて暮らしてね」

徹夜までして書いた手紙を、悠里は父親に渡すことができなかった。本当は落胆しているはずなのに、そんなことは何も言わずに母親のことを気遣っている。息子の励ましは、母親の胸を熱くした。

忍は受話器を握り締め、大粒の涙を滴らせた。受話器を置くと、イコンを取り出し、聖母の顔をじっと見つめる。その顔にユーリの顔が重なった時「大丈夫。これを持ってさえいれば、彼とは繋がっているから、何時か必ず会えるさ」と言葉にして、自分を元気づけた。

それからしばらくは、ユーリの情報は何も得られなかったが、十月初めに、待ちに待っていた川本からの手紙が来た。そこには「現在ユーリ君は、ユジノサハリンスクにある軍の刑務所に収監されています。いずれ軍法会議にかけられますが、軍や国家に対する反逆罪ではなく、単なる不法出国未遂の罪に問われるので、二、三年くらいで釈放されるでしょう」と書かれていた。

手紙を読んで、忍は救われた気がした。昔ユーリから「ソ連軍は規律が厳しい」と聞いていたから、彼が銃殺刑になることを何よりも恐れていた。

第十九章　八月のイコン

　年が明けて、昭和四十三年の初夏を迎えた。極光水産は操業を始めて一年余りが経ち、会社に所属している漁船の数も、今では百隻を超えている。総額八十万ドルが投資された工場は、最新の冷凍設備を備え、スワードの町に年間六百人もの雇用を生み出した。

　研一は日本とアメリカの会社を兼務していたが、今年の三月に黒田水産を辞めてスワードに引っ越した。今では極光水産の社長業に専念している。流暢な英語を話し、もともと海外雄飛を目指していた彼だから、アラスカにある会社の社長に就任したことが嬉しくて仕方がないらしい。その証拠に、極光水産では社長と呼ばれることを厭わなかった。

　極光水産の主力製品は、何と言っても、地元で獲れる魚を原料にした水産物だ。すべての製品にはオーロラをあしらった極光水産のロゴマークが付けられ、冷凍鮭とイクラを筆頭に、鮭の缶詰めや燻製などの加工品が日本に向けて出荷されている。紅鮭の卵はイクラには不向きだから、イクラの原料としては専ら銀鮭の卵が使われている。

　製品を初出荷してすぐに、いくつもの会社から注文が殺到したので、工場は極端な人手不足に陥った。鮭の捕獲シーズンである六月から九月の期間は大学生の夏休みに重なるから、三百人以上もの学生をパートタイマーで雇用して、人手不足を解消した。鮭の遡上前には、リザレクション湾の外海でニシンが捕獲される。沖獲りのニシンは脂がのって美味なうえ、卵も新鮮だから、冷凍ニシンや無漂白数の子になって日本に輸出され、スーパーマーケットやデパートで高級贈答品として売られていた。

盆を過ぎると、急に朝晩が冷え冷えしてきた。アパートの前に植えられたコスモスの花が、風に吹かれて踊るように揺れている。

忍は朝目覚めると、布団の中で自分に言い聞かせた。

「いよいよ今日が、留萌で迎える最後の八月二十四日だ」

毎年一度はこの日が巡ってくるが、今日という日は特別な意味を持っている。

去年の十二月に研一から、「黒田水産の新プロジェクトも終わったから、忍さんはいつでもアラスカに行けますよね。会社の経営は布を織るのと同じです。社長が縦糸なら、副社長は横糸です。縦糸だけでは布は織れません。忍さんも、僕と一緒にアラスカに引っ越して、新しい布を織りましょう」と誘われた。彼の言葉に心が傾きかけたが、「申し訳ありませんが、私は遅れて行きたいと思います」と返事をした。

引っ越しを渋った理由は二つあった。一つ目の理由は北大に在学中の悠里のことだ。研一から誘われた時、悠里が大学院に進学できるか否かは分からなかった。試験を受けるのは翌年の七月だから、結果は別にしても、せめてその日まで日本を離れたくなかった。もしも大学院の試験に落ちたら、もう一年北大に残り再受験しなければならない。

二つ目の理由はユーリのことだった。根室の海で一瞬とはいえ彼の胸に抱かれたことが、忍の心に希望の火を灯した。今はサハリンで囚われの身だが、何年かしたら釈放されるのは間違いない。もう一度川本の手引きによってレポ船の上で会うことは無理だとしても、北海道に住んでさえいれば、いつかは会える気がしてきた。

こんな二つの理由があって、留萌を離れる踏ん切りがつかなかった。しかし今月初めに、悠里からの電話で「お母さん、大学院の試験に受かったよ。これで来年の四月から、アラスカ大学の大学院生だ。本当に嬉しいよ。オーロラ研究者になれば、お母さんをサハリンに連れていって、お父さんに会わせてあげられるからね」という弾んだ声を聞いた時、忍は腹を括った。このまま引っ越しを渋っていたら、悠里との距離が、今とは比べられないくらいに遠くなる。けれどもスワードに住むと、彼が暮らすフェアバンクスまでは、無理をすれば日帰りできる距離になるのだ。

それに、いくら副社長が二人いるからと言っても、仕事をジェームス一人に任せ、自分が日本にいることは、本来なら許されないことだ。これ以上引っ越しを先延ばしにすると、間に入っている研一が肩身の狭い思いをする。今は二つの会社を兼務しているから、黒田水産にも迷惑を掛けている。陰では会社の連中が「中畑さんは、こっちの仕事が終わったんだから、早くアラスカに行けばいいのに」と言っていることは忍も知っていた。

勝子は忍より二十二才年上だから今年六十六才になり、佐久間は八十一才になる。先週、帰省した悠里を連れて彼らのアパートを訪ねた時、勝子から「わしたちは二人とも元気だから、何も心配しなくてもいい。研一さんが喜ぶから、忍は早くアラスカに行け。年寄りのことは構わないで、これから未来のある若い者のそばにいることの方が、ずっと、ずっと大事だべ。来年からは悠里もアラスカで暮らすんだぞ」と発破をかけられた。こんな勝子の言葉も、忍に渡米を促した。二日間じっくり考えた末、冬が来る前にアパートを引き払ってアメリカに渡ろう、と心を決めた。

忍が朝食の洗い物をしていたら、背後に人の気配を感じた。振り返ると、悠里が北海道新聞の朝刊を手に持って、こちらを見て立っていた。夏休みも残り少なくなったから、彼は明日札幌に戻る予定だ。悠里は、母親と目が会うと唐突に訊いた。

「豊原って、ユジノサハリンスクのことだよね。お母さんはここにあった学校に通うつもりだったんでしょう」

「そうだよ。豊原の樺太師範学校に行って、将来は先生になるつもりだったんだけど、お父さんが死んだから行かなかった。だから敷香高等女学校を卒業したら、すぐにオタスで暮らし始めたの。……それで、ユジノサハリンスクがどうかしたの？」

「この新聞に出ていたんだけど、ユジノサハリンスクから市長の一行が来て、昨日旭川市と友好都市の提携をしたんだって。ソ連との間に、友好都市がもっともっと増えれば、日本人も簡単に入国できるのにね」

他に用事はないらしく、悠里はこれだけ話すと、自分の部屋に戻っていった。

息子の気持ちは痛いくらいによく分かる。やはり悠里も父親に会いたくて堪らないのだ。だから新聞を読む時も、毎日のようにソ連に関する記事を調べているのに違いない。けれども来年アラスカに行ったら、こんな北海道関連の新聞記事なんか、目にすることはできなくなる。これを考えると、彼が不憫に思えて、大きなため息が漏れた。

忍は黄金岬の岩の上に立つと、手にイコンを握り締め、海に目を向けた。陽が傾いても空は晴れたままだ。海風が潮の香りを道連れにして、心地よく吹いてくる。けれども彼女の心は沈んでいた。来年からここに来られないと思ったら、胸が切なくなる。目に涙が膨れ上がってきたので、波頭がさっきよりも大きく見えた。

イコンをポケットに戻すと、眼鏡を外して瞼に指を当てた。数年前からデスクワークが増えたせいか、年ごとに遠くの物が見え難くなり、とうとう今年の春に近視用の眼鏡を掛けた。リヤカーを引いて魚を売っていた頃は、水平線に浮かぶ船もはっきり見えたのに、最近ではぼんやりとした雲にしか見えない。三軒のメガネ店を回り、できるだけ細いフレームと小さなレンズを選んだが、それでも眼鏡を掛けると、顔がきつい感じになる。しかし眼鏡は、潮風から目を守ってくれるから、海に来る時は必ず掛けるようにしていた。

レンズの曇りをハンカチで拭き、眼鏡を掛けた時、後ろから車の音が聞こえてきた。振り返ると、こちらに向かうタクシーが見えた。車は道路の端まで来ると停止した。後ろのドアが開くと、白いシャツを着た乗客が現れた。続けて運転手も外に出て、車の反対側にやって来た。乗客の男は海の方を指差した後、運転手に腕時計を見せながら、何かを話し始めた。運転手は頭を下げると、車に入ってドアを閉めた。

男は初めから決めていたように、真っ直ぐ忍の方に向かってきた。顔を上げて、西日を真正面に捉えて歩いている。

彼は忍の前まで来ると、立ち止まった。散髪したばかりらしく、長さの揃った左右の揉み上げが、白い肌から浮き上がっている。サングラスを掛けているのでよく分からなかったが、頬と顎の張り具合から四十才を少し過ぎたくらいに見えた。

男は頭を下げた後で、忍に訊いた。

「中畑忍さんですよね？」

「はいそうです。……どちら様でしょうか」

初対面の男からフルネームで呼ばれたので、忍は驚いた。

彼は頬を緩めると、安堵の息を吐き出した。

「ああ、会えてよかった。さっき黒田水産で訊いたら、海を見に行ったと聞いたものですから、ここに来てみたんです。……あ、申し遅れました。私はサハリンから来た通訳です。昨日ユジノサハリンスク市が旭川市と友好都市の提携をしました。今日の午後は、旭川教育大学のロシア語科の教授が通訳をしてくださるので、私は時間ができました。市長から外出許可を貰ってきましたが、できるだけ顔を見られないようにしなさい、と言われました。ですから、サングラスを掛けてきました」

友好都市提携の話は、今朝悠里から聞いたばかりだ。自分が住むはずだった町から来た男に親しみを感じたが、サハリンの通訳が何のために会いに来たのかは分からなかった。

男は口元を引き締めると、口調を改めた。

「今日私がここに来たのは、大事なお話をするためです」

言ってから、忍の顔を食い入るように覗きこんだ。

忍は怖いものを見る目つきで、男の唇を見つめていた。サングラス越しでも、彼の視線を、顔にぴりぴり感じる。

彼はしばらく無言でいたが、思い切ったように口を開いた。

「私は今から、本務を離れることにします」

言い終わるのと同時に、素早い手つきでサングラスを外すと、折り畳んで胸のポケットに滑り込ませた。忍の目に視線を据えて、自分の名前を明らかにした。

「私はユーリの弟のニコライです」

忍の頭の中で、二つの名前が錯綜した。首を捻ると、オウム返しに呟いた。

「ユーリの弟のニコライ……」

聞き間違えたかと思ったので、早口で確認した。

「ユーリというのは、ユーリ・イリイチ・スミルノフのことですか？」

「そうです。去年の八月根室の海で、忍さんが会った男のことです」

忍はようやく思い出した。初めてユーリの家に行った時、ニコライという名前を聞かされていた。

彼女は改めて男の顔を観察した。そう言われてみれば、切れ長な目がユーリにそっくりだ。目元が似ていても、色白で丸顔だから、兄よりは温厚そうに見える。

忍の胸に、悪い予感が湧き上がった。

「ユーリに何かあったのですか？」

ニコライは瞼を抑えると、顔を伏せた。その拍子に涙が滴り落ちるのを、忍は見逃さなかった。

彼は顔を上げると、鼻を啜りながら話し始めた。

「私は今年の六月に、軍の刑務所から、兄に面会するように要請されました。すぐに行きましたが、兄は重い肺炎に罹ってベッドに寝かされていました」

その後ニコライは「どうかこれを」と言って、忍に手を差し出した。彼の掌には、樺太神社のお守りが載っていた。母と二人で豊原に行き、師範学校を下見した時記念に買ってもらったものだ。以来ずっと忍が持っていたが、オタスでユーリと別れる時に、イコンと交換に彼に預けた。

忍がお守りを手に取ったのを見ると、ニコライは続きを話し始めた。

「私は兄に、八月になったら通訳として旭川に行くことを話しました。すると兄は首から外したお守りを差し出すと、苦しそうな息の下から、旭川に行った時、留萌にも足を延して黒田水産の中畑忍にこれを渡してくれ、と言いました。兄が忍さんと結婚の約束をしていることや、悠里君が生まれたことは、ずっと前に聞いていました」

忍はニコライが続きを話すのを待てなかった。一秒でも早くユーリのことを聞きたかったので、矢継ぎ早に質問した。

「ユーリの肺炎は治ったんですか？　釈放されたんですか？　今どうしているんですか？」

ニコライは一度口を開きかけたが、言葉を発しないまま閉じてしまった。忍から視線を逸らせると、顔を伏せたまま、喉から声を絞り出した。

「……いいえ。いいえ。兄は……、兄は翌日の昼ごろ、息を引き取りました。兄は忍さんと悠里君に――」

ここまで言うと、言葉に詰まって口を閉じた。しばらく嗚咽した後で、言い直した。

「兄は忍さんと悠里君に、とても会いたがっていました。最後の最後まで、二人の名前を呼び続けていました」

忍は素早く両手で耳を塞いだ。

「聞きたくないよー。聞きたくない。それは嘘だ。嘘に決まっている」

叫びながら、頭を激しく振っていたが、堪え切れずに顔を覆うと、その場に崩れ落ちた。去年の八月には、束の間だったがユーリの胸に顔を埋めた。それなのに、今年は何という八月を迎えたのだろうか。同じ八月でも、去年と今年では天国と地獄くらいの差があった。

〈私は今日まで、何を待っていたのだろうか〉

毎日イコンを見ながら二十三年間待ち望んでいたことが、こんな結末で終わるとは思ってもいなかった。涙が止まらなかった。後から後から流れてきた。これほど大量の涙が目の奥のどんな場所に溜まっていたのだろうか。

ニコライは跪くと、忍の背中を抱いて、体を震わせて号泣した。二人の泣き声は共鳴し、海に向かって流れていく。空を飛ぶカモメも、一緒に泣いてくれた。

その時、新しい劇の開幕を知らせるように、車のクラクションが三度続けて鳴り響いた。二人は同時に立ち上がると、音がした方に目を向けた。運転手が車の中から出てくると、こちらに向かって左手を高く上げ、右手の人差し指で腕時計を何回か叩いた。

ニコライは無念そうに唇を噛むと、忍の目をじっと見つめた。

「もう旭川に戻らなくてはなりません。明日みんなと一緒に国に帰ります。今日は悠里君に会えなくて残念でした。お二人とも、どうかいつまでも、お元気でお暮らしください」

彼は両手を差し出すと、宙に浮かぶシャボン玉を受ける手つきで、忍の手を包み込んだ。そのままで温もりを確かめている。

「私は忍さんを、お姉さんと呼ぶ日を楽しみにしていました。それなのに、こんなことになって、とても悲しく、残念で堪りません」

彼の顔が小刻みに震え、両目から涙がつつーと流れ落ちた。しばらく経って、ニコライは諦めたように手を解くと、肩を落として車の方へ戻っていった。

忍は手にお守りを握ったまま、無人島に一人置き去りにされた流刑囚の心境で、彼の背中を見つめていた。客が乗り込むと、タクシーはすぐに動き出し、右折ライトを点滅させた。車がカーブを曲がり道路の向こうに見えなくなると、彼女はその場に泣き崩れた。

忍はよろよろと立ち上がると、誘われるような足取りで、海に向かって歩き出した。大岩の突端に着くと、水平線に目を向けた。北の方角から、ユーリの顔が滲み出すように現れると、オタスで聞いた彼の言葉が蘇った。

「このイコンをいつも身に付けていること。そうすれば絶対に死なない」

「いいか。忍は俺にイコンを返す日まで、しっかり生き延びるんだぞ」


上着のポケットからイコンを取り出すと、岩の最下段に下りて、しゃがみ込んだ。

「お陰さまで、今日まで無事に生きられました。これまで何度も、助けてくださり、ありがとうございます。樺太でも、海の上でも、留萌でも、アラスカでも」

感謝の言葉を聖母に伝え、イコンに向かって頭を下げた。そのつぎはお守りを目の前に持ってくると、じっと見つめる。もう色が褪せ、白茶けてしまい、紐も切れて途中で結び直してある。袋の下端が少し破れ、中の厚紙が覗いていた。

〈このお守りは、いつもユーリの胸の鼓動を聞いていた〉

こう思うと愛おしさを覚え、お守りに頬ずりした後唇を当てた。イコンの紐にお守りを結びつけると、イコンを握ったまま、手を水の中に入れる。掌を大きく開いたら、海水がイコンに浸み込んでゆき、聖母の目の下が涙で濡れたように色が変わった。

「どうかユーリのところにお帰りください。一緒に私の想いも届けてください」

忍がイコンに別れを告げても、イコンは別れを渋っている。水の上で左右に揺れているだけで、なかなか旅立とうとしない。彼女は、聖母の顔が海水で洗われるのを、じっと見つめていた。

イコンが失われた右手を開いてみた。不思議なくらい喪失感を覚えなかった。

「ユーリは私に強さをくれた。だからもう、イコンがなくても生きていける。ユーリは、これからもずっと私の胸の中で生き続ける。これだけは、イコンがなくなっても絶対に変わらない」

意識して力強く、自分に言い聞かせた。

しばらく経つと、大きな引き波が来た。ようやくイコンは、お守りを道連れにして北に向かって動き始めた。イコンには忍の二十三年分の熱い想いが、そしてお守りにはユーリの胸の温もりが込められている。二人は手を携えて、樺太に向けて旅立った。太陽は今まさに沈もうとしている。夕陽に引きずられるようにして、イコンもどんどん進んでいく。水平線にかかった夕陽が、一瞬多彩な閃光を四方八方に放つと、下から糸で引かれたように、すっと沈んで見えなくなった。夕陽のスポットライトが消えると、イコンとお守りもステージを下り、視界から消え去った。最後となった八月二十四日に相応しいフィナーレだった。

〈了〉

編集部註／作品中に一部差別用語とされている表現が含まれていますが、作品の舞台となる時代を忠実に描写するために敢えて使用しております。

参考資料

『トナカイ王―北方先住民のサハリン史』N・ヴィシネフスキー著／小山内道子訳　成文社（二〇〇六年）
『サハリン北緯50度線―続・ゲンダーヌ』田中了　草の根出版会（一九九三年）
『在りし日のサハリン』岩川華　文芸社（二〇〇〇年）
『ウィルタとは何か？』榎澤幸広・弦巻宏史　名古屋学院大学論集、社会科学篇、第四八巻第三号、七九〜一一八（二〇一二年）
『ニヴフのアザラシ猟と送り儀礼』大塚和義　国立民族博物館研究報告、一九巻、四号、五四三〜五五七（一九九五年）
『サハリン先住民族の〈戦前〉を考える』青柳文吉　平成十四年度アイヌ文化普及啓発セミナー報告書、百十八〜一二七
『三船はなぜ攻撃されたのか　―スターリンと北海道占領作戦―』相原秀起　北海道新聞朝刊（平成十六年八月七日〜八月十二日）
『悲劇の泰東丸　―樺太終戦と引揚三船の最後―』大西雄三　みやま書房（昭和五十九年）
『シアトル日本人町の今』田中泉　広島経済大学研究論集、第三十二巻第四号、一一三〜一二三（二〇一〇年）
『北の物語―戦後の旭川経済を築いた人々』亀畑義彦　北海道経済（昭和六十三年）

【著者略歴】

蛍　ヒカル（ほたる　ひかる）

1945 年 10 月 1 日北海道で生まれ、小学校 2 年生から高校 3 年生までを留萌市で過ごす。中学生の時、樺太からの引き揚げ船が魚雷攻撃を受けた話を当時の目撃者から聞き、この話を道外の人たちにも知らせたいと思う。高卒後、北海道大学に入学し、同大大学院博士課程理学研究科修了後、旭川医科大学に化学教員として勤務（理学博士）。この間、蛍光に関する研究論文を、アメリカの学会誌などに多数発表。2011 年定年退職し、単身沖縄で執筆に励む。2012 年、「桃源の島」で第三十六回北海道文学賞大賞を受賞する。

八月《はちがつ》のイコン

2017 年 7 月 28 日　第 1 刷発行

著　者 ― 蛍《ほたる》　ヒカル

発行者 ― 佐藤　聡

発行所 ― 株式会社　郁朋社《いくほうしや》

〒101-0061　東京都千代田区三崎町 2-20-4
電　話　03（3234）8923（代表）
ＦＡＸ　03（3234）3948
振　替　00160-5-100328

印刷·製本 ― 日本ハイコム株式会社

装　丁 ― 根本　比奈子

落丁、乱丁本はお取り替え致します。

郁朋社ホームページアドレス　http://www.ikuhousha.com
この本に関するご意見・ご感想をメールでお寄せいただく際は、
comment@ikuhousha.com　までお願い致します。

　ISBN978-4-87302-647-3　C0093